狗头金

THE NUGGET

石钟山 著

图书在版编目（CIP）数据

狗头金 / 石钟山著. -- 武汉：长江文艺出版社，2024.5
ISBN 978-7-5702-3135-5

Ⅰ. ①狗… Ⅱ. ①石… Ⅲ. ①长篇小说－中国－当代 Ⅳ. ①I247.5

中国国家版本馆 CIP 数据核字(2023)第 091025 号

狗头金
GOUTOUJIN

责任编辑：胡金媛	责任校对：毛季慧
封面设计：璞茜设计	责任印制：邱 莉 王光兴

出版：长江出版传媒 长江文艺出版社
地址：武汉市雄楚大街 268 号　　　邮编：430070
发行：长江文艺出版社
http://www.cjlap.com
印刷：武汉中科兴业印务有限公司

开本：880 毫米×1230 毫米　　1/32　印张：8
版次：2024 年 5 月第 1 版　　　2024 年 5 月第 1 次印刷
字数：171 千字

定价：32.00 元

版权所有，盗版必究（举报电话：027—87679308　87679310）
（图书出现印装问题，本社负责调换）

目 录

提　亲	1
钟　情	10
春天了	21
出　发	27
家在右岸	32
大金沟	38
拉边套	44
淘金人	56
马菊红	68
狗头金	78
消　失	85
归　途	91
雪　落	101
生　死	105
豆芽子	116
第一场雪	121

最后的归途	128
君子协议	135
大　婚	142
别样的日子	148
陈　二	154
闹　匪	163
重返小金镇	173
镇公所	179
双峰山	185
肉票小桃	197
最后的狗头金	209
沉默的小金镇	217
探金队	223
探　矿	227
闷　棍	234
转　折	240
陈三归来	247
尾　声	249

提　亲

　　先是有两三只头雁鸣叫着飞过小金镇的上空,然后人们还看见堆积了一秋一冬的雪变薄了,黑了。陈右岸站在自家土窝棚前,伸长脖子,望天、望地,他知道,过不了一些时日,冰冻的黑龙江就会开江了,小金河自然也会融化了。只要江一开,三个儿子,陈大、陈二、陈三就会收拾行囊,又一次进山,沿着小金河去淘金了。想到这陈右岸就有些焦虑,背着手在土窝子前,一瘸一拐地踱步。腿是早年间淘金落下的毛病,常年在水里浸泡着,不论刮风下雨,天寒地冻,双腿在小金河里都没挪过窝。为的就是多捞一些金沙,为三个待哺的儿子,留一条活路。久了,那双腿先是肿胀泛红,后来关节处就起了一个大疙瘩,不论揉搓推拿,那块多出来的东西再也下不去。从此,他就瘸了一双腿,淘金的活路再也做不下去了。眼见着三个儿子,前赴后继地接了自己的班,每到冰融雪化,在陈大的带领下,背包罗伞地相互吆喝着走进大金沟,蹚过小金河,去山里淘金。这一去就是大半年,一直到秋天,下了几场雪,黑龙江封江了,小金河再也见不到水了。之后的某一天,哥仨会在山垭口摇晃着出现在他的面前。哥仨已不是出发前的模样了,他们又黑又瘦,破衣烂衫,眼神空洞,摇晃着走过来。他迎上去几步,儿子们聚了神,终于看见了面前站着的他,错落地叫一声:爹。就此,他们就算回家了。带着他们的淘金收成——一袋金沙。这就是他们全家一年生活的指望了。一年又一年,父一辈子一辈地重复着他们的劳动,为的就是活下去。

陈右岸不仅想到活下去,还想到了他们陈家大事。那就是传宗接代。陈家不能断了香火。

陈大屈指一算已经二十有五了,就是陈三也二十一了。三个小伙子,正是如狼似虎的年纪。陈右岸知道,要想给三个儿子一起说媳妇是不现实的。首先是他们家没有那么多积蓄。先不说彩礼、聘金,想说媳妇最差也得盖一间土窝子,先有个住处。这都不是主要的,难住陈家爹的是整个小金镇,压根就没有合适的女人。

小金镇不大,方圆不到一公里,一溜又一溜土建的土窝子。有回收金沙的金店,有钉马掌的老客,还有卖布头和日用品的杂货店……这一切,都是民生的基本保障而已。人们把这地方称为"小金镇",还不如说是一个大屯子。镇子里的人,大部分都是从关内闯荡过来的老客。他们拖家带口,哭天抢地来到小金镇,再往前走就是黑龙江了。一条江挡住了他们的去路,他们只好就此安顿下来,开始了胡天胡地的生活。有的开荒种田,有的学着本地人的样子去山里狩猎,大多数人,都有着发财的梦想。雪一化,和陈家三个儿子一样,一头扎到山里,顺着小金河去淘金了。能走到小金镇的人,大都是身强力壮的男人,鲜有女人。

小金镇的东头,有一排土窝棚,门前竖了块牌子,上面写着"柳荫巷"。这三个字和小金镇一点也不搭,既没有柳树更没有巷子。大家都知道,一排土窝棚里,住着一群女人,干的都是皮肉生意。领头的是位叫赵飞燕的老鸨。五十多岁的样子,平时总是穿着鲜亮,不是大红就是大绿,和她的年龄一点也不相符。她是从大金镇过来的,先是带了两个皮肉松弛的女人,后来又招兵买马,几年工夫,柳荫巷的女人队伍就壮大到了十几个人。在一溜土窝棚里,做着她们的皮肉生意。她们的生意也分淡季和忙季。忙季自然是冬天,淘金的各方老客们,从大山里走出来,把淘到的金沙换成碎银,有许多淘金老客大都是无家无户的人,大半年时间都在山里头待着。刚出山时,话都说得不利索了。走出大山后,把金沙换成碎银,他们第一件事就是忙三火四地跑到柳荫巷去消费,去享乐。那些日子,柳荫巷是忙碌的,汽灯整日亮着。有的淘金客还在柳荫巷前排起了长队,热闹一阵,大概到春节前后吧,这些淘金客花光了大半年时间的银两,柳荫巷的生意就清淡了起来。这些忙碌的女人会走出土窝子,穿红着绿地站在门前嗑瓜子,聊闲篇。瓜子皮吐了一地。当又一年冰融雪化的日子到来时,柳荫巷的姐妹们就彻底闲散下来。有的回家种地,也有几个在老鸨赵飞燕的带领下,去山地上开荒,种田,下河抓鱼,过起了自给自足的生活。那些日子,她们和好女人一样,穿着朴素,莺歌燕语地过着日出而作日落而息的生活。

　　这期间,偶有到小金镇来收兽皮的老客,会在小金镇住几日。夜晚寂寞难耐,会有人走进柳荫巷。赵飞燕就会又一次把汽灯点燃,高高地挂在门口的树干上,亮堂几日。大部分时间,柳荫巷的日子都是平静的,夜晚是漆黑的。直到又一年冬天来临,淘金客们面色木讷，脚步踉跄地走出大金沟。柳荫巷的姐妹们才真正又一次聚齐，热闹上一阵子。

小金镇缺正经女人。

陈右岸两年前就认识了开豆腐坊的马寡妇，马寡妇是两年前来到镇上的。一到镇上就开了一间豆腐坊，置办了石磨和做豆腐的一应工具。天不亮就起来推石磨做豆腐，石磨磨着泡过的黄豆发出含糊不清的碎裂声，在小金镇的夜晚传得很远。还有马寡妇的气喘声、脚步声。马寡妇在人们眼里很年轻，约摸二十岁上下的样子。没人知道她的实际年龄，但人们都知道她是个寡妇。她一来到小金镇人们就知道了。也许是马寡妇常年推磨的缘故，她的腰身很好看，丰乳肥臀，脸色红润。天微亮时，豆腐坊里便传来了煮豆浆的香气，再稍晚些时候，豆腐就做好了。一片一片地装在一个黑色的木盒子里，又用切刀割成均匀的豆腐块。豆腐论块卖，买卖形式多样。用黄豆换，或用铜板买都可以，熟人赊账也行，马寡妇的豆腐坊生意就很好。

马寡妇的豆腐坊口碑很好，童叟无欺，她见人就笑，叔长婶短地叫着。不消一上午，豆腐就卖完了。然后她就把铺子关了，提着一只口袋，到乡邻家买豆子。豆子都论升卖，也有论碗的，都是熟人熟客，不讨不还，平静地交易。收完豆子回来后，她又淘洗这些黄豆，洗过几遍之后，再把洗净的豆子泡在缸里。夜半之后，这些豆子就发胀，算是泡好了，然后再用石磨磨出豆浆。周而复始，这就是马寡妇的日常。马寡妇有名有姓，叫菊红。这是她在镇上登记豆腐坊时留下的名字。

陈右岸早就看上了马菊红，他隔三差五地就会去豆腐坊买豆腐，有时买完豆腐也不走,就站在一旁幸福慈祥地看。有时他的目光和马菊红的眼神对上,马菊红就冲他浅浅地笑一笑。他忙把笑容堆起来,作为回敬。他看着马菊红手脚麻利的样子,又一身姣好的线条,心里就想:要是这个女人能成为陈家人,他下辈子当牛做马也认了。

时机渐渐地成熟了,三个儿子几年的努力,家里已有了些积蓄。盖一间土窝子,加上聘金,似乎应该够了。他要为陈大提亲。陈大二十五了,到了该成家立业的年纪了。再讨不上个老婆,怕是这辈子就被耽误了。

媒婆姓刘,是个年近六旬的妇人。早年死了丈夫,又无儿无女,就干起了媒婆这个生计。在小金镇媒婆这个生计并不好做,男人多,适龄的女人少,刘媒婆就无用武之地。前些时日,陈右岸就找到刘媒婆合计过,刘媒婆一边嘬牙花子,一边拍着大腿说:"人家马寡妇不一定能看上你家的陈大。别看马寡妇是个二茬货,人家眼眶可高着呢。去年我替镇西头老胡家的儿子去提亲,人家眼皮子都没撩我,就扔下一句'不想找男人',把我晾那了,我这张老脸臊得都没地方搁。"听刘媒婆这么说,陈右岸就堆起一脸笑,涌起一层褶皱,从怀里摸索出一些碎银,长驱直入地丢在刘媒婆的怀里,厚着脸皮说:我家老大的事,就托你媒婆福了,万一人家答应了呢。然后就历数自己家的种种优点,比如,陈大二十有五了,身体壮实。现在已经是十里八村的淘金王了。还有,陈大还有两个兄弟,都身强体壮,十里八屯的没人敢欺负。还有呢,只要马寡妇应了,马上就盖土窝子,陈家大半家产都是陈大和马寡妇的……

刘媒婆斜着眼睛把陈右岸拿捏了一番。陈右岸就心虚地把目光移开，虚着声音说：我知道你这人心好，见不得别人有难处，何况这个难处又是我家的事呢。说完又干干硬硬地笑了几声。

陈右岸和刘媒婆早个十年前，两人是有过牵扯的。那会杜小花刚随男人离开小金镇。陈右岸年轻，刘媒婆也算年轻。陈右岸当时还能带着陈大、陈二进山去淘金。日子艰苦，也算是能看到希望。刘媒婆丧夫多年，膝下又无儿无女，她也巴望给自己找个下家，过安稳的日子。于是她就找到陈右岸，委婉地把意思透露给陈右岸。她自己做了大半辈子媒人，这还是第一次给自己当媒人，别扭中还流露出几分羞涩，红了脸，别过头去，拢了拢自己的头发。陈右岸那会满脑子都是杜小花，他不相信，杜小花就这么狠心把自己给甩了，一去不回头。他一直觉得，说不定哪一天，杜小花又回心转意了，又一次回到小金镇，和他过以前的日子。三个孩子可都是杜小花生的，对自己没情没意，怎么也割舍不下自己的孩子吧。面对刘媒婆明里暗里的撩拨，他把两只手袖到胸前，摇晃着脑袋，跟个拨浪鼓似的。刘媒婆那会儿还年轻，大约还不到五十岁的样子，遭到如此拒绝，脸上自然挂不住，冲地上很响地吐了一口痰，又用前脚掌碾了，丢下一句狠话道："姓陈的，自打今儿个起，咱井水不犯河水。走着瞧，看你能找个什么样的女人。"刘媒婆扭着腚，在他眼前消失了。

陈右岸也没想到，三个孩子的妈，自从离开小金镇再也没有回头。他年年等，月月盼，十几年过去了，也没等到杜小花。倒是刘媒婆日子过得风生水起，镇里的一些老光棍，她过了个够。这个过两年，那个又处上三载五载的，但最终都没个收获，到最后仍然是孤家寡人，只能靠做媒婆过活。

因和刘媒婆有这个过节,陈右岸觉得自己欠了刘媒婆一个大大的人情。刘媒婆是有职业操守的人,还是扭着身子走进了马寡妇的豆腐坊。刘媒婆走进马寡妇豆腐坊是在一天的午后。二月二已经过去几日了,太阳已然有了些力气,明晃晃地照在马寡妇豆腐坊门前的土路上。刘媒婆走进马寡妇院门时,马寡妇正在往缸里倒豆子,她要把刚收上来的黄豆泡上,明天一早就可以上磨了。刘媒婆半边身子倚在门框上,看着马寡妇好看的身子在忙碌着,心里就"呸"了一声,暗自想,自己年轻时,身子也是好看的。别看现在这个那个的,等到年老了,还不跟我一个样。这么想过了,脸上换了笑容,软着声音道:菊红,婶子又来了。马菊红把一口袋黄豆倒在缸里,直起身子,用手背抹一下额头的微汗,看清了刘媒婆,就叫了一声:是刘婶呀,今天怎么这么闲着,快到屋里坐。

刘媒婆脸上堆起的笑就更灿烂了一些,声音动听地道:菊红,我这是无事不登三宝殿,当然又给你说媒来了。

马菊红听了,脸立马就变了。不咸不淡地说:刘婶,我跟你说过,我不找男人。

这两年,马寡妇家的门槛都快被刘媒婆的一双脚板磨掉了半截。按刘媒婆的总结是,在小金镇,狼多肉少,马寡妇成了香饽饽。不就是个女人么,有啥了不起的。嫁给男人,再揣上个孩子,等孩子大了,女人也就人老珠黄了,有啥呀。心里这么想,嘴上却不能这么说,见马寡妇一上来就把她的嘴堵上了,她得卖个关子,皮笑肉不笑地又道:菊红,你也不问问我今儿个是为谁家来提亲了。

马菊红正往缸里倒水,一边倒着一边说:我对谁也不感兴趣,我一个人挺好的。

　　刘媒婆就惊乍地拍着大腿说:"我说的这家，你准保动心。镇东头，老陈家，离你不远，陈右岸，就是从江东大难不死，捧着个猪尿脬游回来的那个陈右岸。"刘媒婆说到这，马菊红突然停下了手里的动作，眼睛里打了个闪。刘媒婆走南闯北，也算是深谙人情之事，看出来马菊红的心思活动了，不失时机地拍一下手道:"就是陈家的老大，陈大，你应该见过。"刘媒婆眼见着马菊红的目光由亮到黯淡。心也不由凉了起来。她打起精神，要把自己该说的话说完:"陈右岸说了，只要你点头，他就马上再打一间地窝子，家里的财产分你们一半。以后陈大是淘金，还是跟你做豆腐，都由你做主。你要是进了陈家门，就立马自己过日子，公公婆婆都不用你伺候，这日子想起来都能让人在梦里笑醒。菊红呀，像陈家这么好的条件，在咱们小金镇打着灯笼都难找哇。"

　　刘媒婆把话说到一半，想起什么似的又补充道:"陈家也没婆婆，你到小金镇时间短，可能有些事你不太了解。陈大的娘叫杜小花。以前嫁给了一个淘金人姓葛，叫葛什么来着，你看我这年纪大了，一时想不起来了。淘金久了，受了凉，落下了病根，不能当男人了。身子骨又不好。陈右岸死里逃生，从江东游到咱这，人生地不熟的，就给姓葛的男人拉边套，三个人一起过。生下了三个男孩，现在都长成大小伙子了。十几年前，那姓葛的男人，听说治好了身子，带着杜小花就离开了小金镇。这一走就再也没有回来。"说到这刘媒婆又拢了一下头发，话语变得真诚起来:"陈右岸可是个好男人，自己一个男人把三个儿子拉扯长大。日子过得现在这个样，不容易呀。

小金镇的人你去打听一下,陈右岸可是个正经男人。"

马菊红似乎把刘媒婆的话听进去了,脸也渐渐地凝重起来。转过身,一挑里间的门帘说:"婶子,到屋里说吧。"刘媒婆见马菊红态度大变,喜出望外地:哎,哎。扭着身子挤进了马菊红的卧室。

钟　情

刘媒婆给陈右岸带回来一条让他喜忧参半的消息：马菊红没看上他家陈大，也不是陈二，而是陈三。

陈右岸眼前就黑了一半。陈大二十有五了，在他的心里无论如何是个大龄男人了。陈大是三个孩子中的大哥，俗话说长兄如父，这些年来，陈大也是这么做的。自从自己淘金落下了一身腰腿疼的毛病，腿上的关节都变形了，每天走路都困难，每次走路都是咬紧牙关，拖着沉重又僵直的身子在移动。是陈大接了他的班，带着两个兄弟，走进大金沟，一走就是大半年的时间。陈右岸知道淘金的滋味不好过，弯着腰在水里，用簸箕一点点筛选着金沙。每当这时，腰就跟折了一样，最后麻木着，仿佛不是自己的了。双腿泡在水里，不论冷暖，一泡就是一天。一直到太阳落山，再也看不见了，淘金人才拖着沉重僵直麻木的身子向岸上临时搭建的窝棚走去，一走进窝棚，轰然倒下去，再也不想起来了。

陈大不仅是他长子，还是三个孩子中他最喜欢的孩子。陈大厚道，从不多言，对他言听计从。陈二可不这样，会哭的孩子有奶吃，从小就拔尖，什么都去争。一双眼睛也不安分，总是滴溜溜地转着。

陈右岸现在最操心的就是老大,在小金镇,二十五岁还没说上媳妇,无论如何,在陈右岸心里都是件大事。

刘媒婆走后那天傍晚时分,三个儿子去打猎已经回来了,二月二一过,天气渐暖,猎物的收成也不如人意,只打到了两只野兔,一只山鸡。陈大把猎物用草系在猎枪杆上,挑着回来的。陈右岸招手示意哥仨停在门前的院里。院子旁长了一棵老榆树,不知有多少年头了,东倒西歪,挣扎地活着。每到春天就泛绿,最后生出枝条,在枝条上长出一串串的榆钱。榆钱没老时,可以食,陈右岸经常把这些树钱用手捋下来,放到粥锅里,孩子们小时候也爱吃。此时,老榆树还黑乎乎的,不见一点春色。三个儿子在暗色里望着父亲,陈右岸依次地把目光从哥仨脸上掠过,吧唧下嘴说:我求刘媒婆到马寡妇家去了一趟,给陈大提亲。说到这他顿住了。关于提亲的事,三个人都知道。陈三听到这,想转身往屋里走,又被爹叫住了。三个儿子就杵在爹的面前。

陈右岸又说:人家没相中老大,看上了老三。

陈大没有反应,咕噜一声咽了口水。陈二看了父亲一眼,又瞟了眼陈大和陈三,不再犹豫,转身进了屋。

陈右岸没再理会陈二,冲陈大和陈三道:小金镇就这么一个正经女人,我寻思着,还是说下来,怕过了这个村就没这个店了。那么多人都惦记着马菊红,你们哥仨,能解决一个是一个。

陈大把头沉下去,又抬起来,真诚地冲父亲说:爹,给老三说媳妇我没意见。

陈三望眼大哥又望眼父亲,张了张嘴想说点什么,又没说出来。

钟 情 · 11

后来，陈大也默着声音，枪杆上挑着山鸡和野兔也进屋了。屋门外，只剩下陈右岸和陈三了。

陈三小声地：爹，我还小，才二十。

陈右岸咳一声：菊红那闺女看上你了，我寻思着这两天就把你的婚提了，定下来，等到了初冬，你们从大金沟出来，就把你的婚结了。

陈三结巴着：那我的两个哥咋整？

陈右岸不再说话，在昏暗的空气里挥了一下手：这个你莫管。说完想了想：你们三个，手心手背都是肉，解决一个是一个吧。

陈三听出了爹的无奈。

陈三和马菊红相识在一年前的冬天。他从十五岁那年，就跟着两个哥哥走进大金沟去淘金了。只有冬天落雪时分，才跌撞着走回小金镇。

马菊红是两年前来到小金镇开的这家豆腐坊。俗话说：寡妇门前是非多。每到冬天，从山里走出的那些淘金汉，有事没事总要到马菊红豆腐坊门前去转悠上一阵子，哪怕远远地看上马菊红一眼，心里也是妥帖的。马菊红从来不理这些男人，更不在意他们的目光，该干什么就干什么。有男人立在豆腐坊门口，骚着声音说：菊红，家里有啥活，言语一声，哥能帮你干。马菊红就像没听见一样，连眼皮都不抬一下。有一些大胆的男人，走进豆腐坊，抓把柴或者把一根倒了的木棍扶起来，马菊红过去，把男人推出院门，把门从里面插上。

每天早晨豆腐做好了，豆腐坊院门打开，从屋里冒出一缕缕蒸气，还有一阵阵豆腐的香味。小金镇爱吃豆腐的人，早早就在豆腐坊门前等待着了。这其中也有那些男人,借买豆腐碰一下马菊红的手,或摸一下人家的衣袖,他们觉得这样,就占了便宜,心里获得了某种满足,意犹未尽地,哼着小曲走了。

陈三从来都不去,陈大也不去。只有陈二掺杂在那些男人堆里去过几次,起哄架秧子地在豆腐坊门口吆喝过几嗓子。被爹知道了,提着木棍追了半条街,声称要打断陈二的腿,后来陈二再也不敢去了。从那以后,家里买豆腐时,爹都会指派陈三去。陈三随着人群走进豆腐坊,一手交钱一手交豆腐,他每次都能看到马菊红一双白净的手,还有半截露在衣服外的小臂。她的皮肤很白,也嫩,像刚出锅的豆腐。陈三偷眼去打量眼前的马菊红,她一脸汗津津的,有几滴汗珠在鼻翼两侧晶莹着。在陈三的记忆里,除了母亲之外,他再也没有这么近距离地看过别的女人。心里就涌起一种很复杂的情绪,温暖中带有一缕柔情,忍不住就又多看了几眼马菊红。

陈三盼着去买豆腐,当然豆腐不可能天天去买。虽然一家人都爱吃马菊红做出来的豆腐。小金镇的冬天,没有啥好嚼咕。哥仨虽然在冬季里每天出去打猎,打到的猎物又十有八九被爹拿到集市上卖掉了。只有年节或者陈右岸高兴了,才会让陈三端个木盆去豆腐坊买两块豆腐吃。

陈三每次走进豆腐坊,心跳都不由自主地加快了。想看又不敢看,就用目光偷瞄着马菊红的一举一动,在他的斜光中,马菊红仍然那么生动,就像一幅画。不,马菊红比画上的人要丰富,声、色俱全。马菊红每次都把豆腐装在他木盆里,接过他递来的铜板,都要冲他笑一笑,露出一口很好看的白牙。在以后很多天,他脑子里想的都是马菊红的笑。那笑容让他温暖如春。有时晚上睡觉,躺在炕上,他也会想起她的笑,身子就热起来。忍不住,下地,来到水缸旁,端起木舀子,把半舀子水喝下去。身子才恢复平静。可他偏偏不争气,梦里还经常能梦到马菊红的笑,他整个人就化了。第二天早晨起来,他像一个做错事的孩子,谁也不敢看,低下头,匆匆地把衣服穿上。

他和马菊红第一次正式接触,就发生在去年冬天。

那是一个普通的冬日,他随两个哥哥去山里狩猎。陈大扛了一支火枪,陈二拿了一张罩鸟的网子。他空着手,不时地逗弄家里那条黄狗。几年前家里就养了这条狗,是从镇里一户人家用两块豆腐换来的一只狗崽。陈大的意思,哥仨每到雪化之时就去大金沟淘金了,家里就留下父亲一个人,怕父亲孤单,就下决心,养了这只狗。狗是他从邻居家抱回来的,抱回来时这只狗还没完全睁开眼睛,他们用米汤把这只狗慢慢养大。从那天开始,这只黄狗就变成了家庭中的一员。他们给黄狗起名叫"黄皮子"。在他们这地方,一般把黄鼠狼俗称为"黄皮子"。狗对自己名字无所谓,黄皮子就成了狗的名字。一年后,黄皮子就大了,自然和一家人熟悉了。第二年,他们哥仨进山时,黄皮子就随在后面,非要和他们一起走,赶也赶不回来。陈右岸就挥挥手说:让它跟你们去吧。就这样黄皮子成了他们淘金队伍中的一员。黄皮子和他们一样,吃了不少苦,吃生鱼、树皮、野物的日子,它和人一样都挨过。一直到落雪,他们摇晃着从山里走出来,黄皮子吊着肚子,也一摇一晃地跟随着。经过一个冬天的休养,黄皮子又恢复到了原来的样子,皮毛光亮,身子圆滚。似乎它没有记性,第二年再次去大金沟时,它还是执意相跟,赶也赶不走。

陈右岸就说：狗不嫌家贫，子不嫌母丑，你们要好生待它。就这样，黄皮子又跟他们进山淘金去了。

进山的狗活跃得很，远远近近在他们身前身后跳跃欢愉着，像过节一样。每当陈大的枪响之后，它总是第一个蹿出去，有时能叼回一只血淋淋的山鸡或野兔，有时又空着嘴跑回来，但毫不气馁，每当陈大枪响过后，它仍然第一个蹿出去。

那天他们收获颇丰，打了几只山鸡，还打回来一只野獾子。天黑的时候，陈大的枪又响了一次，他射杀的是只野兔，陈三明明看见那只野兔被击中了，在眼前不远处的地方打了个滚，转眼又不见了。陈三和黄皮子一起冲了过去，只见被击中的地方，留下一摊新鲜的血迹，可是就不见那只受伤的野兔。

远处，陈大已收好了枪，把打到的野物哥俩已背在身上，吆喝他往家走。他应了，但心有不甘，觉得那只受伤的野兔就在不远处。黄皮子也心有不甘，机警地嗅着，然后又忙三火四地奔向一片树丛。他随在黄皮子身后，冲两个哥哥喊了一声：你们先走，我这就来。他和黄皮子一起，一连追踪了几片树丛，终于在一棵树下，发现了那只半死的野兔。黄皮子冲过去，把野兔含在嘴里，他喊了一声：咱们回家。黄皮子老马识途地跟着陈大、陈二留在山梁上的雪脚印，带着陈三脚高脚低地往家里走去。

天已经黑透了，远山近树已不见踪影，只有脚下的雪，泛出一点微光，照耀着回家的路。陈大、陈二已经走远了。就在这时，左侧的方向，传来一个女人的惊叫声。黄皮子和他同时立住脚，向左前方的地方望过去，看不见，却听到脚步声、气喘声在前方奔跑着，

钟情·15

远处还有一个更沉重的脚步声隐约地传来。他料定,一个女人遇到了大型动物,在山里,野猪、狗熊出没是常有的事,一般猎人对付这种大型动物也一筹莫展,他们的火枪和下的套子对它们压根就不会有什么杀伤力。

他的第一反应就是救人,他没有多想便向女人发出尖叫的地方迎头跑了过去,边跑边喊:怎么了,这有人,往我这跑。到了近前,他看见一个黑影向他跑了过来,迎面扑在他的怀里,抓住救命稻草一样,死死地熊抱住他,带着哭腔喊了一声:熊瞎子,快救我。当地人把野熊称为"熊瞎子"。

直到这时,陈三才发现怀里的女人正是他朝思暮想的马菊红,此时的马菊红在他的怀里变成了一摊水,软软的。他还没缓过神来,就听见黄皮子在半山坡处发出一声惨叫,他料定,黄狗和熊发生了冲突,忙放开怀里的马菊红,不知哪里来的力气,在身边树丛里折断了一根有小臂粗细的木杈,他张扬地奔过去。事后回忆起来,他也不知当时哪里来的勇气。以前,他随两个哥哥进山打猎,他们最怕的就是野熊,只要发现雪地上留有熊的脚印,他们都会远远地躲开。他们知道,凭哥仨的能力,是远远战胜不了一只野熊的。他奔过去时,看见黄皮子和熊已经战到了一处,熊把黄皮子叼起来,正向地上摔去。他大叫一声,挥起木棍向熊的头上砸去。人和狗一起上演了大战野熊的场面。马菊红看不见,但她听到了,她扶着一棵树站在不远处,听着生死难料的大战传来的声音,浑身颤抖不止。黄皮子在忙乱中,咬住了熊的一只脚,他趁势,把木棍向熊的头乱戳过去,不知是他和狗战胜了熊,还是熊不肯恋战,最后熊还是转身走了,发出呼哧呼哧的气喘声。

当他再次扶起马菊红时,脑子已经清醒过来。直到这时,他才弄清楚,马菊红是给山后一家人送豆腐,那家人明天要结婚,她把豆腐送到后,回来时天就晚了。她想抄近道往小金镇赶,经过这里就遇到了这只熊,鞋都跑掉了一只。那天晚上,是他一直把马菊红背下山,一直背到豆腐坊里。黄皮子一直东倒西歪地随在他的身后,一直回到镇上,有灯光照过来,他才发现,黄皮子一脸的血,血几乎糊住了它的眼睛。即便如此,它仍然不离不弃地随在主人的身后。

他把马菊红安顿好,才离开她的卧室,说是卧室,就是豆腐坊最里面的一间,平时他们来买豆腐时,都能看见这间挂了门帘的房间。可惜,任何人没有机会走近它。他在她的闺房里嗅到了一种不一样的气味,一瞬间,让他迷失,但理智告诉他,该离开了。晕头转向地向门口摸过去,他听见马菊红颤着声音在身后喊了一声:外面案子上,还有豆腐,给狗带上两块,我看见它都受伤了。他当时应了一声,摇晃着醉酒似的从屋里走出来,然后他就看见蹲在门口等他的黄皮子。它抖颤着身子,头上血肉模糊,他弯下腰,把狗抱回了家。从那一刻起,他已在心里认定,黄皮子是他最忠实的朋友。

他一直没向家人说马菊红的事,只是说回来的路上遇到了熊瞎子,人和狗跟熊瞎子打了一架。陈右岸那天晚上叉着腰把陈大、陈二骂了一顿,一直骂到两个人把头低下去,并发誓说:以后再也不把老三丢下。

黄皮子受了些皮外伤,脑门上的皮被熊瞎子咬下来一块,经过一冬天休养,最后还是好了。却在脑门处留下一块疤,再也不长毛,光光的，看它的样子就怪怪的。

从那时开始，陈三仍然隔三差五地去豆腐坊买豆腐。马菊红见了他，总是脸红一下，把豆腐小心地放在他的木盆里，有几次她还关心那只狗。他都如实回答了。她就又宽心地笑一笑。有两次，她还把切下来的豆腐边给他装上，小声地道：给狗吃吧，要是没它，我就让熊瞎子吃了。他听了马菊红的话，心里就热乎乎的。他还是经常会想起马菊红，梦里也会梦见她。不同的是，他的想法和梦不那么下作了，而是梦见和她一起说话，一起走在山冈的雪路上。他现在会经常回想，那天晚上，她扑在他怀里的情景，她的身子软软的，柔柔的，一想到这些，他的身子就又一次热起来，像放在一堆干柴上烧。

父亲托刘媒婆去给大哥提亲，他心里难过了好一阵子，带着黄皮子走到镇外，蹲在一处野地里。还暗自流过泪，又想起去年冬天那个夜晚，看着黄皮子头顶光秃秃的一块，心里酸楚得不行，想哭。可他又想到哥哥都二十五岁了，应该成家了。设想马菊红要是做了他的嫂子，一家人在一起，天天能够见到她，她冲他笑，和他说话，也是很圆满的一个结果。这么想，他的心就静下来了，抹一把脸上流下来的泪，带着黄皮子向家里走去。

他听父亲说，马菊红指名道姓要嫁给他时。他又一次震惊了，他不知道马菊红为何下这个决定。难道就是因为他救过她么？他不知道，也没有答案，他和大哥、二哥一起感到茫然。

那天晚上，父亲把哥仨聚在一起，开了一次家庭会议。一只油灯把屋内照亮，两个哥和父亲坐在炕上，他立在炕下，灯影里几个人影投在墙上。父亲又轻咳一声说：咱们家，四个光棍，我老了，你们三个都大了。家里该有一个女人了。说到这，父亲就默了口，沉了半晌又说：本来给老大先说媳妇，长兄如父，天经地义的事，可人家却看上了老三。他听了父亲的话，把头勾下去，一副对不住两个哥哥的样子。脸上还火烧火燎的，一副做错事的样子。

镇上的女人少，好女人更少。马菊红虽说是个寡妇，她却是个好女人。镇子里的人都这么说。想娶她的男人都排成了队。我琢磨着，要是咱们陈家能把这个女人娶回家，也算是咱们陈家祖坟冒青烟了。提起祖坟，父亲的声音就哽咽了。他们从小就听父亲说，他们的老家在江东。有一次，父亲还把哥仨带到了黑龙江左岸，指着江对面说："咱们的老家就在江的那一边。当年，我就是顺着江汊子游到这里来的。"他们虽小，但父亲不知道给他们讲了多少次自己的经历了。父亲的一家人都死在了江东，被沙俄的士兵赶到江里，或用刺刀挑死在江的对岸。哥仨每次望见眼前的黑龙江，心情就很沉重。

父亲最后下了决心似的说："我定了，既然人家马菊红要嫁给咱们家的老三，这门亲事定了，明天就下聘礼。等到了今年冬天，你们淘金回来，就把老三的喜事办了。"

两个哥哥突然抬起头，一起望向他。他突然觉得自己被人剥光了一样，立在一家人面前，心里却翻起滔天的骇浪，一下又一下地冲击着他。两个哥哥的目光依然盯在他的脸上，像两枚钉子，大哥、二哥的目光又有点不一样，哪里不一样，他也说不清。

第二天一早，爹就给他喊起来了，把准备好的几张兽皮让他带上。这是父亲打猎时，精心留下的兽皮。父亲又在炕柜里掏出个布包袱，打开，包裹着的一些碎银，展现在他的面前。父亲抓了把碎银，放到一个木盒里。又把剩下的银两再次包裹起来，头扎到炕柜里，把包裹藏好。他知道，那是他们全家的积蓄了。

刘媒婆在前，父亲托着木盒随后，他肩上背着兽皮，三个人隆重地向马寡妇豆腐坊走去。一大早，豆腐坊门前聚了很多人，都是排队买豆腐的。马菊红和往常一样，挽着袖子，露出半截白净的手臂，在卖豆腐。昨天晚上，媒婆又和马菊红说好了，今天一大早，陈三就会来提亲。马菊红特意穿上了一件红棉袄，鲜亮地立在豆腐坊院里，招待着买豆腐的人。

定亲仪式很简单，马菊红收下陈家的定亲礼，再由刘媒婆站在院子里，扯着嗓子喊：马菊红已经有主了，收了陈家老三的定亲礼。

马寡妇订婚的消息很快就在小金镇传开了。传到每个人的耳朵里，有人失落，有人绝望，更有人气愤。但无论如何，马寡妇定亲的事实，是不可更改了。

春天了

西南风一连刮了几天,漫山遍野的雪就开始悄悄融化了。封冻的江面,不论白天和夜晚,先是发出碎裂声,然后冰面一块块裂开,随着江水,慢慢地向下游方向移去。小金镇的人们知道,过不了多久,真正的春天就要到了。

陈大开始准备淘金的一应用具了,把一个又一个筛金沙的簸箕修好。经过去年大半年苦挣苦熬,许多簸箕都坏了,有的散了架,有的秃了头。他在院子里渐暖的阳光下,修理着一个个簸箕,陈二在规整那些铁锹、铁镐,这些都是淘金必备的家伙。

父亲陈右岸是他们淘金的师傅,他们十几岁,肩膀刚长硬时,父亲就带他们走进了大金沟,小金河,每年都会在山里待上半年。淘金是个吃苦受累的活,也是个技术活。父亲有一双好眼力,他总能发现别人发现不了的金带。父亲每次进山,总不急于开工,而是先爬上山坡,查看山上的溪流,从溪流里抓一把沙子,放到鼻子底下闻。父亲告诉他们这叫"嗅"金。金子有金子的味道,最初他们不理解,金子的味道到底是什么。久了,他们才悟到金子的味道。这就是经验。第二个是看,看山的走势,也看溪水的流向,然后再回到小金河里，常年的金沙会被雪水、溪流冲刷到河床里，久了就会形成一条肉眼看不见的金带。在金带上淘金，总是能事半功倍。许多淘金人，都是愣头青，生荒子，不管不顾地一头扎进小金河里，累弯了腰，半年下来，也没有什么收获。最后失望着，惆怅着，骂骂咧咧地走了。来年，又来了一拨做同样发财梦的人，又一次前赴后继地走进大金沟，闯入小金河，做牛做马地又劳累上一季，梦想仍然破碎着。

父亲是小金镇有名的淘金人，人送外号"淘金陈"。在父亲的带领下，三个儿子茁壮成长，学会了嗅、看、辨，掌握了这三点，剩下的就看命了，有时金沙薄一些，有时厚一些。淘金也分大年和小年。

能在大金沟里最后立住脚的真正淘金人并不多。他们从来不做无头苍蝇，找到一条金脉，就安营扎寨，顺着这条金脉淘下去。

陈大和陈二收拾淘金的工具时，陈右岸就坐在自家门前的土坎上，眯着眼睛看着两个儿子忙碌。看着三个长大的儿子，他心里是踏实的，也是自豪的。他恨不能加入淘金的队伍里，和儿子们一起再次进山，可他的老寒腿不争气，这是年轻时常年淘金落下的毛病。老寒腿折磨得他寝食难安，疼起来时，就像有一万只蚂蚁在啃噬着自己的腿骨。他就用拳头一下下敲击着自己的双腿，希望能用拳头把腿里的蚂蚁，一只只敲死。他已经敲了几年了，不仅蚂蚁没死，又有更多的蚂蚁爬进来，疯狂地啃咬着他。这是淘金人的后遗症，谁也逃不过，许多老辈淘金人，最后路都不能走了，双腿肿胀变形，最后瘫在床上，疼痛难忍，在爹一声娘一声的呻吟中，结束了一个淘金人的一生。这是大多数淘金人的结局。

陈右岸已经动了不再让三个儿子去淘金的想法，不想让三个儿子步他的后尘。让他们成家立业，然后再用他淘了大半辈子金沙的家当，分别给三个儿子置办起一个家。他也就算完成使命了。

老大是他最操心的孩子，从小他就觉得老大很像自己，不仅长相，就连性格也是。平时总是少言寡语，却天生一副热心肠，见不得别人吃苦。善良长在老大的骨子里了。在三个儿子当中，老大吃的苦最多，但他从来没有怨言，总是在默默地承受着。就拿这次老三订婚来说，原本他是给老大张罗的，结果阴差阳错地被老三捷足先登了。老大一句话也没说，还是笑呵呵地为弟弟张罗着，样子就像自己订婚似的。老三订婚后的那天晚上，父亲叫过陈大在院子里交过一次心。

老大，你二十五了。父亲开口这么说。

爹，我不急，谁订婚都一样，都是咱们家的喜事。陈大脸上挂着笑。

爹又说：我寻摸着，给你们哥仨都讨上媳妇，都别再去淘金了，留在家里过安生日子。

陈大就拍一下胸脯道：爹，我们还年轻，身体壮实得很。

爹的双腿千万只蚂蚁又在涌动了，它们像一支训练有素的集团军，分批次地疯狂向他进攻。爹长长叹了口气，气叹得多了就有了呻吟的成分。陈家这几年日子过得不错，小金镇的人们都知道，镇子上就是少良家女人。在这一刻，爹下了决心，要走出小金镇，为儿子讨上媳妇。

当爹为儿子愁苦时，陈三正在马菊红的豆腐坊里帮马菊红推磨，磨豆子。他推着磨杆，一圈圈地走着，泡涨的豆子在磨盘中发出气泡碎裂的声音，新鲜的豆浆，顺着磨沿，汩汩地流下来。马菊红闪着好看的腰身，把磨好的豆浆收集在木桶里，又倒在锅里，过滤后，再烧沸。空闲的时候，马菊红有一搭没一搭地和陈三聊着天：淘金有意思么？陈三抹了一把额上的汗，继续推着磨杆，随口答道：说有意思就有意思，吃住在大山里，晚上睡觉天天都能看到头顶上的星星，有时半夜醒来，不知自己在哪。他又想起在野地里搭建四面漏风的窝棚。

我听人说了，淘金人挺苦的。泡在水里，腰都累折了。马菊红一边忙着过滤豆浆，一边说着。

嗯，我还年轻，吃点苦没啥。陈三舔舔嘴唇。

你今年再去上一次，明年就别去淘金了，陪我做豆腐吧。马菊红羞怯地说。

陈三没说话，他想象着和马菊红结婚后的日子，两个人守着一个豆腐坊，在豆香和蒸腾的热气中，过着他们的日月。爹说了，到年底就给他成亲。想起了爹，他半晌后才答：我得听我爹的，大哥二哥要是还淘金，我就一定得去，去帮他们。

马菊红也"嗯"了一声。

此刻的陈三是幸福的。他幻想着和马菊红过日子的样子。脸上就绽放出笑意，推磨杆的身子又有了力气。

你们是不是快进山了？马菊红突然说。

她的话让陈三清醒起来，他知道两个哥哥一定在家里做着淘金前的准备工作。每年这个时候，他们都在做着相同的工作。想着即将进山，就是告别马菊红的日子了，陈三的心就忧伤起来，也有些沉重。他收起了脸上的笑，推磨的脚步也迟滞起来。他答非所问地说：

我真想一下子淘到一只狗头金，以后再也不用淘金了。过一辈子日子足够了。

马菊红偏过头，停下了手里的忙碌，望着陈三道：干啥还得一步步来，千万别胡思乱想，想多了，人就会难受。

陈三听了，偷瞄一眼马菊红一本正经的样子，小声地辩驳道：我就是做个梦，我哪有那个命呀。

马菊红长吁口气道：啥人啥命，我觉得现在的日子就挺好。

陈三听了马菊红的话，心又放到了平处，起劲地推起磨杆。

那天晚上，陈二做贼似的溜进了柳荫巷。赵飞燕看到陈二时，吃了一惊，但还是很快换上职业的口气道：你来了？陈二已经斗争了好多天了，这几年，他每次远远望见柳荫巷的招牌，心里就打鼓一样地跳，脸是红的，喘气也是粗的。他还看到柳荫巷里闲来无事的女人们，在门口嗑瓜子的样子，她们的一颦一笑，时时刻刻都在牵动着他的神经。他已经二十二岁了，早就是个真正的男人了，欲火经常折磨得他寝食难安。以前，他幻想的对象是豆腐坊里的马菊红，自从马菊红和陈三定亲之后，他不敢再想她了，总觉得想马菊红就是一种罪。他开始把心思用在了柳荫巷这些女人身上。她们面目模糊，笑声却是清晰的，他就依着她们的笑，幻想着她们的模样。

春天了，他们马上要进山了，对自己来说是最后的机会了。白天，爹让他把兽皮卖了，他留了个心眼，把卖兽皮的钱偷偷留出了一些。夜晚将近，他先是藏在柳荫巷门前的一棵树后，看到柳荫巷每个房间的灯亮了。姑娘们开始接客了，他才像贼一样蹿了出来，一头扎进柳荫巷。

赵飞燕知道陈家的家教严,是个正经人家。她接待过这么多客人,从来没见过陈家的人来过,不论老少。当陈二做贼一样溜进门里时,赵飞燕还是吃了一惊。

那天晚上,陈二如狼似虎地扑向了一个叫春花的女人,灯都没来得及吹。春花在他身子下挣扎着说了句:客官,怎么这么猴急呀。他已经瘫倒在叫春花的女人身子上了……

那天晚上的风刮得很大,陈二又做贼似的溜出柳荫巷,瘪着身子,回味着刚刚发生的一切,他像条狗似的溜回了自己的家里。他躺在西间的炕上时,陈大和陈三已经睡下了。陈大咕噜了一句:这么晚才回来,你干什么去了?他咕噜一声,用被子蒙住了头。他想大哭一场,此时的他不知为什么会有这种心理。

出　发

　　淘金出发那天，是个早晨。天边刚露出鱼肚白，到处都是灰蒙蒙的。

　　陈大带着陈二、陈三，还有小金镇的二嘎子、三胖子、豆芽子。这是三个人的小名，喊顺了，喊多了，人们都忘了他们的大名，自己似乎也不记得了，就这么一直被人叫下去了。

　　另外三个人年龄和哥仨年龄相仿，只有豆芽子年龄小一些，才只有十九岁，干淘金这个活路，也有五个年头了。他们的父亲和陈右岸是一起淘金的几个老哥们，他们当年淘金就在一起，从二十几岁开始，每年都会走进大金沟。他们共同做着一个发财的梦，可一年年下来，只淘了些金沙，变卖后，只能过个生活。不仅没发财，还落下了一身病。和陈右岸一样，平时只能干一些农活。闲下来时，太阳一出山，就跟着太阳走，蹲在墙根下晒太阳。他们在一起经常开玩笑说：年轻时，一直干着阴气的活，老了，只能找点阳气，补补身子。有太阳的日子他们是快乐的，暖烘烘的太阳照在他们的身上，阳光顺着骨头缝爬进他们的身体里，会舒服得直哼哼。遇到阴天下雨，他们只能躺在自家的炕上，腰腿疼得仿佛不是自己的了，爹一声娘一声地喊叫。淘金人都知道,这是他们的归宿。

三胖子的爹,就是在四十岁那一年进山,便再也没有出来。病因很简单,不是天灾也不是人祸,就是患上了一种痢疾,吃啥拉啥,几天下来,整个人就骨瘦如柴了,瘦成了皮包骨。别说从大山里走出去,就是扶着树木都站不起来了,最后整个人像一个树桩子一样,在山里朽烂了。他们几个人,一起把同伴埋在山坡上,在山坡坟前插了个树枝,第二年进山时,带来了些香火,才算把三胖子爹祭奠了。淘金人的命不值钱,富贵有命,生死在天。所有淘金人,都把这句话挂在口头上,不然又能咋样。

陈右岸挪着身子把几个孩子送出家门时,二嘎子的爹、豆芽子的爹,还有三胖子的娘都来送孩子了。他们聚在镇东头马路边上,脸上不带喜色,只有一脸凝重。

初春姗姗地来了,这一阵子,已经有几伙淘金人走进了山里。他们这拨人算是走得不早不晚的。每年都是如此,一次次出发就像是出征,交代过的话都说过了。其实也没什么可交代的,他们从小就随着父亲进过山,经过这些年的历练,已经是老练的淘金人了。但每次出发,还是有这么个仪式。出发的人和送行的人默然地聚在一起,冲着东方微亮的天光,在心里默说着几句话:老天爷呀,开开眼吧,让淘金的这些孩子平安,发财。虽然他们默告前都没交流过,但心里想说的话,大差不差的就是这个意思。

陈三在出发前有些魂不守舍,昨晚上到了豆腐坊和马菊红告别了。他最后一次帮着马菊红把豆子泡到缸里,又把院子打扫了。自从订婚以后,马菊红似乎已经习惯了有陈三相帮的日子。陈三就要出发淘金去了,心里不免空空的,这么想了,鼻子就有些发酸。陈三站在她的面前,两人在暗中凝视着对方,虽然看不清对方的表情,但都知道对方目光里的内容。

我明天一早就要走了。陈三这句话已经不知说了几遍了。

她"嗯"了一声,立在原地没动,目光穿透黑暗,望在他的脸上。

一会我走,你就把门插上,用木棍顶死。他这句话也不知说多少遍了。

她没忍住,泪一下子流了下来,吸溜下鼻子,他感觉到了。身子就一震,也想哭。

他就又哽着声音说:我走了,你就马上睡呀,明天一大早,还要磨豆子呢。

她终于忍不住,一下子扑在他的怀里。他身子僵了一下,接着就狠狠地把她抱到胸前,双手在她后背死死地勒在她的身后,两人狠狠地嵌在一起,再也分不开的样子。

他气喘着说:等我再淘两年金,发了财,以后天天陪着你做豆腐。

他的脸贴在她的脸上,湿湿的。她还在流泪。

他多想就这么抱着她呀,一直到地老天荒。不知过了多久,他松开了她,仍气喘着说:我得回去了,回去晚了,爹又该骂我了。

她又"嗯"了一声,挪着脚把他送到门口。

他站在院门外,替她把院门关上。两个人的头越过院门,仍那么凝视着。

她说:走吧,明早我给你送行。

他用力点了点头,一步三回头地走了。此刻陈三从来没觉得这么幸福,自从订了婚,他的心似乎一下子被什么东西拴住了,越拴越紧。他从来没有在出发前这么牵肠挂肚过。他和几个人站在村东头的街上,一次次回身张望,直到爹说了句:时辰不早了,你们该出发了。

陈大低声说了句:走。弯下身子把淘金的工具撅在自己的肩上。他们每个人身上都背了不少东西,比如他们的一些吃食。三胖子还背了一床被子。这是他娘逼着他带上的,怕他身子骨受不了。就在这时,暗处跑出一个黑影,陈三一眼认出来了,是马菊红。马菊红见了几个人,步子迟滞了一些,还是走到陈三面前,把几个用树叶包裹的豆包塞到他的怀里。豆包是刚热过的,还带着湿热的温度,一揣上他的身子,热乎劲就传遍了他的全身。

陈三顾不上两个哥哥和众人的目光,小声地说了句:我走了呀。

她在鼻子里"嗯"了一声,立住脚,和送行的人站到一处。看见几个大小伙子,背包罗伞地向远处走去。

东方,那抹鱼肚白又扩大了一些,像个肚兜。几个人很快便融到暗处。

陈大走在最前面,他没再回头,气喘着,义无反顾的样子。陈二在暗色中又望了眼柳荫巷的方向,门前的红灯笼已熄灭了。他又想起昨晚的第一次,那个叫春花的女人。她的房间是香的,身子也是香的。在这之前,他从来没有想过,女人的身子会这么软。完事后,他抱着春花喘息了一会,他当时满脑子都是春花的暗香,还有她软软的身子。春花当时娇嗔着在他身下说:你是第一次?他不知回答了没有,反正很局促,也很疯狂。后来他不得不从春花的身边爬起来,在暗处摸过衣服,胡乱地穿在身上。走到门口,他回过头冲春花说:我记下你了。春花就扑哧一笑道:欢迎再来。她倚在门口,看见陈二狗似的逃出柳荫巷。

昨夜,陈二几乎一夜也没睡好,他一遍遍体会着和春花在一起的细节。想着,梦着,觉得女人真是太好了,好得他的腿脚都是沉的。真不想再进山里淘金了,就守着柳荫巷,守着春花过日子该有多好。

他最后望了一眼柳荫巷,迈开步子随在陈大的身后,一步步向大金沟走去。

太阳升起时,他们已经走进了沟里,小金河半融不化的样子,冰碴还挂在河床两岸,他们踩着冰碴,发出一片脆响,向山里挪着脚步。有一些着急的野草,在石缝中泛出了绿意,树的枝头不再刚硬,柔顺起来,在风中慢舞着。早春的样子,一切都刚刚好。

他们知道,走到山里,小金河的冰碴就会彻底化开了,更会有满眼的绿色。到那会,他们淘金人的日子才刚刚开始。

家在右岸

三个孩子一走,陈右岸的心里就空了。淘金的队伍消失好久了,他才把目光收回来,望着身后安静的小金镇。淘金人一走,似乎整个小金镇都空了。天已经大亮了,照在小金镇上,一半明一半暗的。几缕炊烟从角角落落里升起来,有狗三两声地叫着。他想到了自家那个叫黄皮子的狗,已不见了踪影。刚才送行时,黄皮子还跑前跑后,兴奋异常的样子。正当他专注地给孩子们送行时,黄皮子似乎在他脚前嗅了,还舔了他的手。他知道,这条狗是随三个儿子去了。自从有了这只狗,每到淘金出发时,这只狗年年如此,随着哥仨一起进山,陪着他们。一起到了初冬,再随他们一起走出来。狗随着哥仨他放心,好歹是个伴。人和狗都走了,他心里就又落寞了几分。怅怅地向自家方向走去。每每这时,他又想起额尔古纳河右岸的那个家。他出生在额尔古纳河的右岸,名字就是这么来的。额尔古纳河是黑龙江的一条分支,拐了几拐,弯了几弯,最后汇聚在一起。那里有被后人称为江东六十四屯的地方。当时他住的那个屯子叫陈家屯,屯子里的住户大都姓陈。陈姓的人大都沾亲带故,爷爷、伯伯、叔叔、婶子、舅妈地叫着,整个屯子都一团和气。他不知道自己的祖先是何时到此居住的，总之，从他生出来，就知道自己的祖祖辈辈就在这片土地上居住了。他们种地、打鱼、开矿、狩猎，农人做的事，他们都在天经地义地做着。脚下的黑土地养育了他们一代又一代。

居住在这里的人们当时并不知道，第二次鸦片战争以后，西方列强纷纷瓜分中国的领土，本来与沙俄毫不相关的外东北地区，沙俄也就此趁火打劫。正应了那句老话：趁你病，要你命。清朝政府已经顾东不顾西了，一心求和，以保自己的皇位。于是1858年与沙俄签订了丧权辱国的《瑷珲条约》。依据此条约，俄国割占了黑龙江以北，外兴安岭以南的60多万平方公里的土地。紧接着又把乌苏里江以东40多万平方公里的领土，划作两国共同管理的地域。整个外东北，几乎都被沙俄侵占了。

著名的海兰泡和江东六十四屯，就处在这40多万平方公里中俄共管地界。朝廷之间发生的丧权辱国的大事，居住在这里的人并不清楚。虽然签订了合约，但当时并没有影响他们的生活。事后他们幸存下来的人才知道，当时沙俄在西伯利亚的人非常少，想靠这些人统治东北是不可能实现的。这些人压根养活不了外东北。也正如此，沙俄才需要清朝的百姓在这里居住。当时居住在海兰泡和江东六十四屯一带的中国居民足有20万人之多，像江东六十四屯就有3.5万人之众。

自从西伯利亚铁路修建之后，俄国人源源不断地进入外东北，对这里的控制也随之加强。在小时候陈右岸的记忆里，他经常可以看到身穿布拉吉的俄国小女孩出现在他的视线里，还能看到骑着马的俄国人身背长枪进山打猎的身影。他们不知道,这些俄国人跑到他们这里来干什么。随着俄国人在他们周围定居,和他们抢土地,占资源,他们才意识到,危险正在一点点逼近。

1900年5月,八国联军正式入侵中国,清政府自顾不暇,一边举起白旗,一边忙着逃命。沙俄瞅准这一时机,派出士兵,突然对我外东北海兰泡和江东六十四屯手无寸铁的老百姓下手了。突然而至的变故,让所有人傻了眼。

陈家屯被屠杀那天,陈右岸正和父亲在田地里锄草。父亲直起腰回望屯落时,发出一声惊叫。他本想举起猪尿脬喝口水,润润嗓子,被爹的叫声惊得把猪尿脬跌落在田地里。他顺着父亲的视线看到,整个陈家屯浓烟滚滚,火苗蹿起丈余高,隐约地还能听见妇女、老人、孩娃的哭喊声。

着火了。这是父亲本能喊出的一句话。

两个人奔出田地,他们一心想奔回去救火。随着他们奔跑的,还有其他在附近田地里劳作的男人。那一年,他二十三岁,正是血气方刚,不知疲倦的年纪。他几步超越了父亲,耳边是风声,他当时心里只有一个念头:赶快去救火。接近村头的一条小路上,他看到倒在血泊中的小翠,小翠倒在路旁,身上的一捆猪草还在肩上扛着,人就倒在了血泊中。她的伤口在胸部和下腹,血水正汩汩地往外涌着。他一下子傻掉了,小翠是他刚刚订婚不久的邻居家姑娘,那年小翠十九岁,长得眉清目秀。他奔过去,一把抱起小翠,她的身子还是软的,带着几分温热。他把她抱在怀里时,他看见她的眼睛似乎还动了一下,他连哭带喊着:醒醒呀小翠,我是右岸,是谁伤了你?他听见从小翠的胸膛里发出长长的一声叹息。许多年过去了,他仍然对这声叹息记忆犹新。

父亲在他身后气喘着跑了过来,看到眼前此情此景,像头牛似的急红了眼睛,吼了一句:天杀的呀。父亲东倒西歪地向家的方向跑去。他看见父亲的样子,似乎清醒了一些,放下小翠,身上还沾着她的血,随父亲向家跑去。远远地看见家的方向正升腾起一片火海。他们家和全屯子一样,房子都被点着了。当他冲进院子里时,先是看见母亲,躺在院门不远处的猪圈旁,手里还拿着喂猪的舀子,泔水洒了一地,正浸过母亲的身体。猪圈里的两头猪,哼唧着,不谙世事的样子。爹早就说好了,到了年关,两头猪杀一头,卖一头,给他娶小翠用。爹也冲进了院子,在屋门口又悲怆地喊了一声:老天爷呀……

他顺着父亲的视线望过去,他看到了比他大一岁的姐姐,身子横陈在外屋门槛上,下体赤裸,肠子都流了出来。整个屯子都在燃烧,在大火中,一股血腥在空气里弥漫。

跑回村子里的男人,遭到了俄国士兵第二轮狙杀,这些俄国士兵埋伏在村外,有的骑在马上,挥舞着腰刀,有的端着上了刺刀的长枪,见人就刺。跑得快的,他们就开枪,整个屯子血腥气更浓了。有几个青壮年,跑回家里,在墙上摘下猎枪,准备还击。他们还没来得及往枪里装填上火药,就倒在了屠刀之下。

他是被父亲抓着脖领子往外跑的,父亲一边跑一边喊:跑哇,快跑哇。当初他们不知要往哪里跑,后来,看见有人往河边跑,他们也向河边跑。身后是屯子房倒屋塌的声音,还夹杂着人们的哭喊声,以及俄国士兵的笑叫、子弹炸响的声音。他们在向河边奔跑的过程中,捋清了思路,游过河去,从右岸到左岸。左岸没有俄国人。

他们跑到河边时,才发现俄国士兵已经追杀到了河边,许多男人、女人的尸体横陈在岸上。不少下水的人,一边在水里扑腾,一边受到岸上俄国士兵的攻击,他们像打靶一样,冲着这些人一次次地射击。

他几乎是被父亲扑到河水里的,他被呛了几口水。清醒过来时,父亲游到了他的身边。父亲想起别在腰间的猪尿脬,经过一路奔跑,装在猪尿脬里的水早就洒光了。此时,却成了他们的救星,父亲把猪尿脬用气吹起来,他们准备的这一过程中,有几粒子弹射到身边的水里,发出沉闷的声响。他拉扯着父亲,河水和泪水让他视线模糊。父亲终于把猪尿脬吹圆了,又用绳子把口扎紧。这只小小的猪尿脬成了他们爷俩逃生的唯一工具。

惊吓、奔跑、绝望,早就让他们的力气耗尽了。他们出于本能跳进了额尔古纳河里,又被几个浪头卷到深处,他们回望右岸,俄国士兵仍然在射杀着村民。村民们一边奔跑一边大骂,有的还没骂完一个句子,就一头栽倒在水中,他们的头被子弹击中了,血水染红了半个江面。

一只小小的猪尿脬不足以支撑起两个人的重量。一个浪头打来,父亲就不见了踪影,当他把头上的水甩去,再次看到父亲时,已在十几米开外的水里了。父亲在水里含混地冲他挥了一下手,又一个浪头下来,父亲就彻底不见了踪影。正是七月雨水的季节,平时温顺平静的河水,一下子暴涨了一倍,水又浑又急,浪头一个连着一个。父亲在他眼前消失了,所有的人都留在了河的右岸。

那天，他使出吃奶的力气，直到傍晚时分，游到了左岸，他早已精疲力竭了。他是抓住岸上的一撮水草爬上岸的。是父亲留下的这只小小猪尿脖救了他一命。

额尔古纳河发源于大兴安岭，上游被称为大雁河，中段又称为海拉尔河。进入到黑龙江，形成支流，称为额尔古纳河。这条古老的河流，见证了1900年7月24日那个傍晚时分的情景。右岸一侧，是成千上万中国人的尸体，许多尸体被俄国士兵踢进了河水之中。中国人的血水浸透了额尔古纳河，在夕阳之下，这是一条流血的河流。

陈右岸挣扎着站了起来，他又一次向右岸望去，才发现，此时右岸已经漆黑一片了。一切都安静了下来，只有奔涌的河水，在他身后发出一片响声。

那一刻，他知道，右岸的家没有了，亲人不在了。只剩下他一个叫陈右岸的人了。

那一年，陈右岸刚满二十三岁。

大金沟

被人们称为大金沟的地方,是大兴安岭的余脉,延伸到此,形成了两山夹一河的形状。那条从大金沟穿流而过的河,被当地人称为小金河。淘金就是在小金河的沙土里把含有星星点点颗粒状的金沙淘出来。

小金河并不是到处都有金沙,选择一条金带,是所有淘金人的赌注。如果能在小金河里找到这条隐藏在沙石里的金带,他们进山这半年,就不算拼死拼活白劳作半年。有许多淘金的人,因为初来乍到,并不得其中要领,胡乱地在小金河里淘上一气,连个金沙的影子都没发现。吃苦受累地白忙活一场不说,半年时间也就这么浪费掉了。

每拨进山淘金的人,都有一位经验丰富的金探,被称为"金头"。陈大就是他们这一伙的金头,探金脉的手艺是爹传给他的。两个弟弟还小时,他就随着父亲进山淘金了。几年下来,他就练就了寻找金脉的本事。寻找金脉是件挺复杂的事,但无外乎要做三件事。一是"看",看不是在河里,而是山上,顺着山坡寻找水道,从山上流下的溪水,或者雨水的通道,然后在这些地方,再收集一些沙石。下一步就是"嗅"了,但凡有金子流过的地方,土壤或沙石里,都会含有少量的金沙。当年爹和他说:金子是有味道的。金子的味道他第一次听说,当爹把一捧含有金沙的土放在他的鼻子下,他除了闻到一股土腥气之外,并不能嗅到属于金子的气味。那会,爹带着人在河道里淘金,把他一个人丢在山坡上,让他去闻去嗅,经过千百次的试验,他终于嗅到金子的气味了。那气味说不出来,不好形容,苦辣酸甜都不是,也不是人间所说的百味,金子的味道是要用硬度来形容。或硬或软,是硬和软散发出的特殊味道。然后就是"尝",嗅不出味道就要尝了,捏一撮沙土放到嘴里,得去品,在沙石杂草的混合味道中,找出属于金子的特有味道。这种味道究竟是什么,他也说不清道不明,只是一种感觉。不论"嗅"还是"尝",其中的奥妙只可意会不可言传。

当陈大得到爹的真传之后,金探的活就由陈大承包了。爹虽然不能再进山淘金了,却每日每夜地惦念着三个儿子淘金的进展,找到金脉了吗,是不是遇到什么危险,是刮风了,还是下雨了。爹还经常蹒跚着脚步,走到大金沟的沟口,向里面探望。淘金的人都进山了,此时大金沟口不见一个人影,就那么静静的。爹的心却不平静,他的心被三个孩子牵走了。但凡有个风吹草动,都为山里的孩子担惊受怕。

陈大这次进山,一直在山里转悠了五六天,终于找到了被他们称为金脉的东西。然后从山坡上下来,又观察了流下的水道,冲着小金河指点道:咱们就顺着这条河道开挖吧。金沙不是生在小金河里的,而是在山里,大金沟是一座富含金矿的山脉,因常年裸露,风吹日晒,随着溪水、雨水的冲刷,会把山里星星点点的金沙冲到小金河里,汇聚得多了,人们才能淘到金沙。虽然经过"看""嗅""尝"找到了金脉的流向,在小金河里,也不一定立马就淘到金沙,水是流动的,细小的金沙更是如此。有时会被水冲到不知什么地方,才会沉积下来。

一行人只能在河水里摆开架势,把一堆又一堆的沙石捞起来,在簸箕中筛寻,在水里一遍遍淘洗,最后呈现在底部的,或许就有星星点点他们视若珍宝的金沙。不论谁淘到金沙了,都是一片欢呼,所有人都会跑过去,把簸箕举到眼前,借着太阳的反射,横看竖看,金沙和别的沙土不一样,会在太阳下闪闪发亮。淘金的人,每个人腰部都会系着一条皮口袋,像吸烟人的烟盒包。平时系紧,淘到了金沙,会把皮口袋展开,用指头蘸着一点点把金沙蘸到皮口袋里。只要第一个人淘到了金沙,就是对陈大寻找金脉第一阶段的肯定。兄弟几个人就甩开膀子,把簸箕一次次插入到水下的沙石里,然后又耐心地挑拣,筛洗,直到发现金沙。

开河不久的小金河,水流虽然不大,却刺骨的冰冷,在许多阴凉处,积雪和冰碴还没完全融化。可淘金人心切,他们已经顾不了许多了,站在冰水里。不一会就有人抽筋了,滋味难受,爹一声娘一声地叫着。众人就七手八脚地把抽筋的人扶上岸,卷起水淋淋的裤管,把腿尽量大面积地裸露出来,冲着太阳晒。太阳是个好东西,像一根根看不见的钢针,医治着骨头缝里的疼。待抽筋过去了,他们又奋不顾身地跳到水里,又一次玩命地捞起了金沙。

每到太阳西落,再也看不见金沙了,他们才拖着一天疲惫的身子上岸，摇晃着身子，向岸上的窝棚走去。窝棚是新建的，用一些树木和草搭建起来，为这些人遮风挡雨。窝棚有两处，一处是陈大、陈二、陈三的住处。哥仨住在一起，也是理所当然的事。另外一处是二嘎子、三胖子和豆芽子的住处。因为三个人是外人，年龄又小，三个人合在一处，也没有人有异议。

上岸后的第一件事，就是陈大把稍微大一些的皮口袋撑开，每个人都小心地把腰上的皮口袋从腰上解下来，把口对准陈大的口袋，仔仔细细地把金沙倒在陈大的口袋里，直到抖落得一粒金沙不剩，才收起口袋。做完这一切之后，陈大当着众人的面再把皮口袋系紧，又系在腰上，然后又用力地拍一拍。众人看在眼里，心都放到了肚子里，长吁一口气。众人又忙着生火做饭了。

米面是他们进山时背进山里来的，山林还没有绿，还没有野菜和野果，他们会熬些粥来充饥。他们带的食物有限，并不能放开来吃。喝顿粥，暖暖身子，就是好日子了。到了山高水绿的时候，他们的粮食就更舍不得吃了。天快擦黑的时候，陈大会让豆芽子到山坡去采摘些野菜，晚上的时候，粮食就又少了一些，和着这些野菜去煮，再放些盐巴，又是另外一种日子了。当山上的野菜变老或变成草木的时候，他们带来的粮食也差不多消耗殆尽了。陈大会让三胖子和豆芽子一起去抓鱼，或摘些野果子，人们就着鱼汤和野果子，也能凑合一顿饭。有时，抓不到鱼，吃不到野果子，他们只能啃树皮、吃草根为生了。一直熬到天上飘落又一场雪，眼见着小金河又起了冰碴，他们才像野人似的摇晃着走出大金沟。每次走出大山，他们都又黑又瘦，似乎随时倒在山路上，又终是没有倒下，熬着撑着走

大金沟·41

出大金沟。走到平原处,远远地见到了小金镇上空冒出的炊烟,他们所有人鼻子都会发酸,心里流淌着只有他们才能体会到的苦尽甘来。

走出山里的第一件事,他们不是径直回家,而是簇拥着陈大,来到镇里的金铺,把装满金沙的沉甸甸的羊皮口袋放到金柜的掌柜面前。嘴里喷着冷气道:我们回来了。金铺掌柜的姓宋,人称"宋金柜",戴眼镜,留着山羊胡,头戴一顶瓜皮帽,仔细地把皮袋里的金沙倒在秤盘上。这时所有人都不错眼珠地把目光盯在秤杆上,高一点都不行,直到秤杆又平又稳时,才落下。宋掌柜报出一个数字,人们吐口长气,有的失落,有的满足,然后宋掌柜就打着算盘,二一添作五地算出价值白银的斤两。直到他们又把散碎银两揣在自己的兜里,才算完成最后的仪式。他们手捂着兜口,冲出金铺的大门。向自己家的方向跑去,一边跑嘴里还爹一声娘一声地叫:二嘎子回来了,爹呀,娘呀,俺要吃口热乎的米饭……所有人心里都是热乎的,眼睛是潮湿的。

这就是淘金人的使命。

那只叫黄皮子的狗见证了淘金人的一切。在淘金队伍中,它是最悠闲的一员了。当人们淘金时,它就漫山遍野地去转悠,寻找能吃的一切东西。比如:地鼠、刺猬,从树上的鸟巢里掉出的幼崽什么的。总之,它为了生存,只要是能吃的,它都会把它们吃到嘴里。每天,淘金人收工时,它都能够准时地出现在人们的视线里,扭着身子,甩着尾巴,极尽讨好的神态。有时陈大会把人们吃剩下的半碗米汤或菜粥端到它面前,它很快就把人类馈赠给它的食物吃干净。

一副酒足饭饱的样子。当人们躺在窝棚里，发出阵阵鼾声时，这是它一天最机警的时刻，不断地围着两个窝棚转悠，累了，就趴在不远处假寐一会。一旦有风吹草动，它都会机敏地立起身子，竖起耳朵，只要它觉得它的主人有了危险，它会立马大叫。

有几次，黄皮子救了两个窝棚的人。一次是遇到熊瞎子来袭。有时饥饿的黑熊也会袭击人类。它把众人叫醒时，黑熊距离他们只有几米开外的地方了，随时都能扑过来。陈大等人对付这些野兽显然有经验。如果放在冬天，他们进山狩猎，他们手里有火枪，有套子，根本不怕这些黑熊和野猪之类的野物。就是征服不了它们，也不会受到它们的伤害。但现在不一样，他们赤手空拳，又是突遇，他们手里只有棍棒、树枝，根本对付不了这些大型的野兽。

黄皮子见人们纷纷从窝棚里钻出来，手持棍棒和树枝，胆子明显就大了，嗷叫一声向黑熊奔过去，但并不敢冲到近前，绕着黑熊狂吠不止。这就给陈大等人赢得了时间，陈大跑到一堆干柴旁，用火镰把柴火点着，这样一来，野兽就不敢接近他们了。一直僵持到天亮，野兽才怏怏着离去。

这样的经历有好多次，是黄皮子这只狗救了他们。平时他们也尽量善待这条狗。有时，他们淘金时，顺手抓了条鱼，就甩到岸上，扔给黄皮子。它就高兴得什么似的，上蹿下跳的样子。久了，黄皮子也成了陈大这些淘金人中的一员。人和狗相处在一起，就多了种滋味。从初春到初冬，日子不紧不慢，只有苦累相伴。

拉边套

"拉边套"是指一匹驾辕的马拉不动一车的载重时,便在马的身边再加上一匹马,被称为"拉边套"。

陈右岸大难不死,靠着一只猪尿脬,游到了额尔古纳河的左岸。无家无业,举目无亲,成了一个地道的盲流。流落到小金镇时,已经是来年开春的事了,当时正有一群一伙的淘金人,成群结队地进山,开始了一年一度的淘金生活。他实在无路可去,随着一伙淘金人,向山里走去。他当时只有一个想法,只要有人给他一口吃的,让他当牛做马都行。

经过大半年的流浪,他什么活路都干过,帮人收过庄稼,看过坟地,也帮人打过猎。他经常想起右岸的陈家屯,那里曾经有他的家,有父母,有姐姐,那是稳定温暖的故乡。祖辈开垦出了田地,他和爹一起,只要付出辛苦,就总会有收成。只要不遇到太坏的年景,一家人的温饱总能有保证。在右岸流传着一句话:外东北的土地富得流油,插根柳树枝都能长成一棵大树。这就是他右岸的故乡。如今家没了,亲人也不在了,整个陈家屯他成了唯一的幸存儿。他一边过着颠沛流离的盲流生活,一边思念着亲人和故乡。他知道故乡已经回不去了,被沙俄的士兵占领了。他们世代耕耘侍弄得肥得流油的土地,变成了沙俄人的粮仓。

他随着一伙淘金人欲往大金沟里走,大家对他这个陌生的外乡人,自然排拒。人们纷纷停下脚步,把他围在中间,其中一个三十多岁,脸上生满胡子的男人就问他:你干吗跟着我们?他小声地说:我想和你们一样去淘金。其中一个男人听了他的话,冲过来,用肩膀撞了他一下道:你算老几,滚。他无路可走了,眼泪在眼圈里打着转,看看这个,又望望那个,他想在众人堆里寻一个心慈面善的人当救命稻草。

胡子男人挥了一下手,让人群退去一些,上前一步道:你是哪来的,为啥要干淘金这一行?

他望着脸上长满胡须的男人,一下子感受到了对方的善意,虽然这个人满脸的胡须,看上去有点凶,胡须背后,他瞬间抓住了这个人透露出的一点温暖,他双膝一软,跪在了男人面前。他知道面前这些粗糙的淘金人不会留给他更多时间,他用最精短的话语,把自己这大半年的经历说完了,然后又不管不顾地冲地上磕着头,边磕边说:我无路可去了,求你们收下我吧,就是我死在荒郊野外,也不会有人找你们麻烦。

他抬起头时,看着围在他身边的这伙淘金人,已向前迈动了脚步,他们列成自然的两排,相跟着,低着头默然地向前走去。他绝望地收起含在眼圈的眼泪,心口窝里深叹一口气,努力地站起来,他准备向相反的方向走。就在这时,他听见了胡子男人的声音:跟上我们吧。

从那时开始，他加入到了这伙淘金人的队伍中。胡子男人的名字叫葛大林，是这伙淘金人的金头。后来，他又知道，这伙人大部分来自关内，有许多人还操着侉腔，但他听起来很亲切。

葛大林成了他淘金的师傅，淘金这门手艺都是从师傅这里学到的。师傅果然是面凶心善的男人，当第一年淘金结束，他们从大山里走出来，虽然师傅分给了他应得的那一份淘金的血汗钱，可他仍然没个家。无处可去的他，被师傅领回了家。师傅已经成家了，师母叫杜小花，是个娇小玲珑的女人，外貌上和师傅形成了明显的反差。师娘杜小花年龄要比师傅小上几岁，和他比较接近，师娘也是个好心人，面对他的到来，一直笑脸相迎。

冬闲的时候，他就随师傅外出打猎，打猎这门手艺他以前就会，在右岸生活时，冬季里，父亲就带他去打猎。两人合在一起，每天都有收获。天擦黑时，师傅在前，他在后，两人回到了小金镇师傅的家。两间土窝棚。还没进院，他就闻到了饭菜的香气，他知道，这是师娘杜小花把饭菜做好了，就等他们回来了。果然，他们一进门，还没抖落掉身上的寒气，师娘已经把饭桌放到了炕上，饭菜也满满地盛上了，还烫了一壶酒。师傅葛大林平时不是一个爱言辞的人，从早到晚木讷着，很少说话。但几杯酒下肚就不同了，话匣子就打开了。师傅又喝口酒说：右岸，你再努上一把力，干上两年，自己打一间房子，在小金镇你也算有家的人了。他应道：嗯那。也并不多言，心里一边热着一边想：师傅这话说到他心坎里去了。他何尝不希望自己有个家呢。这是他心中的目标。

师傅沉了沉：有了家，再干几年，说上一房媳妇，就和你在陈家屯差不多了。

师傅一提起陈家屯,他就又有了一种想哭的欲望。一年多了,右岸陈家屯那个家,他从来没有忘记过。那里有他的亲人,有他青春年少成长的痕迹。他怎么能说忘就忘呢。每每做梦都想到右岸的家,每次做的都是噩梦,又梦见了沙俄士兵放的冲天大火,小翠、父母、乡亲惨死时的样子。他游到江心回望时,曾亲眼看见一个沙俄士兵,用刺刀挑起一个几岁的婴儿,甩到江心里,那孩子连哭一声都没来得及。他每次从梦中醒来,都会哭上一阵子,他的哭泣是在心里,只有泪水默默地流下来。从梦境中走出来,他又想到了现实,觉得自己的命好,让他遇到了师傅这一家好人。不仅收留了他,还给他的生活带来了希望。他想着自己有家的日子,他要娶上一个能生能养的老婆,为陈家续香火,就像在右岸时一样,他要有一个温暖的家。

他每天住在师傅家的灶房里,用高粱秆搭成一个床铺,师娘给了他一床被子,还有一条褥子,铺在上面,也算暖和。这比他当盲流时,在牛棚、猪圈里度日月强上百倍了。

师傅还年轻,身体强壮,每天晚上做那事时,声音都很响。每次他听见,都心慌意乱的,用被子把头蒙住,声音还是隐隐地传来。他就想起师娘娇小俏皮的样子,浑身热得不行,干脆用手掌把两耳朵捂住,大气也不敢喘一声。

第二天早晨见到师娘时,看见师娘脸色红扑扑的,师傅也很滋润的样子。他一直以为,师娘很快就要生小孩了。可他和师傅再次淘金回来,师娘的肚子仍然是瘪的。他很好奇,有一次就偷偷地问师傅:师娘怎么还不要孩子呢?师傅就干干硬硬地清清嗓子,有些难为情地说：你师娘有病，怕是这辈子再也不能生了。他突然恍悟过来，原来师娘有病，天生不能生育。

师傅依旧每天夜晚在师娘身上劳作，却不见收成。他也跟着师傅一起泄气和悲伤。他随师傅进山第三年后，再次出山时，师傅终于对他说：你该打一间你自己的房子了。在第二年春节后，这些淘金的兄弟们一起来帮他打房子，就在师傅家不远处的一个空地上。打房子，就是干打垒建起来的房子。那一年，为他打房子，师傅特意推迟了几天进山的时间。房子终于打好了，和师傅家的一样，一里间一外间。里间住人，外间生火做饭。

房子打好后，他们又一次该出发进山了。师母来送他们，专门到他眼前交代道：右岸，你放心走，房子师娘替你看着，没事过去烧几把火，温着炕等你回来住。

那一年淘金，他浑身上下不知哪来的力气，在他们这伙淘金人中，他干得最欢。每天回到窝棚里时，会莫名其妙地想家，这次想的不是右岸的家，而是自己刚刚打起来的房子。想到房子，还会想到师母，娇小俏皮，脸红红的样子。这么想了，觉得自己太罪恶了。忙收住这个念头，想自己成家立业后的生活，一个面目不清的女人，在他眼前浮现。这一年，他已经二十有六了。到了一个男人该成家立业的年纪了。

天有不测风云，就在那一年，小金河水快结冰碴时，师傅出事了。头天晚上大家在一起躺在窝棚里，这些男人在黑暗中还潦草地说着关于女人的话题，他们这伙淘金人，都是二十开外的大小伙子了。只有师傅三十出头，也是唯一结过婚的男人。一天的疲惫让他们在夜晚生出许多男人的幻想。话题自然离不开女人，有的人越说越出格，师傅总是在适当的机会里，让他们打住话头。头天晚上，师傅还呵斥过他们的胡言乱语，可第二天，师傅却起不来床了，不仅脸歪嘴斜，半边身子也不听召唤了。有经验的人说：师傅这是中风了。那一年，他们抬着师傅早早地出山了。

师傅捡了一条命，可就此瘫在了炕上。那年冬天，他们这伙淘金的伙伴们，轮流来看师傅，师母还求了郎中上门看病。中药吃了一服又一服，一进师傅家院子里，就能闻到满院子中药的气味。师傅的病情似乎有所稳定，能含混地说一些话了，但半边身子还是不能动。一冬天，他都守在师傅的身边，帮着师母一起熬药，吃喝拉撒地伺候着师傅。他问过上门的郎中，师傅的病何时能好。郎中就一边掐着自己的指关节，一边说：病来如山倒，病去如抽丝。师傅的现状让他知道，师傅的病急不得。

又一次江开雪化时，淘金人又该成群结队地进山了。师傅让他把他们这伙淘金人集合到师傅的炕边。师傅含混地交代道：你们该出发了，不要管我，不能让咱们的队伍散了。他就是在那一年，被师傅委任为他们这伙淘金人的金头。

他们无奈地向师傅告别，又踏上了淘金之路。他和师傅师娘告别时，心情是沉重的，他默立在师傅的身边说：师傅你莫急，有我呢，我一定把咱们这伙人带好。

师傅翻起眼皮，把希望的目光投向他，又呜噜着声音说：别把人心带散了。他重重地点头。最后把师娘叫到门外交代道：郎中还得请，不能让师傅断药，别为钱发愁，有我呢。师娘就眼睛发红，

拉边套·49

这小半年以来，师娘明显憔悴了，眼圈一直是黑的。虽然有他替师娘分了些忧愁，但他无论如何解决不了师娘的忧心。从那一刻开始，他为师娘担忧了。

那一年他带着淘金人走出大山，在金铺换回碎银后，他自作主张地决定，留一份给师傅。他说：没有师傅，就没有我们大家伙，师傅遇难了，我们应帮帮他。虽然没人反对，但他还是感觉到有几个人并不太情愿。当他把师傅这份钱，送到师傅手里时，师傅还躺在炕上，人又瘦了一圈，胡子拉碴的，眼窝深陷，虽然病情似乎又好了一些，但躺在炕上仍然动弹不得。

师傅在炕上躺了两年，仍然爬不起来。有几次他去看师傅，师傅正在床上舞着手挣扎，嘴里发出咒骂声，骂天咒地。不论他怎么挣扎，还是起不来。师傅就狼一样地嚎，师娘躲在屋内一角，暗自擦泪。

除第一年，他们从山里回来，给师傅留了一份分账，师傅勉强着接受了。第二年他再提出给师傅分一份时，所有人的脸色都不好看了，他知道，这是大家伙不同意，有意见了。他不再说什么，二一添作五地把账分完了。最后是把自己那一份分了一些，给师傅送过去。他怕师傅伤心，他编了一个理由，说今年雨水大，小金河水流急，淘金的收成不好。师傅是何等聪明的人，他没说完，就把他给师傅分的那一份推了回来，不容置疑的样子。还说了句狠话：我不需要这些，你以后还得讨媳妇，我葛大林不会连累任何人。

师傅不需要他的帮助，但他知道师傅的积蓄早就花光了，从师傅倒下，不断地请郎中开始，师傅的花销就水一样地流光了。现在师傅用家徒四壁来形容一点也不过分。两年时间里，师傅把家里稍值些钱，能变卖的东西都变卖光了。一个家，只剩下一个空壳了。

他想帮师傅，可又不知从何处下手，在淘金回来的日子里，他每天都要到师傅的炕前站一站。师傅也不说什么，睁着眼睛，用愁苦的目光望着天棚。师娘立在一旁，用衣襟去擦眼泪，像个受气的小媳妇，不时地长吁短叹。昔日，那个水灵、年轻的师娘不见了，现在的师娘脸色灰暗，愁眉不展。

当他外出去打猎，打了一只野兔，一只山鸡，他给师傅送过去，希望师傅补补身子。师傅似乎哭过了，眼圈还红着。师傅示意他坐在炕沿上。他听话地坐下，师傅先是长长地叹了一口气，半晌，师傅说：右岸，你得帮我。他伸出手，捉住师傅一只手，僵硬、冰冷。师傅小声地：我打第一眼见了你，就知道你是个好人。他听了师傅的话，喉头有些发紧。如果没有师傅的帮助，他不可能在小金镇立住脚，更不可能这么快安了家，他的盲流生活还不知道要到什么时候。他感激师傅，在心里，早把师傅当成自己的家人了。他握着师傅的手，哽咽着声音说：师傅，只要是能帮上你，我当牛做马都行。他说的是真心话，是凭良心说的。

师傅的身子动了一下，想侧向他，在他的帮助下，师傅终于侧了过来，望着他的眼睛说：你得帮师傅，我和你师娘杜小花说了，你要真心帮我，就到我们家拉边套吧。

他听了师傅的话，脑子"嗡"的响了一下，攥着师傅的手也慢慢松开了。他从小生活在外东北江东六十四屯，对这一带风土人情他太了解了，对拉边套这个词并不陌生。在他们陈家屯，就有几家

拉边套 · 51

男人拉边套。原来的人家，男人身体出现问题了，不能养家了，就有个男人过来，和原来的家庭一起过，承担起一个男人该做的事。他没想到，师傅会做这样的决定。那天，他坐在师傅身边，不知过了多久，天都黑了，师娘也没点灯，屋里也一片黯然。师傅扯着嗓子喊：杜小花你过来。很快，师娘应着声音走进来，不远不近地站在暗影里。

师傅又说：我和小花商量好了，从今天起，就让小花和你去过。师傅说完这话又努力地平躺下来，他知道师傅在流泪。屋里黑，看不见，他能感受到师傅的泪又热又长。

后来，他就站在暗影里，像个木桩子似的。半晌，师傅又说：右岸，我知道你是好人，会帮师傅的，对吧？又是半晌，他含混地应了一声。他不知何时，又是怎么回到自己屋里的。火灶出门前就烧上了，此时很温暖。他回味着师傅的话，像做了一场梦。

又不知过了多久，他感觉到外间的门帘被人挑开了，少顷，师娘杜小花站在了他的面前。他已经躺下了，正在回味刚才发生的一切，杜小花在炕前默立了一会，并没有说话，犹豫着把手伸到胸前，开始解扣子。他看着，顿觉口干舌燥。后来，杜小花爬到了炕上，就躺在了他的身边，又犹豫着把炕头上的被子拽过来，盖在两个人的身上。他的身子就僵了，像一截冰冷的木头。

他能感受到杜小花的呼吸，就在他的耳边，悠悠的。他不动，木头似的。杜小花开口了，刚开始结结巴巴的，后来就流利了一些。她说：我今年二十七了，和你师傅结婚七年了。后来她又说：我和你师傅，十几年前逃荒来到小金镇，老家在山东，是一个村的。刚开始逃荒时是好几家子人在一起,走走停停。后来就剩下他们两家人了,有妈有爹。后来再走,爹娘就都一个个相继倒下了。最后就剩下他们两个人了。那一年她才十五岁,师傅二十岁。是师傅一直照顾她,让她有了家,在小金镇立住了脚。渐渐地,杜小花的声音平静了下来,像说着别人的事。他在暗处,透过窗外的光亮,看到了杜小花脸上的幸福。

杜小花又说:女人呐就是嫁鸡随鸡,嫁狗随狗。你师傅瘫了,我不能不管他,好死不如赖活着。他让你帮我们一家,我从心里感激你,可又怕苦了你。

他侧过脸,看到或者说是感受到了杜小花脸上的泪水,摸自己的脸,发现自己的脸也早被泪水打湿了。杜小花似乎下了很大的决心,一头扎到他的怀里。起初,他没动,仍然那么僵硬着。渐渐地,他的意识回到了他的身体里,他又想起几年前,自己借住在师傅家的厨房里,每天躺在床上,听着屋内师傅和杜小花发出的声音,那会他身子是热的,脸是红的。很快,他身子又热了起来,他现在是二十六岁的男人,杜小花比他大一岁。在这之前,他想过无数遍的女人,可从来没有如此近距离地和女人在一起。他发现杜小花的身子也热了起来,然后就变成了软,像一泡水一样顺着他身子慢慢浸开。他突然用了些力气,把杜小花抱在怀里。杜小花喉咙深处,发出一声悠长的声音。他像师傅一样,热烈地和杜小花在一起了。

很快,小金镇的人都知道,他给葛大林拉边套了。他走过每一处,别人都在后面议论着他,他挺直腰板,一副无所谓的样子,该干啥还干啥。从那以后,他堂而皇之地进出师傅的家门,刚走进院内,就闻到了菜香,他心里就暖了,心想,这才是家的样子。他把打来的猎物放到柴房里,吊起来,等待风干。来年春天,就能卖个好价钱。走进屋内,炕上躺着的师傅,由杜小花服侍着已经吃过了。炕梢放了一张小桌子,留着他和杜小花的饭菜。两人并不多说什么,齐齐地盘腿坐在炕上,炕上是温热的,杜小花还给他烫了一壶酒,他一边喝酒一边吃饭。杜小花默默地不时地把菜夹到他的碗里。他看眼杜小花,杜小花也在望他。有了男人关心的杜小花,重新又水灵了起来,面色红润,潜伏在她眉宇间的愁容已经一扫而空了。

每天吃完饭,他都会默立在师傅身边,希望能听到师傅说些话。师傅每次都催他:时候不早了,你也辛苦一天了,早点回去歇着吧。他就应了句:嗯那。然后向自己的住处走去。不用两袋烟的工夫,杜小花一定会相随而来。然后两人就热烈地抱在一起,在炕上滚动。一气又一气之后,他们才会相拥着进入梦乡。

又一年春天到了,他又该出门淘金了。让他担心的是,这一阵子杜小花食欲不好,经常呕吐,脸也灰灰的。他劝她去看郎中,她总是说:没事,过一阵也许就好了。她其实已经有两个月没来月事了。她不懂,他更不懂。

最后,他牵肠挂肚地带着一伙人进山了,他在沟口和杜小花挥手作别。这次进山,不同以往,他觉得肩上的担子更重了。他不仅要养活自己,还要养活师傅一家子。淘金就格外卖力,希望遇到一个好收成。

苦熬、苦累了大半年之后,他们背着沉甸甸的金沙出山了。让他没有料到的是,陈大已经出生了。当他看到杜小花抱着刚出生不久的陈大迎接他的时候,他觉得自己不知身在何处。

以前师傅说,杜小花有病,生养不了,原来是师傅有问题,和杜小花没关系。就这样,杜小花又为他接二连三地生下了陈二、陈三。

他从来没有想过,娇小的杜小花还有这么大能量,能一口气为他生下三个儿子。

自从有了孩子之后,他的生活就彻底变了。一心放在了这个家上,家里有三个孩子,还有两个大人要养。他牛马般劳作,就是为了一大家子人都能过上好日子。

淘金人

一进入三伏天,他们带的粮食就断顿了。几个人进山时,除了要背上淘金的工具,还有换洗的衣裤,再就是粮食了。每次从山里出去时,他们用金沙换回一些银两、铜钱。第一件事就是把来年春天进山时的粮食备好,这是他们的口粮,也是进山人入门的条件。山高路远,他们本来要带的东西很多,粮食是重中之重。每人一口袋粮食,无外乎玉米楂子、高粱米,偶尔谁带点小米就变成金贵的细粮了,遇到谁头疼脑热,身体不好时,才会煮上一碗粥,当病号饭用了。虽千方百计省吃俭用,三伏天一到,粮食还是吃光了。所有人都知道,他们的苦日子已经到来了。

陈大每次找到一条金脉,他们并不能淘上多少天,多则十天半月,少则三五天,金脉就被他们挖完了。有时,陈大费了挺大的力气,在山坡上找到一条流经小金河的金脉,他们拉开架势淘金时,才发现这条金脉已经被别的人淘过了。因为受到雨水和河水的冲刷,河底都平整如初,压根看不出来。从春到秋,大金沟里,有无数人淘金,分成若干个团组。淘金人最怕碰到淘金人,都希望自己抢个鲜,找到一处别人不曾来过的地方。一年年下来,这么多茬淘金人,前赴后继地到大山里淘金，想找到一片处女地并非易事。

陈大经常领着大家伙，顺着小金河的河汊口寻找金脉，小金河是由无数个山溪汇聚而成的，顺着溪脉找，都是蛮荒之地。溪旁的蒿草遮天蔽日，古木林，在大山里转悠大半天，都见不到一丝太阳。只因这里不曾有人来过，只要他们发现金脉，都是丰沃的。顺着溪脉，可以淘上几天。收获自然很可观。

进入三伏天之后，陈大就带着几个人钻进了一条山涧的溪流里，他们走了三天的路，要不是有条溪水从他们脚下流过，他们都怀疑自己与世隔绝了。好在，他们没有白折腾，陈大很快在一处山坡上发现了金脉，又顺着溪流确定了位置。所有人都甩开膀子，俯下身子，恨不能一头扎在溪水里，把含有金子的沙石都掏出来。虽然是三伏天，山外已经是一年最热的季节了，可他们在深山老林里，却浑然不觉。山顶上冲下来的溪水，凉得刺骨。他们在溪水里站一会，就有人抽筋了。最先抽筋的是三胖子，几个脚趾蜷缩在一起，小腿肚子也扭曲变形了。他爹一声娘一声地叫着，爬到溪边的草丛里，试图用手去掰弯曲的脚趾，终是不能。还是陈大过去，叫过豆芽子，两个人按着三胖子的腿，先是让腿伸直，再去捋弯曲的脚趾。抽筋，他们所有人都经历过，知道这滋味并不好受，三胖子爹一声娘一声大叫时，所有人都冲三胖子投来同情的目光。金脉肥沃，他们舍不得多余时间，甚至一个多余动作，都专注地埋下头去淘金沙。

当三胖子停止呼喊时，大家都知道，他抽筋暂时已经得到了缓解。陈大扒开一片头顶的树叶，向外看了看，遮蔽在他们头顶的树叶之外，还有更多山林的树叶，他是在估摸世外的时间。然后冲三胖子说：

今晚的饭由你来做。三胖子感激地冲陈大说了声：谢谢大哥。

　　淘金人的命，都是生生死死熬过来的。久了，虽不是一个姓氏，但情感却如同手足。一年中有大半年在一起。淘金人也有自己的江湖。在一伙淘金人中，不是拜干爹，就是磕头拜成兄弟。陈大一伙也举行过拜把子仪式。那是他们淘金后的第二年，又一次进山前。陈大在一个土堆上插了三炷香，他们六个人都跪在了土坎旁，俯下身子，就由陈大领头说：高天厚土，老天在上。然后他们依据大小，报上自己的名字，再由陈大说：我们在老天面前，结拜成兄弟，有难同当，有福同享。

　　陈大、陈二、陈三本来就是自家兄弟，拜与不拜，都是一个爹娘生的。但另外三个人，二嘎子、三胖子和豆芽子却不一样，他们都是不同姓的外人。其实淘金人的心都是叵测的，经常传出淘金人内斗的事，本来一伙人一起去淘金，结果出山时，有时走出来的人，就剩下两三个人了。在深山老林里，是生老病死，还是发生意外，没人能说得清楚。死因都是活人说的。古人道：人为财死，鸟为食亡。大部分淘金人，都是以家庭为结构，这样最安全。

　　虽说，当年陈右岸和二嘎子、三胖子、豆芽子的爹，一起淘了几十年的金。最早的金头是葛大林。后来葛大林中风了，陈右岸成了这伙人的金头。他们也是一个头磕在地上，拜过把子的。冲老天爷发过誓之后，就齐齐地冲大金沟里喊：我们兄弟不求大富大贵，只求同出同进。同出同进，这是淘金人的最高境界了。

　　二嘎子、三胖子、豆芽子，都是父母潦草起的小名。山里的孩子不值钱，随便起个名字，寓意就是好养活，老天爷都不会理睬，苟且地偷着活的意思。当他们的父亲落下一身毛病，再无力进山时，他们的儿子，接过了父亲的使命，一个头磕在地上，他们又成了兄弟，又一起同出同进了。

三胖子得到陈大让自己做饭的指令之后，他挥手叫过那只狗。黄皮子在暗无天日的深山老林里过活，也失去了往日的欢乐。正卧伏在一棵树下打盹，人类表演淘金的生活它早就司空见惯了，提不起一点兴致。它做了一个梦，正在啃一块带肉的骨头，口水都流了出来。三胖子把它叫醒时，它还沉浸在自己的梦中，流着口水，莽莽撞撞地随在三胖子身后，钻到老林子里。

没有粮食的日子，他们只能靠野菜过活了，早餐是陈二准备的，随便在林地里找些野菜，和水一起煮了，又撒了一些盐巴。清汤寡水的野菜，吃到胃里直泛酸。在小金河淘金时，他们偶尔还能在深水里抓到鱼，隔三差五地吃上一次荤腥，算是补充体力了。但进了老林子里，没有深水，只有又急又快的溪水，很难有鱼了。三胖子想到了山里的蘑菇，他想采些蘑菇，生火烤着吃。一天怎么也得吃一次干货。都是汤水，一两天还可以，时间久了，他们的身体就垮了。他带着黄皮子，钻到一条山沟里，他用木棍探路，拨拉开草木，低头寻找着蘑菇圈。在山里，凡是有蘑菇的地方，都会是成片的，被称为蘑菇圈。他终于看到了一片蘑菇，生长在几棵树下，在杂草中，透着白净的身子，似乎就在等待着被采这一刻了。他脱下上衣，想用上衣把这些蘑菇兜着回去，可他刚一钻进草丛，不知触碰到了哪只马蜂窝，一团蜂子，轰的一声炸了窝。蜂王冲向他，在他头顶上蜇了一下，然后就有更多的蜂群向他俯冲下来。三胖子嗷嗷叫着，挥舞着衣服，胡乱地扑打着。受了惊的蜂子，越聚越多，最后在三胖子耳边，嗡响成一片，很快，他的眼睛就看不见了，耳朵也失去了听力。最后他连还手之力也没有了，先是在林地里打滚，最后就抽搐成一团了。

黄皮子先是受到了惊吓，慌张地躲到一棵树后，目睹了三胖子被蜜蜂袭击的过程，后来看到主人倒在地上，抽搐成一团，最后就不动了。直到这时，它才醒悟过来，嘴里呜着，倒退着身子，退到安全地带，然后顺着原路疯跑回去。

陈大先是看到黄皮子抖颤着身子钻出丛林，小声地叫了一声，就接二连三地大叫起来。陈大知道三胖子出事了，他放下淘金的簸箕，冲众人说：三胖子，不好了。说完就从溪水里跳到岸上，冲黄皮子吆喝道：快，带我们去。黄皮子用恐惧的眼神望了眼陈大，壮着胆子，又调转身子，向林地跑去。众人随在陈大的身后。

陈大看到三胖子时，被眼前的景象惊呆了。面目全非的三胖子，赤裸着上半身，躺在地上只剩下抽搐了。刚才大战一场的蜜蜂们，大部队已经撤离了，只剩下一小部分，在树木的枝头上，做盘旋状。蜂群在攻击对方时，放出自己体内的毒液，自己也将结束生命。它们是在用生命捍卫着自己的家园。

陈大大叫一声，把三胖子抱到怀里，众人也相继赶到了，他们也被眼前三胖子的模样吓坏了。一时不知如何是好，呆若木鸡地立在那里。

还愣着干啥，帮一下我。陈大吼道。陈三和豆芽子上前，七手八脚地把三胖子扶到陈大的背上。陈大先是趔趄一下，很快站稳了脚步，他向林地外奔去。他能感受到三胖子在他后背上已经气息奄奄了。他一边走一边喊：快，要快。他不知自己要奔向哪里，快与慢又有什么意义。

他最后还是别无选择地把三胖子安顿在窝棚里，这时林地间已经黑了下来。陈大俯下身子，把头贴在三胖子的耳边，他听到三胖子的呼吸声，只有出气没有进气了。他找来一只碗，想给三胖子喂些水，倒进三胖子嘴里的水，又都流了出来。三胖子的头，比平时大了一倍，五官也狰狞得不成样子。所有人都静默在窝棚门口，他们无计可施。以前，他们几乎每个人都被蜂子蜇过，可从来没有这么严重过。被蜇的部位，肿胀三五天，最后也就好了。眼前气息奄奄的三胖子，他们还是第一次见到。

陈大抱着三胖子，希望用自己的体温，温暖渐渐凉下去的三胖子身体。到了后半夜，三胖子的身体还是彻底地凉了。陈大把耳朵再次贴到三胖子嘴前时，发现三胖子已经没气了。

陈大用尽力气喊了一声：兄弟呀……

蹲在不远处的黄皮子，被陈大的声音吓得一激灵，接着发出狼嚎一样的声音。众人开始哭泣，人和狗的声音汇聚在一起，在夜半更深的深山老林里，像一出如梦如幻的皮影戏。

陈大带着弟兄们，走出这片原始丛林，他走在前面，背着三胖子的尸体。为了让三胖子在自己后背上能有个着落，找了根绳子，把自己和三胖子绑在一起。死了的三胖子，仍面目模糊，一副骇人的样子。没有人说话，他们蹚着脚下冰冷的溪水，两旁的杂草和树枝，不时地牵绊着这几个淘金人。所有人都默然无声,只有他们的喘息声,

淘金人·61

和双脚蹚过溪水的声响。

经过两天的行走,他们终于走到了小金河,地势一下子就开阔起来,压抑已久的人们,终于可以喘口气了。

三胖子被安葬在小金河北面的一处山坡上,几棵柞树环绕着三胖子。所有人默立在三胖子坟前,都没有说一句多余的话,他们知道,三胖子的今天,也许就是自己的明天。所有的淘金人,都签了生死文书,在文书上按了手印。这份生死文书没有主体,是签给自己的,也就是说,进山淘金是自愿的,不论发生什么意外,都是自己的责任,与他人无关。

自从三胖子走后,陈大总喜欢一个人独处。收工后,躲在窝棚外的一个角落里,慢慢地从腰上解下半袋子金沙,装金沙的袋子水淋淋,沉甸甸的。之前,这个袋子从来不离开他的身体,无论有多么潮湿、沉重,就跟它长在自己身上一样。此时,他把它解下来,放到自己的眼前,不错眼珠地盯着它看。这个熟悉得不能再熟悉的牛皮口袋,恍惚间,是那么陌生,它不时地在眼前飘起来,吊在半空,悠悠荡荡的。更多的时候,它就卧在眼前,叠化出三胖子生前那张生动的脸。

三胖子从小长得脑袋大身子小,父亲才给他起了这个名字。陈大还记得,小时候和三胖子等人一起上山采蘑菇,下河抓鱼的情景。三胖子有一副好脾气,不论谁欺负他,或说他几句坏话,他从不恼,咧开嘴笑,还摇晃着他一只大脑袋,把耳朵堵上,一遍遍地说:我听不见,你骂个毛。

十几岁开始,陈大进山淘金,成了这些人的金头。每次进山时,爹都会把他拉到一旁，目光复杂地望着这一群半大孩子交代道：老大，你年纪最长，要照顾好这些兄弟。他用力地点点头，觉得肩上的责任就重了一些。爹又说：金沙淘多淘少点没关系，你可得囫囵个把这些人带出山呢。他又重重地点点头。

爹当年淘金时，就是和二嘎子、三胖子、豆芽子的爹在一起。爹是金头，每年进山时，爹都要带上这些人去镇南关的土地庙里搞个仪式。无非是烧些纸，然后跪下，嘴里叨咕几句平安、万福的话。这是所有淘金人进山前，都要举行的仪式。他们一致认为，淘金是动了地气，要向土地神赔罪。爹说到做到，每年的初冬，都会把进山的兄弟们带出大山，虽然他们每个人都衣衫褴褛，蓬头垢面。他们之间似乎都辨不清对方的面目了。吃苦受累这大半年，让他们掏空了身体，耗尽了能量。经过一冬，一春的休养，渐渐又恢复到本来的样子，他们又血气方刚，一身力气了，然后重整旗鼓再次进山。一年年，一月月周而复始着。终于他们耗干了身体的能量，留下一身的毛病，只剩下半条命了。淘金人的命运，似乎已经命中注定了，要么死在深山老林里，要么剩下半条命，苟活在这个世界上。

三胖子的爹，留下了哮喘的毛病，似乎他的肺在胸腔里闷烂了。每到冬天，连炕都下不来，只剩下拼命地喘息了。身子佝偻在一起，整个人就变成了一只风箱。

二嘎子和豆芽子的爹也没好到哪里去，他们一律和自己的爹一样，患上了严重的风湿病，关节肿大，走起路来都困难。他们每个人手里就多了一双拐，笃着声音在镇子里相遇了，他们很少聊当年一起淘金的生活，淘金仿佛成了一场不堪回首的噩梦。眼下的生活又有什么可说的呢,只剩下半条命的他们,就是活着而已。他们聚在一起把身体的重量靠在双拐上,目光望向大金沟方向。他们的目光越拉越长,每个人都知道,那里还有吃苦受罪的儿子。他们嘴上虽然不说什么,都在为吃苦受累的儿子们提心吊胆。想着儿子的晚年,又会重复他们当下这个样子,不知心疼自己还是心疼儿子了。

陈大捋着爹的命运,似乎把自己的命运看透了。爹当时为他张罗媳妇时,他心里是高兴的,他在心里已经给自己做过计划了,要是找到媳妇,他就要金盆洗手了。再也不进山淘金了,在镇子里找个营生,陪着爹和媳妇,安生地过日子。不论贫富,只要一家人在一起,这就是活着的意义。他对马菊红自然是满意的,可惜的是,她这么年轻,就是个寡妇身份了。想想自己的处境,他又能挑选什么呢?他不在乎她的身份,只要她能和自己过日子,守着日子,他就心满意足了。最后的结果,让他万万没有料到,马菊红没看上他,却看上了老三。他有些失落,但很快就平稳了自己的情绪,不论嫁给谁,未来都是他们陈家的人。能照料父亲,给他们陈家续后,他也算是心满意足了。

这次进山后,他盯着弟弟陈三,脑子里却经常想起马菊红的样子。结实的双腿,饱满的身子,一年到头,红润着的脸庞。他一想到这,摇摇头把马菊红的样子在心里驱走,然后他就有些嫉妒、羡慕老三了。老三才二十岁,就有女人愿意嫁给他,不出意外,他们这次出山,到了年关,爹该给老三张罗婚事了。到那会,老三就是有家的人了。有个女人陪在身边,有人疼,有人爱,一起过日月,这是多么美好的日子呀。

陈二每天收工回来，会缩在窝棚一角，他也在想着心事。他的心事总是和柳荫巷里的春花有关。他只在进山前，匆匆忙忙地去了一趟柳荫巷，碰巧遇到了春花接待他。那天晚上光线昏暗，屋里屋外，他甚至没来得及仔细打量春花的长相。柳荫巷的女人们，抹着很厚的脂粉，香气缭绕，他先是迷醉在那香气里，一团又一团的艳粉气，几乎让他窒息。之前，他从来没有胆子望眼柳荫巷，从小到大，在他的观念里，柳荫巷就不是什么光彩的地方。小时候他玩耍都会绕开这个叫柳荫巷的地方。有几次，他远远地望过去，他只记得柳荫巷的门前，站立着一群花花绿绿的女人，她们一边嗑着瓜子，一边说笑着。他就在心里"呸"了一声。柳荫巷的女人换了一茬，又来了一拨，不论怎么换，他都认为，这是一群坏女人。母亲他是有印象的，他记得母亲的名字叫杜小花，是个漂亮又温柔的女人。只有母亲这样的女人才是好女人。后来母亲失踪了，父亲每到开春，还要进山淘金。那时他还小，每次父亲进山，父亲都要把他们哥仨叫到身边，耳提面命地交代道：你们要自己生活，没吃的了，就出去讨饭。等我回来，再把人情还上。交代完这些，爹就又沉下脸冲陈大交代道：你带两个弟弟，离柳荫巷远一点，那里有毒。父亲说这话时总是恶狠狠的。

陈二从那会儿就记住了，柳荫巷是个有毒的地方。他一直绕着走，甚至冲那里望上一眼，觉得都是罪恶。

可他渐渐地大了，他长成了粗胳膊粗腿的小伙子了。柳荫巷一下子钻到了他的心里。每次他从山里走出来，吃几顿饱饭，把头发理了，换上新衣服，力气又回到了他的身体里，他忍不住又去想柳

淘金人

荫巷了。有事没事他总是找机会从柳荫巷门前走一走,每次经过柳荫巷时,都会有女人大胆又软着声音道:这位小哥,过来玩一玩吗?起初,他听了这些女人挑逗的话,会脸红心跳,头都不敢抬一下。久了,他的胆子也大了一些,再遇到柳荫巷女人这么喊时,就大着胆子望一眼她们。这些都是一群年轻女人,她们穿得花哨,抹着浓妆,尤其是嘴唇,口红抹得似火,艳艳的。他的心又乱跳一气。

去柳荫巷是他早就有的愿望,终于在进山的前一天,不知哪里来的胆量,他没头没脑地闯了进去。赵飞燕一声:接客。就有几个女人蜂拥着上来,把他夹在中间。是那个叫春花的女人,吸引了他,原因是,春花脸上的粉没有那么厚,也没抹嘴唇,是她按着他时比别的女人多用了些力气,他就随着她走进了她的房间。

有了这次之后,他才意识到,记忆是有生命的。他只去过一次柳荫巷,和春花有了一次云雨之情,他就再也忘不下那个叫春花的女人了。她的香气,她的柔软,还有她在他耳边的轻声细语……陈二不时地回忆着温柔之乡,就此来打发淘金的艰难日月。

陈三的向往要丰富许多。自从他和马菊红订婚后,他的日子就是满的。他有许多回忆,和马菊红在一起的日子,在热气腾腾的豆腐坊里,两个人忙碌着,他们的目光不时地相遇,然后纠缠在一起。还有,他们的身体因为干一件事,不时地相撞或者相擦在一起。每一次,他的身子都和过电一样。他经常感叹:有女人的日子真好。他带着回忆和温存又一次进山淘金,以前枯燥的淘金生活,鲜活了许多。以前淘金就是淘金,现在他每次淘到一粒金沙,都显得珍贵无比。爹说过,今年的年底,就要让他和马菊红成亲了。以后就有属于自己的小家了。他渴望拥有女人的日子。在他的记忆里，他对母亲杜小花的印象是模糊的，母亲失踪时他还没有记忆。自从有了记忆之后，他家就缺少女人。父亲带着他们三个孩子，爹是男人，也是女人。一边当爹一边当娘。他从小到大，比任何人都缺少母爱和女人的温存。

这次进山之后，陈三觉得自己浑身是劲，在他眼里小金河的水是清亮的，天更是蓝的。每天，他的身体就像上了弹簧一样，有力气也有精神。在漫漫长夜中，他经常在梦中笑醒。每次醒来，眼前还是马菊红的影子和气味。心里就漾过一种巨大的幸福感。

马菊红

马菊红自从和陈三订婚以来,从没觉得日子这么踏实。到小金镇两年多了,在这两年多时间里,她从来没有一天踏实过。

几年前,她是随父母一路向北逃荒而来的,从老家外出逃荒那一年,她才十几岁。刚开始,一路上都是逃荒的人,家乡大旱,已经连续三年没有收成了。先是河水干了,井水也干了。最初母亲带她外出去讨饭,每人一支打狗棍,一只讨饭碗。三年大旱,又有谁还能吃饱饭呢。最早有一些大户人家,看这些人可怜,还开门给他们一些粮食。随着要饭人越来越多,在大户人家门口排起了长队。最后大户人家索性闭门不出了,还放出了狗。

吃饭是人间的大事,吃不饱饭就会没命,命都没了,这些饥民就没有什么可怕的了。不知是谁先把大户人家一直叫唤的狗给杀了,然后就冲进去,自己做主,给大户人家开仓放粮。那些日子,整个乡间群情激动,人们端着盆、碗,在大街上飞跑而过,这些人都是为吃大户而来。抢空一家大户,又奔下一家而去。有几个吃饭砸锅的家伙,还在大户人家放起了火。那一阵子,经常有村镇冒起浓烟,像烽火台似的,传递着一种不祥的信号。饥饿的村民是激动的,他们提着空盘、空碗，朝着冒浓烟的方向奔去，所有人都知道，那里又有大户人家了。

后来，日子殷实一点的人家，弃房而逃了，带上全家的细软。大灾必有大乱，这是祖辈留给他们的名言。在大户人家陆续出逃后，剩下这些更穷的人，连抢都没有去处了。他们剩下最后一条路，就是逃荒。一时间，方圆几百里受灾的人们，拉家带口，叫苦连天地向北移动。成群结队的难民队伍，走在干裂、寸草不生的土地上，仿佛走进了洪荒。所有人脸上的表情都是麻木的，他们眼神迷离，不知走到哪里才是尽头。

一个又一个难民倒下了，他们都没力气掩埋，还喘着气的人只剩下一个念头，就是走下去，只要向前，也许还有一丝希望。他们摇晃着身子，梦游似的行走在末日的边缘。

马菊红的母亲，就是在这些逃难队伍中倒下的。娘的身体早就掏空了，纸片一样，轻飘飘地倒下，在干裂的土地上，吐着黏稠的沫子。她留给马菊红最后一句话是：要是有口吃的，有口水喝多好哇。说完，似乎梦见了吃的和水，脸上挂着渴望的笑，离开了他们。他们来不及悲伤，也没有悲伤，觉得躺下了，和饥饿贫苦再也没有关系了。马菊红抓着父亲伸过来的木棍，趔趄着身子，被父亲拉扯着向前走去。父亲的身子也薄了起来，以前父亲在她面前，像山，也像塔，可现在父亲似乎变了一个人。饥饿抽走了父亲的筋骨和血肉。父亲在马菊红的眼里变薄变小。她恍惚着，要是父亲再倒下，自己又该何去何从。

他们吃观音土，吃树皮，活着的愿望支撑着他们向北走来。越向北走，人越少，到最后，他们再抬头回望时，已经看不见逃难的队伍了。她随在父亲身后，不知走了多久，突然感到一阵清凉，这清凉让他们的脑子清醒过来。他们看到了绿色，绿色就长在田地里，山野上。爹喉咙深处发出咕噜一声巨响，似乎卡在父亲喉咙口的一件东西掉到了空空的胃里。眼见着，父亲枯黄的脸上，渐渐滋润起来。他们终于看到了一条大河，水欢实地流着。他们没有气力奔走了，是连滚带爬地来到了河边。他们不仅毫无顾忌地喝饱了水，还洗了一次澡，一路烟尘一扫而空。那天晚上，父女俩就在一棵大树下过的夜。早晨，他们是被鸟叫声唤醒的。两人睁开眼睛，恍惚了半晌，才想起自己身在何处。

再往前走，就轻松了许多。后来他们知道，他们洗过澡的那条大河叫辽河。过了辽河，他们不仅能在田地里寻到吃食了，偶尔路过有人家的村屯，也能讨到饭了。马菊红知道，她和爹有救了，死不了了。直到这时，她才想起死在半路上的母亲，麻木着的心又有了知觉，她蹲在一块石头旁哀哀地痛哭了一气。为娘，为那些受苦受难的乡亲。

后来，爹带她来到了一个叫大金镇的地方，爹学着别人的样子，用树枝、树叶、杂草搭起了一座窝棚。正值冬季，田野里白雪苍茫，唯一的生计就是狩猎。父亲没有经验，赤手空拳地和进山的人们去狩猎。和父亲一起进山的人，有人扛着大抬杆（猎枪），还有人手里拿着夹子、套子，每个人都很专业的样子。父亲手里只有一支打狗棍。这支木棍是父亲离开老家时，一直提在手里的。也是这支木棍牵引着她，一直走到了这个叫大金镇的地方。

父亲先是每天回来，带一些小动物，比如身子羸弱跑散的野兔，还有傻半鸡什么的。不论多少，这也算是养家糊口的营生了。父亲已经打探清楚了，这些在冬日里，闲散下来的男人，都是淘金人。一到了开春，这些人就会成群结队进山淘金了。父亲得到的消息是，这些人也都是逃荒而来的。冬天打猎，春夏秋季进山淘金。有来得早的，在大金镇已像模像样地建起了自己的家，从窝棚里搬了出去，住到干打垒搭建的房子里。爹被人拉着去参观过。爹回来一边搓手一边说：人家住的才是房子，有火炕，炕里烧火，满屋子都是热气。自此，爹就有了目标，一定要和这些早来的逃荒人一样，住上有炕的房子。爹还和这些男人说好了，一开春，就随这些人去山里淘金。苦呀，累的，干上两年，就可以在大金镇安个家了。

　　没料到，他们的梦刚开始做，就被一件意外的事件惊醒了。那是一个普通得再也不能普通的傍晚，她在窝棚外，露天里烧了一锅水，水开了一气又开了一气。她在等爹回来，爹一回来，不论带回什么猎物，都要去毛剥皮，然后扔到开水锅里煮。平时这时候，父亲差不多已经回来了，把山鸡或野兔扔到她面前交代一句道：丫头，烧火吧。可今天爹还是迟迟没回来，她站在一块石头上，向远处眺望，一次又一次，结果都是令她失望的。她开始心烦意乱，当她又一次站在山头上，伸长脖子张望时，她看到了邻居大叔，趔趄着身子，身上背了不知什么东西，看样子有些分量。她以为大叔打到了野物。早晨，爹出发时，和邻居大叔是前后脚走的。有时两人也相约着一起进山，他和大叔熟悉。她跳下石头，迎上去，没想到，大叔却径直奔着她走过来。到了近前，她才看清，大叔背上的物件是爹。大叔弯下身子，把爹从他肩上卸下来，他才说：你爹碰到熊瞎子了。

她再望爹时，爹已经面目不清，整个身体都零碎了。白天走时还好好的爹，怎么一下子变成这样了？那天晚上，她呆愣了好久，才哭出了声音。她就蹲在爹的尸体旁，一直哭到天亮。身后那锅水，早就凉了，最后还结上了冰碴。

第二天早晨，她和爹的身边围绕过来许多人，人们低着头，叹着气，说些命苦的话，都是一副爱莫能助的样子。还是昨晚背爹回来的大叔，立在她面前，闷着声音说：别哭了，哭也没用，把你爹发丧了吧。

她又能用什么发丧爹呢。窝棚里连个席子都没有，只有一些杂草和树叶。她又想到了逃荒路上，像纸片飘落的娘。她和爹没有发丧娘，他们已经没有一丝力气了。娘就成了孤魂野鬼。她和父亲又向北走了许久，一直觉得娘跟在他们的身后，她一遍遍地回头，却什么也没看见。却仍觉得娘就在他们身后尾随着。

娘成了孤魂野鬼，爹又不在了。她看着眼前破碎的爹，在心里发誓：一定要让爹体面着，入土为安。可现实她又有什么办法呢？

在老家和逃荒的路上，她看过许多卖儿卖女的人家，往儿女的脖子后插上一根草，带到人群前，这就是卖人的样子。她想到这，转身在窝棚上扯下一株草，拿着那株草来到了大金镇的街上。她跪了下来，把草插到身后脖领处，然后低下头。望着一双双在自己面前走过的腿，小声地说：我要发丧我爹，一口棺材钱。后来她的声音大了起来，也变得简单起来，她只喊：一口棺材。

一圈人围过来，端详了她，又打听到刚发生的事。人们都叹息着，摇着头离开了。大金镇是这两年才有的人气,几年前就是几个逃荒人在一起搭建的窝棚,随着人多了起来,一部分人做起了干打垒的房子,让小镇子有模有样起来。大部分逃荒者、盲流,都还住在窝棚里,别说他们帮助别人,就是自己糊口也是有心无力。

人们同情着马菊红,但都是一副爱莫能助的样子。马菊红跪在十字街上,太阳升起时,拉长了她跪着的影子,插在她脖领后的那株草就像在她身体里竖起的旗杆。渐渐地,她投在地上的影子在缩小,又和自己的身体重合在一起,又一次拉长。影子从左面又投向了右面,刚开始还有许多人看稀罕,不远不近地站在她身边,小声地议论、指点着。后来就没人了,偶有过路的人,侧过头,新奇地把她打量了,也在心里重重地叹了口气,摇摇头,一片凄苦地走了。

马菊红从早跪到晚,起初她的双腿是有知觉的,慢慢地觉得有无数只蚂蚁在爬,钻在她肉里,骨头缝里,整个身子猫咬狗啃地疼。再后来,她的双腿就失去知觉了,胸还是在努力地挺起来,让人更清楚地看到,插在她脖子后的那株草。她在心里一遍遍地说:我要把自己卖了,给爹收尸,不能让爹做一个孤魂野鬼。她只有这样一个信念。眼见着日头从东到西,差不多又要落到西山后头去了,她开始焦急起来,想到还暴尸在窝棚外的父亲,她的眼泪就止不住流了下来。先是三滴两滴,最后就成串落到衣襟和面前的土地上。又不知过了多久,一双粉色绣花鞋在她眼前停住了,没动,就那么停在她低垂的视线里。她慢慢抬起头,又看到了一条绿色的裤子,再往上看,就是红夹袄。她不用再看了,她知道这是大金镇红房子的老鸨陈花花。

她刚来大金镇时，就听说过红房子。她还好奇地不远不近地偷看过，她先是被这名字吸引了。看过之后，她才知道，那也是一排干打垒的房子，墙外被涂成了红漆，远远看去，是一排醒目的红房子。她还知道那是大金镇上唯一的妓院。老鸨陈花花是一位四十多岁的女人，粉鞋、绿裤、红袄，这是她的标配。平时有事没事都会手里拿一只洗得干净的手绢，在大金镇里走来扭去。大金镇所有的人似乎都认识她，远远近近地和她打着招呼，一律称她为陈老板。有人和她打招呼时，她总是一副羞怯状，用手绢掩了口，冲人笑着，一副人畜无害的样子。别看陈花花是个女流，自己要照看一溜红房子不说，还要管理手下十几个丫头。这些丫头来源不一，有的从山外自己来的，也有逃荒到此无家可去的孤儿，一律都被陈花花收了，合在一起做皮肉生意。大金镇红房子的生意要比小金镇柳荫巷好了许多，这里不仅人多，就是淘金人进山了，南来北往各式做生意、赶脚住店的客人也多。红房子里外总是很热闹，生意兴隆。有人相传，陈花花的男人，是附近土匪帮的老大。乱世出匪，大金镇周围的山里，有许多股土匪。大金镇也经常闹匪，一声呼啸，十几匹马，马上端坐着手拿快枪的人。他们来匆匆，去匆匆。因为有一股土匪老大罩着，陈花花的生意总是顺风顺水。

　　陈花花出现在马菊红面前，两人四目相对。马菊红心里是复杂的，她做梦也没想过，陈花花会出现在她的面前。在这之前她想过，大金镇不管是谁，只要能发丧她爹，她是嫁人，做小，当牛做马她眼睛都不会眨一下。她要把自己卖了，有了身价，卖出去做什么，就不能由自己做主了。她千计万算，也没想到陈花花会出现在她的面前。

陈花花打量了她一番开口了:你真想把自己卖了?

她犹豫着点了一下头。

你要卖个什么价钱?陈花花冲她笑了一下,很快又把笑容收敛到嘴角。

我要发丧我爹,让他有棺材,入土。马菊红清醒起来,把弯下去的身子,又振作着挺了起来。

你跟我去红房子吧。陈花花刚收敛起的那抹笑,又一次在嘴角绽开了。

她见到陈花花那一刻,她在心里就是抗拒的。在她的印象里,哪有好女人去妓院的。可她在这里跪了一天,脖子后那株草像长在她的身体里了。也没有一个人过问,出价的。马上太阳就要落山了,爹的尸首还在窝棚外躺着,她能等,可爹等不了。想到这,她别无选择地点了点头,虽然不很坚决的样子,但头还是点了。

陈花花走上前一步,把她脖子上那株草拔了下去,随便扔在地上。她扭头看着被遗弃在地上的草,就像看此时的自己。

陈花花上前把她拉起来,她费了好大的劲,终于站了起来,腿又猫咬狗啃似的疼了起来。她麻着半边身子随在陈花花身后,向红房子走去。远远地看到了红房子,在太阳余晖的映照下,那溜红房子神秘辉煌。

在陈花花房间,她看到陈花花堆放在自己面前的五两银子,还有一张契纸。她不认字,陈花花就读给她听,五两银子自己要卖给红房子十年,在这十年每笔生意中,她们二八分账。红房子八,她二。十年后,还回卖身契,从此再无关系。

马菊红·75

她别无选择,抓过陈花花递给她的五两银子,第一件事就是给父亲发丧。有了钱,一切都变得容易起来了。她为父亲买了一口棺材,在众人帮助下,在后山梁上,为父亲起了坟。还有一个鼓乐班子,吹打着,增添了几分凄凉和哀痛。

发丧完父亲,还剩下二两银子。她找了一块布,缝在自己的内衣里,然后又一次走进了红房子。陈花花很人性地让她守孝三周,等爹出了三七再接客。当然,在等待的时间里,她也没有闲着,在红房子里认识了一堆姑娘,春花、春红、百合、月季,一堆人。因为她的名字就带着菊,陈花花给她起了个艺名叫"十月菊"。显然,这名字就是她以后十年的代号了。从此,姑娘们一律称呼她为"十月菊"。

有一天,一个叫春红的姑娘,悄悄地告诉她,陈花花正在给她找客人。因为她是第一次,还能卖出个价钱。没了第一次,女人就不值钱了。后来,春红又告诉她,客人给她找好了,就是镇上金店里的牛掌柜。愿意花五两银子来破她的处。眼见着爹的三七就要过了,迎接她的第一个客人,将是她不曾谋过面的牛老板。那天晚上,她几乎一夜没睡,蒙眬中总觉得有个陌生的男人粗野地向她压过来,撕扯她的衣服。她几次在睡梦边缘惊醒,后来她坐起来,浑身是汗。她想到的念头就是"跑",她不知要跑到哪里去,又该跑向何方。她恐惧红房子里的一切,更讨厌这里的人。这些天,陈花花一直在教她接客之道。比如,怎么和客人打招呼,怎么微笑,上茶,又怎么送客,以及房事的一些常识。陈花花一再强调,女人就是这个命,不被这个男人骑,就是被另外一个男人上。只要能生存,和谁上又不是上呢。总之，女人就是被睡的命，睡多了，就成了职业。风吹不着，雨淋不到。衣食无忧，有什么不好的。她很难接受陈花花的洗脑，内心抗拒着，嘴上却不能说什么。

每天入夜后，红房子里渐渐来了客人，春花、春红、荷花等姑娘又一拥而上……她看在眼里，难过又伤心。心想，以后这就是她的日常了，她几乎要窒息了。噩梦一个连着一个。

那天凌晨，她悄悄地走出自己的房间，逃出了红房子。一直逃到了后山坡上，找到父亲的新坟，跪在父亲的坟前，胡乱地磕了几个头，就向北方跑去。她不知翻过了几座山，又蹚过了几条河。三天后，她逃到了小金镇。她跑不动了，觉得陈花花她们一时半会也找不到这里。于是在小金镇安顿下来，用逃跑带出来的二两银子开了一家豆腐坊。

起初的日子并不安心，她总觉得陈花花会派人把她抓回去，她拼命地做豆腐，省吃俭用，希望自己多挣些银两，有朝一日，连本带息地把欠陈花花的钱还回去，把自己的卖身契赎回来。

她为了隐瞒自己的真实身份，给自己编造了一个寡妇的身份，从到小金镇那天开始，把自己打扮成一个寡妇的样子，什么衣服老旧就穿什么。她怕招惹是非，自己躲得越远越好，要是有个地缝，让她钻进去才好。她隐约地觉得，陈花花和她的红房子一定不会轻易放过自己，红房子成了她悬在头顶上的一把剑，一把刀，不知何时就会落下来。

狗头金

陈三在溪水里尖叫一声,惊恐万状地在水里俯下身子,似被什么动物撕咬了一样。他终于从水里挣脱出来,双手擎着一块形如狗头的石块,石块上有口洞,呈赤黄色。手一滑状如狗头的石头又跌到水里,溅起的水喷了他一身一脸,他又一次俯下身子,把那块石头很快捞了出来。

此时,已是夕阳西下的时间,陈大带着人收工了,陈二已经走到岸上。陈三走在最后,他又一次抽筋了,弯下身子去掰扭曲的脚趾,手就触碰到了即块石头。他扑腾着身子,把它抠出来,离开水面后,仅看了一眼,石头就又滑到水里。当他再一次把狗头金状的石头捞出水面时,他的心就扑腾着。他忙三叠四地向岸上跑去,一边跑一边喊:大哥,你看,我捞到了啥?陈大一脚岸上一脚水里地原地扭过身子,他看到陈三手里的那块石头,眼睛顿时就瞪圆了。他迎着陈三过去,接过陈三手里的石头,手一滑差点又让它跌到水里。这块形如狗头的石头,比想象中要重得多,陈大捧着石头的手在抖,他水淋淋地上岸,众人都围过来。陈二呼吸急促地道:怕不是狗头金吧?陈三、二嘎子、豆芽子听了,身子一起抖了一下,然后就打摆子似的不停地抖颤着身子。

　　沉稳的陈大，抱着石头又向岸上走了几步，把那块石头举起来，冲着夕阳看了又看，最后又伸出舌头在上面舔来舔去，一边舔一边闻着。半晌，又是半晌，他突然哑着声音说了句：真的是狗头金呢。陈大说完，一下子把那块石头抱在怀里，跪在地上，也抖颤着身子，一迭声地喊：老天爷开眼，我们的苦日子到头了。

　　陈二突然把上衣扯开，露出胸膛，胸脯急剧地起伏着。他奔来跑去，一时不知自己要干什么。只能用拳头把胸脯擂得砰砰作响。

　　二嘎子和豆芽子两人抱在一起，疯了似的转着圈，嘴里也一遍遍地喊：我们发了，苦日子到头了。两人一边喊，还一边流下了眼泪。

　　陈三小心地站在陈大一旁，等陈大冲着远处磕完头，凑过去，压抑着声音问：哥，真的是狗头金？

　　嗯那，一定是。陈大不知何时，眼里也泛出了泪花。

　　狗头金对淘金人来说，是一场人人都会做的春秋大梦。狗头金是天然形成的，有的如兽头，有的如圆石，但以狗头形状为最佳。不认识的人，发现了都以为是普通的一块石头，被扔掉也是常有的事。陈大从小就听爹说过，关于狗头金的传说。爹还是小时候听爷说过，在江东也有人发现了一只狗头金，从此就发达了，买房子、置地、开金矿、讨小老婆。发达起来的人，都是因为那只狗头金，真实的狗头金所有人都没见过，只是相传。陈大从小就做过一脚踩到狗头金的梦，他没踩到，却让陈三踩到了。这是啥，这就是命呀。他确信，这块状如狗头的石头，就是他朝思暮想的狗头金。他看了，也闻了，舔了，金子的气味无一例外地都具备。虽然他之前没有见过狗头金，

狗头金·79

可这只狗头金，和他梦里出现的一模一样。把狗头金捧在手里，起初的一瞬间，他以为是在做梦，狠狠地咬了自己的舌头，他闻到了一股腥鲜之气，那是血。他确信，自己不是在做梦。

那天晚上，五个人都挤在一个窝棚里，这是以前从来没有过的。自从三胖子被蜂群蜇死，另外一个窝棚只剩下二嘎子和豆芽子了。三胖子刚离开那几天，二嘎子和豆芽子经常半夜醒来，总觉得自己的窝棚里冷飕飕的，他们身下的草，总是发出窸窣之声。他们几次爬出窝棚呼唤熟睡的陈大。陈大每次都睡眼惺忪地爬起来，打着哈欠说：三胖子走了，埋在后山了，他回不来了。二嘎子、豆芽子将信将疑地又爬回到窝棚里，过不了一个时辰，两人又惊醒，又屁滚尿流地爬出来。陈大无奈，最后把黄皮子叫过来，让黄皮子睡在两个人的窝棚前，又道："让狗陪着你们睡。狗啥都能看见，要是有啥不干净的，狗会叫。"

黄皮子倒是没叫，却多了个毛病，深更半夜地在窝棚门口，很兴奋地玩耍，它不像是一只狗在玩，而是有人在逗弄着它。它兴奋着上蹿下跳的。这在黄皮子以前的经历中，是从来没有过的。

以前的黄皮子，总是和人们一起，日出而作，日落而息。更多的时候，黄皮子会离开他们的视线，消失在山里。它是在为自己寻找吃食，山果、野鸟什么的，都是它的吃食。黄皮子从来不吃独食，有时逮到山兔、野鸡什么的，总是会兴冲冲地叼回来。人们看见了，就兴奋说：今天我们可以改善伙食了。人们喝汤吃肉，把剩下的骨头丢给它。黄皮子从来不嫌弃，心满意足地吃了。晚上仍然警惕着为熟睡的人们站岗放哨。一连几年了，都是如此。黄皮子让他们躲过了山洪，还有野猪的侵袭。不仅如此，黄皮子还给他们的寂寞生活带来许多乐趣。比如每天收工，黄皮子都跑前忙后的，不知从什么地方叼来一根干树枝，有时还能叼回来几只鸟蛋，它经常给人们带来意想不到的惊喜。有它在，人们睡觉总是很踏实。不论外面刮风下雨，一想起黄皮子在，他们都能安然入睡。

黄皮子在二嘎子和豆芽子的窝棚前折腾一气，然后就安静下来，半立起身子，把两只前腿合在一起，冲黑咕隆咚的远处，拜上几拜，然后一切就都安静下来了。重新回到自己的地方，趴下来，什么也没发生一样。

二嘎子和豆芽子挤在窝棚里，小声地议论着。豆芽子说：刚才黄皮子和谁玩呢？二嘎子就缩着身子，上牙磕着下牙说：还能有谁呀，一定是三胖子回来了。豆芽子听了，也缩紧身子，不由得往二嘎子身边挤了挤道：说的是呀，刚才它玩得那么带劲，就像有个人陪它玩一样。二嘎子就干着声音说：三胖子是舍不得离开咱们呀。

豆芽子听了这话就哭泣起来，他曲着身子，跪在草上，一边磕头一边说：三胖子，真的是你吗，你别吓唬我们。你活着时，咱们无冤无仇，你是被蜂群蜇死的，不是我们害你的。

二嘎子也跪下来，哆嗦着声音说：是呀，三胖子，平时我照顾你最多，每次做饭，都给你留点干的。你就别害我们了，我们害怕呀。

第二天，两个人就把昨天晚上发生的事冲陈大等人说了，陈大不说话，立在小金河里，目光望着后山坡上的三胖子坟的方向。似自言自语：三胖子，该给你烧纸了。可他们淘金人又哪里有纸呢。埋三胖子那天，陈大让陈三找了些干树叶子，在三胖子坟前烧了。

陈大就含着泪说：三胖子，我们欠你的，等出山，第一件事就到镇子十字路口给你烧纸。你别心急呀。

黄皮子每天晚上还是在窝棚前上蹿下跳地玩耍，遇到熟人一般。陈大最后狠下心，带领他们又换了一处淘金的地方。这件奇怪的事才暂时停止。

一切恢复到正常不久，陈三就鬼使神差地踩到了这只狗头金。他们晚饭都没吃，挤在一个窝棚里，每个人都很兴奋，双眼灼灼地放着奇光。此时已经进入秋天了，树上的叶子纷纷地落了下来，不仅落到地上，也落到小金河里。每天他们下河淘金时，都是踩在落叶上。他们知道，再刮几场风，山里树上的叶就会落光了。然后飘下一场雪，小金河就封冻了。到那时就是他们出山的日子了。

窝棚外的黄皮子倒是出奇地安静，它把头伏在地上，眯着眼睛，耳朵却灵醒着，它能听见几百米外细微的响声。一旦有危险，它就会通过吠叫，给自己壮胆，也是通知主人。

此时，它听见窝棚内豆芽子说：老大，咱们以后再也不受穷了，有了狗头金咱们就都能过上好日子了。

它还听见二嘎子说：老大，咱们这狗头金怎么分，还是和以前一样吗？

半晌之后，它听见陈大清清嗓子说：那是当然，咱们都签过合同，况且，咱们都是兄弟，一个头磕在地上。血不亲人还亲。

豆芽子吧唧几下嘴，嗫嚅着又说：老大，要不这样，狗头金是陈三哥先发现的，分的时候，就多给他一份吧。

陈三说：按咱淘金人规矩来，二一添作五，我不能多要那份。

三胖子那份不能少,他人不在了,可他还有娘呢。

众人都沉默起来。陈大把腰上的金袋子解下来,和往年收成差了一些,只有小半口袋,湿漉漉地挂在腰上。他把金袋子解下来,放在一旁,人似乎就解脱了。他提起金袋子,又看了眼怀里抱着的那只狗头金,金袋子在他眼里就一文不值了。

突然,他在暗夜里说:记住今天这个地方,顺着这个地方向上游走,一定会有一座埋着金子的山。

陈大的话是有道理的,相传,狗头金都是从含有金矿的山里滚落下来的。狗头金是自然形成的,经过多年变迁,风化,某一块金石从山里滚落下来,这座山就是金山。一旦开矿,那可是成色一等一的上好金矿。

陈二说:哥,让我也抱一会狗头金吧。没等陈大同意,他就从陈大怀里把被陈大焐得滚热的狗头金抱在了自己的怀里。

豆芽子细语:大哥,咱们明年开春还来淘金么?

他这话一说,似乎提出了所有人心中的疑虑。所有人都提起了兴致,在暗处伸长脖子,望向陈大。

陈二在狗头金上拍了一下,暗夜里发出一声脆响,他伸了下腰说:谁爱来就来,反正我是不来了。咱吃苦受累为了啥,还不是为了过上好日子。他说这话时,又想到了柳荫巷里的春花,他太想春花了,真想再一次躺到春花怀里,进入温柔之乡。

二嘎子也说:就是,我们发财了,再也不当淘金人了。我们要过好日子,盖大房子,在小金镇做买卖,干啥都比咱淘金人好。

陈三没有加入议论的队伍,他在想到了年底就该和马菊红成亲了。两人之前就商量好了，两人结婚后就一起开豆腐坊，天天厮守在一起，在蒸腾的豆香中，呼喊着对方的名字，这样的日子才有盼头，才是日子。有了狗头金，他不知自己能分到价值几何，反正他知道，他们淘十袋金沙也抵不上一只狗头金。到那会，他们就真的发财了。他要把豆腐坊扩大上一倍，和马菊红一起做豆腐，过日子。他想到这，在暗处咧开嘴笑了起来。

咱们不要再淘金了，应该马上出山，万一被别的淘金人知道咱们挖到了狗头金，怕是这个山都出不去了。这是陈二的声音。他说完这句话，死死地把狗头金抱住，似乎劫匪就在窝棚外。

是呀，大哥，咱们明天就出山吧。陈三心虚起来。小着声音说。

二嘎子趁势说：我们淘金，这狗头金谁来看守？

豆芽子也说：有了狗头金，我们淘多少金沙都抵不上它。

众人在讨论着严肃而又现实的问题。

窝棚外的天缝里，露出一片曙光时，陈大下了决心：天一亮就出山。他的决定，得到了所有人的赞同。人们议论着、兴奋着，在曙光来临之际，他们香甜地睡着了。

消　失

　　一个人时的陈右岸,总是一副没着没落的样子。孩子们进山淘金,农忙一过,他每天都会蹒跚着走到大金沟的三岔口,站在高处,向大金沟方向张望着。他最放心不下的就是三个儿子。淘金人的生活他太了解了,自己淘了半辈子金,九死一生,落下满身的病痛,他还是囫囵个回来了,这已是不幸中的万幸了。同一批的淘金人,有许多再也没有走出大金沟,尸骨就此留在了那里。

　　这一阵子,陈右岸的眼皮子一直跳个不停,他总是觉得要有事情发生,但又猜不出到底是好是坏。他只能勤奋地一遍一遍地走出家门,站在高岗上,向大金沟方向一次又一次张望。他的身子和身下的石头似乎焊接在了一起,泥雕石塑一般。

　　大金沟有着他太多的记忆。杜小花生完陈三那年春天,他又一次带着一群兄弟进山了。杜小花抱着孩子相送,陈大、陈二一左一右地立在杜小花身旁。师傅葛大林拄着一支木棍,立在杜小花的身后。

　　经过几年的将养,葛大林的身体已经有所好转了。他先是能自己从炕上爬起来,挣扎着身子扶着墙走出门来,他已经在炕上躺了几年了。身子虚得不行,动一下就汗流不止。好在他苍白的脸上,已经有了血色。这一切都归功于陈右岸。他在淘金的日子里，没忘记同时给师傅采些中草药回来，这些中草药的名字都是郎中教的，病久了自己就成良医了。每年从大金沟出来，除了腰上系着半袋子金沙外，他怀里抱着的就是那些中草药了。回来后，第一件事就是把这些草药晾晒在院子里，然后洗净，熬药。葛大林的家里便又弥漫出浓重的中草药气味。年复一年，从来没有间断过。陈右岸出山的第一件事，就是服侍师傅葛大林。大半年不见了，葛大林似乎也在想念陈右岸了，含混地招呼着，让他靠自己身边坐下，抖颤着还握住陈右岸的手，让他讲这半年来淘金的事。陈右岸就跳跃着思绪，把这半年发生的事讲给葛大林听。比如，有一次他们正在淘金，山上滚下来几块大石头，横冲直撞地向淘金的他们砸过来，他大吼了一声：散开。幸亏他们跑得快，滚石没有砸到他们。后来，他们就不再敢在那个金带上淘金了。他们认为自己动了山神的气。说还有一次，他们正在小金河里淘金，大太阳正在当顶上晒着，突然上游发了山洪，整个山谷轰鸣一片，人们不知发生了什么，立在那里，傻了一样地看。当发现洪水兜头而下时，他们淘金人就被冲散了。所幸他们都爬上了岸，在下游十几里路的地方，又重新相聚了……陈右岸讲述的这些发生的事件，其实师傅葛大林都经历过，无非是想听陈右岸重新演绎一遍而已。每每陈右岸讲述淘金生活时，葛大林的眼里都会冒出一种像火花一样的东西来。他知道，师傅不甘于像半个死人似的终年躺在火炕上。

　　他记着师傅的好，要是没有师傅，就没有杜小花和生出来的三个孩子。陈大出生时，陈右岸犹豫着找过葛大林，当时屋里就是他们两个人。陈右岸蹲在师傅的炕前，拉过师傅的手，一边摩擦一边说：师傅，孩子生了，是个男孩，就让他姓葛吧，以后你就把他当成亲生的。他说完这话，他感受到葛大林的手指在他手里抽搐了几下，葛大林用尽浑身的力气摇着头，嘴里发出含混不清的抗拒声。陈右岸知道这是师傅不同意，便顺从着说：那就让孩子姓陈，他是老大，就叫陈大吧。葛大林不挣扎也不说话，目光落在他的脸上，泪无声地流下来。从杜小花怀孕那天起，陈右岸就知道，师傅和杜小花这么多年没生孩子，毛病不是出在杜小花身上，而是出在师傅身上。

后来陈二又出生了，他又一次找到葛大林，又一次征求着孩子姓氏，当然又一次遭到了葛大林的拒绝。那会葛大林的病已经有了些起色，嘴里能蹦出一些清晰的字来了。师傅说：不，姓陈，是你的孩子。这回轮到陈右岸流泪了，他一边哭一边说：师傅呀，我的儿子就是你的儿子，你这是何必呀。咱们以后老了，得留个后，摔丧盆，烧纸钱，坟前得有个人哭几声吧。

葛大林的目光坚决，不可更改的样子。陈右岸不知师傅心里想的是什么，他只能依顺着师傅的话。

直到陈三出生，他跪在师傅的头前，几近哀求了。他一边哭泣一边说：师傅我求你了，我和小花商量好了，再也不生了。老三就随了葛姓吧。师傅，你不能不留一个后哇。

葛大林仰躺在炕上，他的目光像一口深井，正冒着寒气。陈右岸望着葛大林的眼睛，没再敢说话。把涌出来的泪水又憋了回去，他从来没有见过师傅用如此表情这么看自己。葛大林挣扎着坐了起来，倚在墙上，喘息着说：是你的就是你的，我葛大林不是那种人。

说到这，师傅的态度又温和下来：右岸，我谢谢你。没有你，我活不到今天。师傅把头抬起来一些，似乎怕眼窝子里的泪水流下来，接着又说：右岸兄弟，委屈你了。这几年，是你里里外外把这个家撑了起来，以后我会报答你的。

陈右岸不知说什么好了，他在内心里，是感激师傅的。在无路可去时，师傅收留了他，让他成为一个淘金人，师傅又规划着让他有了一个家。后来，他又有了杜小花。一口气为他生了三个儿子。他已经在心里发过誓了，他要一辈子养活这一家人。在小金镇里，三个孩子、三个大人生活在一起，熟悉又新奇，许多人都试图打探他们生活中的细节。可他发自肺腑地认为，他们就是一家人。那么熟悉，又那么亲密。

最初杜小花走进他的房门时，他是抗拒的，甚至还带有某种的罪孽感。渐渐地，他觉得杜小花就是自己的女人，师傅就是自己的兄长，亲骨肉。这一切，似乎上辈子就是这样，老天早就安排好了。

随着葛大林的身体逐渐恢复，从能坐到炕沿边上和他说话，到最后又能拄着木棍来到院子里。他开始有些焦虑了，他意识到，师傅照这个发展速度，最后一定能扔掉手里的木棍，变成一个正常人。又会恢复到以前那个生龙活虎的男人，到那时，他和杜小花又算什么。但三个围在杜小花身边的孩子，让他焦虑的情绪又缓解了一些。心想，自己的儿子毕竟是有娘的。以后的日子他不敢想，也不能想。有许多个夜晚，他又想起师傅最初收留他那两年，他就睡在师傅卧室门外的厨房里。师傅的身体健壮如牛，和杜小花在炕上发出的声音，现在想起来，都还是那么令他羞愧难当。

陈三出生不久,他又一次进山了。送行时,师傅拄着棍子,一直把他们送到大金沟的山口。师傅的头顶上,还冒出了一层虚汗,那一次,师傅什么也没说,用异样的目光望着他们。他停在师傅面前,小声地说:师傅,你还有什么交代的?师傅没说话,挥了一下手。他们结着队,在师傅的注视下,一步步向山里走去。前面再转个弯,就再也看不到了,他回了一次头。看见师傅仍然站在原地,手搭凉棚望着他们。他心里一热,大声地喊:师傅,你快回去吧。小心着凉。

那一次淘金的大半年时间,他从来没有那么焦虑过。一会想到杜小花,又一会想起三个孩子,还有师傅。家里的一切,总是走马灯似的在他眼前走过。

那一年,深秋季节刚到,山里的树叶变黄,还没来得及落下来,他就动员着这些淘金的兄弟出山了。他心里从来没有这么迫切过,昼夜兼程,终于,在一天天蒙蒙亮时,他们看到了小金镇。太阳初升时,他终于回到了小金镇。他先跑到自己家里,推开门,自然是冰锅冷灶。他有种不祥的预感,以前,他每次淘金回来,家里总是井井有条的,锅总是温热着的。因为有杜小花在,她侍候完师傅,哄孩子睡下,总会到这里坐一坐,抹把房内的灰尘,给灶里添一把柴,让房子有生气。他转身出院,又向师傅家跑,两家隔得不远,就几十米的样子。他推开外门,一片蜘蛛网挂在他的脸上,他站在院子里喊:杜小花。没人应他,他又叫了一声:师傅。便推门冲了进去。师傅屋内和他家一样,冰锅冷灶。满屋的灰尘,看样子已经很久没人住了。他转头又冲了出来,站在院里:天呐,老天爷呀。他的担心得到了应验。

他的后背流出的汗把衣服都浸透了。过了一会,他看见邻居三婶抱着陈三,牵着陈大、陈二出现在他的视线里。

他才知道,师傅和杜小花已经离开小金镇两个多月了。他们把三个孩子送到邻居三婶家照看,说是葛大林要去大金镇看郎中。留下些钱,让三婶照看几天孩子。结果,两个人就再也没能回来。

那一年,陈大五岁,陈二三岁,陈三一岁。

那年冬天,他疯了一样寻找着师傅和杜小花。整个小金镇的人都知道,葛大林和杜小花走了。许多人看见陈右岸,怀抱一个,手牵两个孩子,着魔一样寻找着杜小花和葛大林。

陈右岸为此,还去了一趟大金镇,他翻山越岭地来到大金镇,在大金镇寻了半个月,连葛大林和杜小花的影子也没看到。他只能落魄地回到了小金镇,那个冬季,他几乎什么也没干,一直在寻找失踪的两个人。直到又一次春暖花开了,又到了淘金人进山的季节。在这半年的时间里,他逐渐明白,葛大林和杜小花不会再回来了,只给他留下三个不懂事的孩子。三个孩子还需要他养,他是个男人,不能退缩,他还得去淘金。于是,他又一次找到邻居三婶,把三个孩子留给了三婶,还有他身上所有的银两。三婶成了三个孩子的奶娘。

那几年,他拼死拼活没命地淘金,他的目的只有一个,就是把三个孩子养大。渐渐地,先是陈大能随自己进山了,接着又是老二、老三,直到这时他心里才松了一口气。

他看着三个渐渐长大的儿子,一次又一次地想起孩子们的娘——杜小花。他不明白,杜小花为什么不辞而别。

归　途

陈大带着这伙淘金人，还没落雪就准备出山了。他们出山前集体来到三胖子坟前。陈大把背在身后的包袱解下来，沉甸甸地放到三胖子面前，自己先跪下了，又示意几个兄弟也一起跪下。几年前，他们一起进山前，是磕过头，拜过把子的。论年龄，三胖子和陈三同岁，生日却比陈三小两个月，排行老五。平时他们就称呼三胖子为老五。陈大把包袱皮打开，露出里面的狗头金。陈大哽咽着声音说：老五，这是狗头金，很大又沉。按规矩，也有你一份。你不在了，还有你娘。说完把包袱皮又层层系上，甩在身后，下了力气在胸前系好。他再望着三胖子这座孤孤单单的坟时，眼泪就止不住流了下来，唏嘘着又说：老五，我们走了呀，怕在山里夜长梦多，我们出山就把狗头金变卖了。你的那一份，我会给你娘送去的。

跪在陈大身边的几个人，似乎都动了情，他们知道，这一走，不知何时才能再次进山了。这几天，他们议论最多的话题是，这只狗头金到底能卖个什么价钱。议论来议论去，总之会是一笔不菲的数字，那时，他们人人都会有钱了。有了钱谁又肯再来淘金呢，苦累他们早就领教过了。他们是在拿命换这份血汗钱。大金沟也许就此永别了,想起几个月前和三胖子一起进山的情景,每个人心里都难过起来。陈三抓了把三胖子坟前的草放在怀里,发誓地说:五弟,等我们都安稳了,一起把你接出去。豆芽子也学着陈三的样子,抓一把草放在怀里,信誓旦旦地说:五哥,到时我把你背回去。豆芽子在这些人中年龄最小,只有十九岁。

陈大带着几个兄弟,顺着小金河向山外走去。小金河从东向西的流径,顺着大金沟的山势,不知弯了多少弯,又折了多少折,一直流到山外,和额尔古纳河汇聚,又一起流入黑龙江里。山里有许多沟汊,几乎长得一模一样,稍有不慎就会迷路,只有沿着小金河,不论怎么拐弯,又怎么消失在丛林山谷中,只要找到它,他们就一定能平安地走出大山。他们从淘金第一天,就记住了小金河,小金河成了他们心中的地标。

陈大不担心如何走出去。今年和往年不一样,他们是第一拨走出大金沟的淘金人,雪还没有下,山上阴面的树丛树叶还没有枯黄,仍然绿着,虽然早已无精打采,还透着几分秋意。以前,他们出山时,远山近树早已不见树叶,几场雪一落,漫山遍野,早就是白茫茫一片了。

狗头金在他后背上早就焐热了,沉甸甸的,让他感到心里踏实。他早就听老辈淘金人说了,狗头金是无价的。几斤重的狗头金,要经过千年万年的修炼才能长成。狗头金不仅是有价值的,它还预示着好运。上亿、上万年形成的金石,让他们碰到了,本身就是几辈子修来的福分。自从拥有了这只狗头金,陈大的心一下子就敞亮起来。以前他的心情可不是这样,又高又陡的山,夹着一条小金河,他们抬头是山，低头是河，天天如此，心底里就生起许多厌倦和绝望。久了，会让人郁闷。他以前就见过一些淘金人，把自己憋疯了，赤裸着身子在山谷里跑来跑去，一边跑还一边喊叫。爹当时就闷着声音告诉他：这人疯了。寂寞、劳累、压抑，早就让他们每个人疯一遍了。爹当时教他们多想山外的事，他们就一遍遍地想，甚至做梦梦到的都是山外美好的一切。有了这样的想象，他们的心情就好过了一些。

每年进山之前，看到雪一点点变薄，柳树枝一点点变软，所有淘金人心情都是沉重的，离出发越近，这种心情越严重。直到出发那一天，还是硬着头皮背上行囊出发了。一走到大金沟沟口，看到群山，他们的心才会定下来，淘金是他们的出路，辛苦半年，换来另半年的安逸。这就是淘金人的命。他们认自己的命。

可自从有了这只狗头金之后，所有人的心里都发生了变化。陈大是这些人的老大，平时，他说一不二，所有人都听他招呼。这是淘金人的规矩。他发现，自从有了狗头金，陈二、陈三、二嘎子、豆芽子，似乎每个人都有了自己的主意。他原本还想和往年一样，落了雪之后，再悄没声地出山。所有人都不同意陈大的决定，有的以安全为理由，二嘎子和陈二嚷嚷着要急于变现。有天晚上，陈二和二嘎子把淘金的工具，都偷偷地扔到了山崖下，他们连淘金的工具都没有了。陈大只好做出出山的决定。

一只狗，五个人，顺着小金河一侧的岸边，轻装向前走着。他们没了工具，只有进山时的行囊。每次进山、出山，都要走上十天半个月的，他们还要夜宿，行囊只能带在身上。山里不比山外，冷得很，在这个季节里，晚上不盖被子，会冻得睡不着。

黄皮子走在几个人的最前面，一副老马识途的样子。黄皮子是条老狗了。爹淘金时，黄皮子就在，那会它还是一只年轻的狗。随着人们进山、出山，一进一出中，它慢慢变老了。它见证了两代人的淘金梦。

爹最后一次出山时，把淘金工具和这只狗交给了陈大。再次进山时，爹蹒跚着脚步，把陈大一伙人送到门口，再也不往前走了。黄皮子好一阵犹豫，不知自己该和谁走。爹把它叫过来，拍拍它的脑袋说：你去吧，平时机灵点，保护好你这些哥哥。黄皮子似乎听懂了，不舍地和爹告别，随着陈大一伙人往山里走去。

半年之后，它每次出山，和人一样的兴奋。见到爹总是热情地扑上去，激动得浑身发抖，到了山外，就是它的世界了，它总是要找到熟悉的同伴疯玩几天，一次次跑到它的领地里，用一泡泡狗尿做着记号，宣誓自己的归来。

狗兴奋着，在前面奔跑出去，又跑来，它一定是嫌人走得太慢。一行人却沉默着，谁也不说话，他们所有人的目光不停地落在陈大后背的包袱上，鼓鼓的一坨，那是狗头金。他们不时地抬头望一眼狗头金，心里就异样起来。

在一处休息地时，二嘎子凑到陈大身边，笑着说：大哥，你歇一会，让我背会狗头金行不？陈大没说话，把腰间半袋子金沙解下来，递给二嘎子。二嘎子明白，这是陈大不肯。淘金人有淘金人的讲究，只有这伙人的老大，才有分配权。淘的金子，在老大身上，这是身份的象征，也是权力的象征。二嘎子讨了个没趣，但还是把那半袋金沙，仔细地系在腰上。如果放在平时，他连拿这半袋金沙的权力都没有，只能远远近近地看着金沙的袋子在陈大腰上晃荡。最初金沙捞出来时，水淋淋地装在皮口袋里，皮口袋上不断地向外渗着水珠。日子久了，水珠没了，皮口袋上还是湿漉漉的。直到他们一直走到山外，走到宋掌柜的金店门前，陈大才慢条斯理地从腰上解下装金沙的口袋，用力地蹲在宋掌柜的面前，底气十足地说：掌柜的，称金沙。宋掌柜拿过秤盘、秤砣时，陈大还会追加一句：沙干，金足。有时买卖金沙的人，因为金沙湿干会起争执，为了斤斤两两，争得急赤白脸。陈大从没和宋掌柜的发生过争执，从爹那会就是。陈大在宋掌柜心里有信誉。

那大半口袋金沙，从二嘎子腰间又到了豆芽子腰间，还有陈三的。每个人都争抢着当一回淘金老大。不论装金沙的袋子系在谁的腰上，每个人都会挺起胸脯，甩着手，一副淘金老大的样子。要是放在平时，他们连想都不敢想。这半袋子金沙，是淘金人的命，这些人家的老小，所有的用度开销，都指望在这半袋金沙上了。

唯有陈二不争不抢，他看着陈三和二嘎子、三胖子，轮流争抢把金沙系在自己的腰上时，他跟灵魂出窍了一样，目光飘飘忽忽。下午，几个人坐在一个干爽的地方打尖时，陈二还是这个样子。他的目光定在远处，散乱着。陈三上前，用手在他眼前晃了一下，都没能让陈二的目光收回来。陈大就伸出手在他胳膊上掐了一把，陈二才收回目光，不认识似的望着陈大。

陈大就说：老二，你魔怔了？

陈二摇摇头，努力让自己清醒过来。

归　途·95

陈大就拍一拍抱在怀里的狗头金说：只要出山，咱们每个人都能娶得起媳妇了。

二嘎子和豆芽子就咧嘴笑，一副憨憨厚厚的样子。

陈大又畅想着说：小金镇没女人，咱们就去大金镇，让刘媒婆多跑几趟。说到这，陈大还咽了口水，眯着眼睛，望着天边说：我估摸着，狗头金不仅能让我们人人有媳妇，下半辈子的日子都不用发愁了。

陈大的又一次畅想，让所有人的目光都飘忽起来，他们像喝醉了酒，既兴奋又胸怀远大。一时间世界上所有的事都是小事，所有曾经的苦难，都变成了眼前的幸福。

晚上，一行人夜宿在一片乱石岗上。自然的声音，铺天盖地把他们包裹了。不远不近的地方，飘动着几簇磷火，那些磷火忽远忽近。

三胖子和豆芽子两个人挤在一处，扯了一条被子，盖在自己的头上。他们一直以为，那些飘荡在眼前的磷火就是冤死的魂，跟着他们在寻找回家的路。以前，他们每次出山时，也能见到这些鬼影一样的磷火，一飘一荡，在他们不远不近的地方相随着。从有淘金这个职业开始，不明不白，死在大金沟里的淘金人，多得都数不过来。每次遇到，他们都躲着走，不知谁告诉这些淘金人，碰到孤魂野鬼，最好别让它们缠上，一旦缠上，它们会一直跟随你回到家里。以后的日子就别想过好了。

陈三看见磷火就想起了三胖子，他一直认为，跟在他们身前身后的磷火是三胖子。三胖子和他同岁，两人一起在小金镇长大的。陈三懂事时，就被爹寄养在邻居家里，他经常因为吃不饱饭，饿得眼冒金星。有几次和三胖子几个小伙伴，玩着就饿昏了过去。每到这时，三胖子就跑回家，再出来时，手里就会多半个饼子，或一个菜团子。三胖子的爹也随大家一起进山淘金了。可他家里有娘，不论好吃歹吃，总能填饱肚子。在陈三幼小的记忆里，三胖子就是他的救星。一直到两人长大，又一起进山淘金，两人几乎形影不离。三胖子意外离去，让陈三伤心不已。埋三胖子时，他就发誓，有朝一日，一定带三胖子回家。他知道三胖子胆小，自己留在深山老林里，一定会害怕。

望着如影随形的磷火，陈三坚定地认为，一定是三胖子的魂。他和二嘎子、豆芽子不一样，不仅不害怕，还觉得亲切。有几次，他觉得那簇磷火已近在咫尺了，就在眼前伸手可及的地方飘呀飘。他伸出手欲抓，可磷火像空气一样轻飘，他一伸手，磷火就飘远了。他真想把磷火抓在手里，揣在兜里，带三胖子一起回家。有几次，他面对着近在咫尺的磷火，喃喃自语：三胖子，你跟着我走，等回到小金镇，我把你送到家里去。眼前的磷火似乎听懂了，在他眼前停了下来，做出一副听话的样子。他又说：你娘一定想你了。陈三说到这，声音就哽咽了，想哭。

陈三这是第一次面对生死，还是好朋友三胖子，凄惨地死在了自己面前。之前他听过许多生死的故事，这些人和事离他还很远，就是当个故事听听而已。三胖子的离开让他第一次懂得了生死。他意识到，原来命这么不值钱，好端端的一个人，就被一群蜂子给蜇死了。从此，他记住了永生难忘的两件事，一个是三胖子的离开。还有，被母亲抛弃。

他对娘没有一星半点的印象。人们都说,在他还不到一岁时,娘就和姓葛的男人走了,离开了小金镇,不知去向何方。在他的记忆里,每年爹从山里出来,第一件事就去找娘,穿着一种叫靰鞡的鞋,背着褡裢。褡裢里装着干粮,准备好这一切之后,爹就严肃地向他们告别了。陈大带着陈二和他,经常到镇口去等爹回来。陈大和陈二对娘是有记忆的,在两个哥哥的描述中,娘是一个勤劳、善良、美丽的女人。院内屋里总是收拾得井井有条,不论家里还有没有粮食,每到吃饭时,总能让他们吃口热乎的,就是野菜也煮得有滋有味。爹常年不在家,家里家外,都是娘一个人在操持。

　　陈三又大了一些之后,他才明白爹和娘的关系。爹在葛家拉边套。拉边套在小金镇并不新鲜,两个男人和一个女人生活,相互帮衬着过日子。可陈三不知道,娘为什么会离开爹和他们三个孩子。陈大、陈二总能回忆起娘当年的好。陈大说,有一次自己发烧了,是娘把他捂在怀里,去二十里路外一个屯子里找郎中。陈大还说,娘有一次给了他半个鸡腿,那是他这辈子,吃过的最美味的鸡腿。陈二也说,有一次肚子疼,娘给自己冲了半碗糖水,肚子就不疼了。娘一直把他抱到天亮。娘还给他唱过歌,那首歌可好听了,到现在他还记得那首歌的调调。说到这,陈二会哼唱起来:山里红的花开了,一朵朵的白,一朵又一朵的鲜。春天热闹了,山里红的花就谢了……陈二唱这首歌时,一脸的祥和,似乎,娘就在他的眼前。陈三觉得娘对他不公平,他什么记忆也没留下。娘在他心里是抽象的。

　　爹去找娘,他们每次都抱着希望,爹离开后,他们几乎每天都会到镇子的路口上,向远方眺望几次。在他们的幻想里,爹把娘找到了,爹兴冲冲地走在前面,靰鞡鞋踩着积雪嘎吱嘎吱地走在前面,娘满脸喜气地随在他的身后。见到他们之后,会大叫一声扑过来,摸摸这个脑袋,又拍一拍另一个脸,然后含着眼泪说:你们都长这么大了……那是一幅多么温馨的画面呢。可是他们盼星星、盼月亮地等,结果只等来了爹。爹自然是空手而归的,褡裢里的干粮都吃完了,瘪瘪地搭在爹的肩上。爹一脸寒霜,带着一身冷气,在夜半时分,走了回来。有几次,陈三见到爹空手而归,又是这番模样,忍不住哇地大哭起来。爹不劝也不发火,愁苦着一张脸。爹每到冬天,从山里出来后,都会重复着去寻找娘。

终于有一年,他不再去了。在杂房里收拾他打猎的工具,从那以后,他带着兄弟三人开始进山打猎了。再后来,先是陈大随着爹进山去淘金,然后又是陈二,接着又是他。关于母亲的念想,现在只偶尔在陈三脑子里一划而过,每次娘在他脑海里出现,都会让他的心疼上一阵子。有时疼得他大气都不敢出。

自从认识了马菊红,他在豆腐坊帮她忙碌时,他隔着烟雾缭绕的雾气,端详着她,总觉得娘就长成马菊红这样。温温婉婉的,不辞辛苦地从早到晚操持着。只要和马菊红待在一起,他的心里就是安定的,像回到了娘胎里。仅仅是在那天夜晚,意外地救了马菊红,她就把自己许给了他。这次进山和以往就有了很大的不同,觉得日子有了盼头,虽然进山的日子长了,想起马菊红的样貌也有些模糊,可他一想起有这么个女人,在小金镇等他,心里就很甜。这种甜是他以前从没体会过的,让他牙根发痒。他掐着指头,算计着时间,每过一天,觉得自己离见到马菊红的日子又近了一天。心底里那种莫名的幸福，又顺着牙根丝丝缕缕地溢出来。

那天晚上，陈二爬到陈大的身边。陈大把包着狗头金的包袱抱在怀里，半睡半醒的样子。那簇磷火不远不近，仍在那飘着。陈大歪过头，用目光瞄着陈二，陈二的身子又往陈大身边凑了凑。陈二近似耳语地说：哥，还没睡呢。陈大在嗓子眼里哼了一声。陈二就说：这只狗头金，非得按着六人份分么？

陈大支棱起身子，把狗头金在怀里抱稳，盯着暗处的陈二说：咱淘金人的规矩，见者有份，咱不能破。

陈二抓了一把乱蓬蓬的头，他们进山前，都是理过发的，经过几个月的疯长，他们的头发，都长到脖颈处了，蒿草一样扭结在一起。陈二说：咱们挖到狗头金时，三胖子已经不在了。按道理不应该有他的份。说到这，目光又虚虚地瞥了眼不远不近的那簇磷火。

陈大清了一下嗓子，压低声音道：三胖子、二嘎子、豆芽子是跟咱哥仨出来的，咱不这么分，爹都不会答应。

陈二沉默下来，觉得头发里有虱子在爬，他又烦躁着，用力抓几下头发，望着哥怀里的狗头金：这东西再值钱，这么多人分，到自己手里，还能有多少？

陈大瞪他一眼，呛了句：别想那些没用的，快睡觉，明天还要赶路呢。

陈大说完又躺下，把背冲向陈二。陈二看见陈大弓起的身子，像一只河虾。他闭上眼睛，却睡不着。一种从没有过的焦灼感，从脚底板处升起来。

雪　落

豆腐坊的马菊红从来没有像今年这样盼着下雪。她知道，一下雪，陈三他们就该结束淘金的日子了。

先是看着山上的树叶打卷变黄，接着又有树叶落下来，真的离下雪的日子不远了。

有几次，她给人去送订的豆腐，还专门绕到大金沟的沟口，向里面张望过。几个月前，她送陈三走，陈三的背影就是在这个沟口消失的。

最近两个月，她还请去大金镇的人，捎回来两床大红被面，她在为自己的新婚暗自准备着。她和陈三已经商量好了，一进入腊月他们就把婚事办了。她盼星星盼月亮等待着下雪，可雪还是没有下。有几次，天阴沉得似乎都拧出水来了，她想应该落雪了。可落下来的却是秋雨。虽然是秋雨，但天也渐渐凉了起来，她知道，离下雪的日子不远了。

她一想到陈三要出山了，心情就美好起来。平时不爱打扮梳妆的她，经常冲镜子里的自己愣神。白净的皮肤，弯弯的眼睛，瓜子形状的脸，打扮起来还是蛮漂亮的。她冲镜中的自己满意地笑了。

在笑容中，她也看到了眼神里的忧伤。她知道自己的忧伤从何而来。两年前，自己从大金镇里跑出来，一想起在红房子的经历，她就心神不宁。她知道，陈花花不会这么白白地放过自己。为她陈花花出了五两银子。仅一个陈花花她也没什么好怕的，她担心的是陈花花身后的土匪老大。

大小金镇经常有土匪活动，有许多人见过土匪。他们经常神出鬼没地下山，打劫一些大户，有的土匪也顺手牵羊骚扰一些小商户、小户人家。经常也有遭到被绑票的人，鸡犬不宁一阵子。

马菊红初来小金镇时，每天晚上都不敢睡觉，和衣缩在房内的一角，她总是担心陈花花会找土匪来抓她。提心吊胆地过着日子，心总是不宁。一想起大金镇红房子的经历，情绪就会低落下来。她从红房子里逃了出来，暂时得到了身心的自由，又被另一种恐惧所笼罩了。

马菊红直到现在，出门时，不论什么季节，都会用围巾把自己脸围上，她生怕别人认出她来。她谎称自己是个寡妇，这样一来，她就不显山露水了。别人都知道豆腐坊的马寡妇，并不知道她的真实身份，更不知道，她在大金镇红房子里的故事。

她也会经常想起红房子里的陈花花，自己插了草把自己卖了，是陈花花救了她的急。凭这一点，她是感激陈花花的。没有她救急，爹连下葬都不能。可她不甘心自己在红房子里做皮肉生意。当她跑出红房子时，心里想过，也暗自发过誓：陈花花今天算是我欠你的。等有朝一日，一定连本带息地把钱还给你。在小金镇这两年多的时间，她早就挣够还陈花花的钱，可她一直没有勇气去还。她怕大金镇，更怕面对陈花花。

随着这个冬天的临近,她突然冒出一个想法,自己要去一趟大金镇,把自己的事办了。不然,她这辈子都不会安生。再过两个月,就要和陈三办喜事了,她不想提心吊胆地和陈三成婚。

那些日子,小金镇的人,发现马寡妇的豆腐坊关门了。马寡妇也神不知鬼不觉地在小金镇消失了。

刘媒婆找过陈右岸,把马寡妇失踪的消息告诉了他。陈右岸背着手,蹒跚着脚步来到豆腐坊门前看了看。门虽然紧闭着,看到院子里一切都是整洁的,透过门缝,他还看到屋内做豆腐的一应工具,也有条不紊地摆放着。他不相信,马菊红会逃婚。

果然,半个月后,豆腐坊又悄没声地开张了。马菊红又一次出现在人们的视线里。小金镇关于她的风言风语也就此打住了。

回到小金镇的马菊红,心彻底踏实下来。这次去大金镇,她完成了自己的心愿,在后半夜,她去了红房子,找到了陈花花的房间,把用毛巾包着的十两银子,放到了陈花花的窗台上。离开时,她还用手,轻敲了三下窗子。然后隐身到暗处,她亲眼看见陈花花打开窗子,把裹着银子的毛巾拿了进去。她想,陈花花一定知道是她来过了。当年陈花花出了五两银子,买了她。她两年后,还回十两,也算了了她的心。

天蒙蒙亮时,她还去了趟后山,在父亲坟前烧了纸。这两年时间里,每逢年节的,她都会在小金镇的十字街上,给爹烧纸。这是她又一次在爹的坟前烧纸。望着长满荒草的坟头,她就想到了爹生前的样子。爹不在了,她在世界上没有一个亲人了。在爹的坟前,

雪 落 · 103

她流着泪,把自己即将和陈三结婚的消息告诉了爹。她不知道爹心里会怎么想,但他一定会为她找到了一个遮风挡雨的男人高兴。

这次偷偷来大金镇,她还为自己买了两件新衣服。她想,陈三看她穿着新衣服,一定会很高兴。做完这一切,她才踏上归程,记得第一次逃出大金镇时,她都没来得及去看一看路上的风景,那会她只想逃,逃得越远越好。这次不一样了,她一身轻松。她一口气走了三天,终于回到了小金镇。远远地看到自家的豆腐坊,她从没感到这么亲切过。

她现在一心一意把心思放在了天气上。有几次,她明明感觉到要下雪了,突然夜半起了风,云彩又被刮散了。天渐渐凉了,她的单衣已经换成了夹衣。每天忙碌完,她都会站在自家的小院里,伸长脖子向天上望。要是看到满天繁星,她就会失落。遇到有云彩的日子,她心里就会暗自高兴。心想,也许自己睡一觉,早晨醒来,雪就落满院子了。

生　死

　　五人一狗，天刚蒙蒙亮，又一次起程了。他们归心似箭，从淘金到现在，他们还从来没有如此急迫地出山过。往年，都是下雪之后，小金河结起了一层又一层的冰碴，他们才恋恋不舍地踏上出山这条路。几乎所有淘金人都差不多在这个时候向山外走。那会，整个大金沟出山的路是热闹的，不时地会碰到一起出山的淘金人。他们相互间，询问着对方的收获，眼睛就往对方腰带上瞄，他们大半年淘的金沙，都在腰带上吊着。收成好的，会把衣襟撩起来，故意把又满又饱装金沙的袋子露出来，一行人挺直腰板，走得理直气壮。收成少的，则故意用衣襟把口袋遮了，心里很没底，虚着身子，勾着头向回走。每年这时，总是几家欢乐几家愁。就是相互间碰不上面，从山谷或者隔着一座山，人声仍然能够传到对方耳鼓里。有人还扯着嗓子喊一声：是老许么，今年收成咋样？被称为老许的淘金人，也在远方回应道：不咋样，还不如去年呢，今年过冬都够呛……人们呼喊着打探着，不论收成好坏，都是一幅欢乐的景象。

　　淘金人在深山老林里，苦呀累了的大半年时间了，终于熬到出山的时日了。见到老婆孩子，能吃上几顿热乎饭了，一想起这些就让人兴奋。那些光棍，早就把柳荫巷里的姑娘在嘴里嚼了一遍又一遍，这个胖了，那个瘦了……总之，出了山，才是人间的日子。他们向往山外的一切。

陈大带着一伙人出山时，雪还没下，树叶正在飘落。他们尽量避开淘金人，这个时候离开大金沟，总是说不清楚。狗头金沉甸甸地背在他的背上，最初得到狗头金那股兴奋劲，已平淡了许多。那会，觉得就是有座金山，他也能背在肩上。路远没有轻载。虽然只有几公斤重的狗头金，但也毕竟是块石头，他实实在在地感受到了石头的存在。他们进山时，带着粮食、淘金工具，还有铺盖什么的。粮食早就吃光了，淘金工具大都破烂得不成样子，被扔在一个山沟里。他们只剩下自己的铺盖，有的被褥露出棉絮，有的都成了布条，好在还能为他们的夜晚宿营，遮风御寒。

二嘎子和豆芽子从出发那天开始，目光就没离开过陈大后背上的那块狗头金。想象着狗头金变成白银的样子，那将是多么激动人心的时刻呀。每次淘金，陈大带着他们，径直走向宋掌柜的金店，兑现银两的瞬间，他们也是激动的，手心冒汗，脸红脖子粗的。他们齐齐地盯紧宋掌柜手里的秤盘、秤砣，生怕宋掌柜缺斤少两。每次把金沙换成银两，陈大又二一添作五地分成六份，他们把属于自己的那一份攥在手里，把手藏在衣服下面，撩开双腿向家跑去。那一刻的心情是无法形容的。这是大半年辛苦的血汗钱，一家老小就等着他的收成，柴米油盐都指着这份血汗钱呢。

自从他们意外地得到了这只狗头金，他们的心态一下子变了。挂在陈二腰间那半袋子金沙，他们已经不看在眼里了。金沙以前一直挂在陈大的腰上,自从有了狗头金,陈大就把保护那半袋子金沙的权力转让给陈二。陈二却多了满腹的心事,以前能说会道的陈二,变得沉默了,经常望着某处愣神,还不断地用眼角的余光打量着二嘎子、豆芽子。有时,也把目光落在陈三身上。陈二不仅多了心事,眼睛里还起了层雾,没人能看懂他眼里的雾气。

又一次休息完出发时,二嘎子突然向陈大提出了一个要求。他要求背一会狗头金。陈大犹豫了半晌,还是解下包袱,系在了二嘎子的身上。背上狗头金的二嘎子,走在了人群的最前面,在人们的心里,二嘎子的命等同于狗头金。人在狗头金在。这是他们出发时,就一起冲老天爷发过的毒誓。

二嘎子大步流星地在前面走,陈二随后,然后是陈三和豆芽子。陈大走在最后面,他要统掌全局。他们这次出山,走上了一条绕远又陌生的小路。每次出山,和进山一样,都是顺着小金河走。那里地势平坦,这次不一样了,他们有了狗头金,怕碰到淘金人,一切都是为了他们共同的秘密。他们现在共同的想法就是,争分夺秒,走出大金沟,回到小金镇,一切就都安全了。

背了一下午狗头金的二嘎子,到晚上宿营时,才恋恋不舍地把保护狗头金的权力还给陈大。陈大临睡前,把包袱在自己的身子上系了又系。二嘎子似乎仍然没有从兴奋中平复下来,他从来没像今天这样,离狗头金这么近过。只在刚发现狗头金时,大家聚在一起辨别真伪,在他手上过了一下。剩下的时间里,他只能远远地望着了。他背上狗头金,一下子才觉得狗头金是那么实实在在。他有过太多的美好设想了,这次发财了,他要给全家盖上几间明亮的大房子。

现在他们全家就挤在一个干打垒的小房子里。那还是爹刚到小金镇时，盖起的房子。长年累月，土都风化了，睡觉时不小心，碰到墙皮，土沫子就下雨似的往下掉，呛得他连喘气都困难。有了大房子，他还要请刘媒婆给自己说一房媳妇。小金镇缺女人，可大金镇不缺，只要有了钱，刘媒婆一定会为自己跑上一趟。从出生到现在，他只听说过大金镇是个热闹的地方，可惜自己一次还没有去过。小金镇的人，偶尔有人去一趟大金镇，回来能说上半年。人们齐聚在这人的家门口，听他一遍遍叙说大金镇，那里是一片平原，平原上盖了很多房子，干什么的都有，各种商店、铺子，还有发电报的电报房，江边还有码头，码头上停了好多船。有的船用来打鱼，有的用来运货载人，呜的一声，船就开了。最后当然会说到女人，大金镇里有许多女人，她们穿着时髦，描眉画眼，就是走起路来都带着一缕香风，让人心驰神往。当然也会说到红房子里的那些女人。红房子是小金镇柳荫巷没法比拟的，红房子不仅大，里面的女人也年轻，迎来送往的，热闹得很……人们想象着大金镇的纸醉金迷。都希望有一天，自己发财了，到大金镇里走一走，看一看。那将是多么美好的画面呀。

二嘎子一遍遍地诉说着未来美好的日子。当他畅想美好时，引得豆芽子咧着嘴，一边傻笑一边说：嘎子哥，你要去大金镇，带上我吧，让我也开开眼。二嘎子就拍一拍胸脯说：那是自然，兄弟，我带上你，咱俩去下馆子，点上两盘肉包子，你一盘我一盘，再喝上一碗羊肉汤，这才是有钱人该有的样子。豆芽子口水都流出来了。

陈三也咧着嘴笑，他的幸福和二嘎子他们不一样。他的幸福就是马菊红，他要和马菊红过日子，把豆腐坊扩大一倍，再也不出来淘金了。他要和马菊红一起经营豆腐坊,在豆腐的香气里,他们相互凝望,厮守着过日子。然后他们再生几个孩子,都有吃有喝,再也不进山淘金了,这就是他憧憬着的幸福。

那天晚上,他们宿营在一片山冈的阴面。一片树林,在风中呜咽,枝头的树叶几乎都飘落干净了。他们扯着露了棉絮的被子,把自己裹紧,沉沉地睡去。养精蓄锐是为了第二天的行程,只要向前迈出一步,就离大金镇又近了一些。

黄皮子倚在一棵树后,心绪很不平静的样子,隐隐地觉得今晚要有大事发生。它眯上眼睛,刚打个盹,很快就清醒过来。它先是听到一片树叶的响动,它机敏地抬起头,看见二嘎子起身,摇晃着向远处走去。紧接着它又看见陈二,蹑着手脚跟了过去。它的心狂乱地跳了起来,想叫,又没敢。也弓起身子,随两人走了过去。

二嘎子蹲在下风口的地上,解开腰带,嘴里发出吭吭哧哧的声音。这时陈二就站在二嘎子身前不远处,他听见二嘎子说:二哥,我拉肚子了,都是白天吃野果子吃的,胃里都是酸水。陈二背着身子,冲着一棵树松开裤子,撒了泡尿。二嘎子嘴里还哧哧着,很难受的样子。陈二又转过身,看见二嘎子身后就是一片山崖,在树影里,阴森地暗着。一阵风过来,远山近树一片呜咽。黄皮子看见陈二像变了一个人,发疯似的一脚向二嘎子踹过去。二嘎子叫了一声,很快就被树林的呜咽声吞噬了。二嘎子滚了两滚,跌下悬崖之前,似乎想伸手抓到点什么,却没抓到,然后整个人就跌下山崖。

黄皮子俯下身,身体颤抖起来。它没想到陈二会这样。陈二在山崖旁站了一会,一边系裤子,一边吐了口痰向回走去。黄皮子看见陈二没事人似的，又钻进露着棉絮的被子里。黄皮子趴在一片树叶上，抖了一宿。

第二天，出发时，人们发现少了二嘎子。陈二和所有人一起，一边呼喊着一边寻找着二嘎子。最后还是黄皮子把众人领到山崖边，向山崖下大声地叫着。山崖深不见底，最后，陈大在山崖的平地上，发现了二嘎子的半泡稀屎。似乎明白，二嘎子半夜解手，跌下了山崖。人的命天注定，马上要发达起来的二嘎子，一个不小心，一命归西了。

一行人又踏上了出山的路。和以往不同的是，人们少了言语，更没了欢笑，脸都阴沉着。随在陈大的身后，盯着他背上的狗头金，一点点地向前挪去。

黄皮子随在众人身后，它看到陈二的身子里正往外冒一团黑气。那股黑气冷森森的。从此，黄皮子害怕陈二。它一看到他，身体就颤抖个不停。

归程的队伍又少了一个人。这天出发前，陈大一如既往地把狗头金背在自己身上，他茫然地望着每个人。陈二迎着陈大的目光望回去，陈大的目光从陈二脸上跳开，又定在陈三脸上。陈三刚哭过，为二嘎子莫名其妙的死亡，脸上的泪痕还没干，还抽抽搭搭的。陈大的目光就一软，又落到豆芽子脸上，豆芽子一脸惊恐，似乎还没有在二嘎子坠崖中醒过神来，看看这个，望望那个，惊魂未定的样子。

陈大转过头，就望到了蹲在不远处的黄皮子，黄皮子也在陈大的注视下，头歪向了一边。陈大沉默着，转身向前走去，先是陈二，然后是陈三，豆芽子相继跟上。所有人都沉默着，只能听到对方的气喘声和脚下踩在枯叶上发出的声响。

黄皮子跑在最前面，跑出一段路，它就会寻找吃食，比如一只地鼠，一条即将冬眠的蛇，都会成为它的猎物。随人们一次次进山，它练就了捕食的能力。不论它为了捕食跑出多远，耽误多久时间，它总能找到这帮淘金人。

陈大意识到二嘎子的死有些蹊跷，又说不出来蹊跷在哪里。他带着这支淘金队伍已经有五六年时间了，刚开始那会他们都还小，二嘎子和豆芽子才十几岁。他们相信他。那会淘金的经验还不多，力气也不够大，费尽千辛万苦，却淘不到多少金。每当他们走出大山时，会换一些散碎银两，又把这些少得可怜的银两分发在每个人的手上，那会他们不贪心，就是少得可怜的银两，也够他们欢愉上一阵子了。他们有生以来，还从来没有见过这么多钱，白银在口袋里揣着，沉甸甸的，白花花的。以前都是靠爹娘养活，现在他们终于自己能挣钱，养活爹娘了。他们揣着银两，解开早已破烂不堪的衣襟，顶着一头乱蓬蓬的头发，挺着胸脯向各自家走去。从金铺到家的距离，他们从来没有走得如此豪迈。离家还很远，就扯着嗓门喊：爹、娘，我回来了。他们早已忘了，这大半年时间里，吃了多少苦，流了多少汗。苦和累已成为过去，眼下只有成功的喜悦。

后来他们渐渐大了一些，不仅有一把子好力气了，淘金沙的技艺也纯熟起来，再次出山时，他们到手的银两就多了些成色。不论收成好坏，这些人从来没有怪过陈大。陈大不仅是他们的大哥，更是他们的主心骨。一起吃苦受累，他们每天都厮守在一起，装金沙的袋子就挂在陈大的腰间。以前，陈大只要单独活动时，比如解手，或者去山里找吃的，他就会当着众人的面把金袋子系在某人腰上。

拍着空荡荡的双手离去。直到他再次回来，才又把金袋子收回去，一丝不苟地系在自己的腰上。

每次他们从山里出来，分完钱，都会找到一个僻静的地方，每个人从头到脚都会把自己脱了，一身烂鞋烂衣服交给对方检查。甚至还要把自己散发着气味的头伸向对方。这是淘金人的规矩，叫净身。淘金人在一起伙着混生活，最怕的就是相互猜忌。只要猜忌，这支淘金队伍，就会散掉，再也带不起来了。所以淘金人就有了这个约定俗成的规矩，净身。每个人都干干净净地来，清清白白地走。只有如此，每人心里才是坦荡的。

三胖子是被蜂群蜇死的，这是个意外，他们还没有从这意外中走出来，二嘎子解个手又出现了意外。陈大背着狗头金，走在前面，虽然他还是以前的样子，心却沉了起来，步子也有如千斤重。觉得自己背的不是一块几公斤重的石头，而是一座山。他几次踉跄着身子，几欲摔倒，陈二在他身后，扶住他，望着陈大灰白的脸说：哥，要不，我替你背狗头金吧。他几欲想把身上的包袱解下来，交给陈二。可他突然看到了陈二眼里有一种像火苗一样的东西，烧得他身子一抖，便把这想法扼杀了，用力推开陈二伸过来的手。站稳身子，大步向前迈去。

他回忆着自从发现了狗头金之后，众人的变化。自己、二嘎子、陈三、豆芽子都把兴奋挂在了脸上。他们畅想着有钱人的日子，他们对有钱的日子显然是陌生的，都是一些通俗、浅白的想法。比如盖个大房子，求刘媒婆给自己讨个老婆，然后锅碗瓢盆地过日子。陈大何尝不是如此呢。他最大的愿望就是有了钱成个家，再也不让爹为自己操劳了。他是老大，本就应该承担起家庭的责任，他还记得以前这个家的样子，娘是个好看又能干的女人，爹只是个拉边套的。娘还要照顾那个姓葛的男人。葛大林瘫在炕上，每天都离不开中药，一走进葛大林的家，离老远就能闻到一股中药汤子的味道。娘白天要去为葛大林熬药，煮饭，料理完了，才能回到家里，照顾他们三个孩子。那会爹很难，不仅要养活他们一家人，还要养活葛大林。葛大林的中药，都是爹亲自去中药铺子抓的。

记得有一次，他随爹一起走进中药铺子，爹兜里没有一个铜板了，要去赊药。药方子被药铺子伙计扔了出来。那伙计是个山东人，一口山东话冲爹说：陈金头，你好歹也是个淘金人，见过世面。有赊米，赊布的，还没听说过有赊药的。你这是在赊病呀。不吉利呀。小伙计一边说，一边用身子堵在药铺子门口。爹那次真的是走投无路了，把家里兽皮拿出来卖了，原本这些兽皮是给一家人过年的。每个人扯块布做件新衣服，称二斤肉，包两顿饺子……那年春节，一家人是喝玉米面熬过来的。陈二小不懂事，一边哭一边求着爹要吃肉。爹狠心打了陈二。那天晚上他看见爹躲在门口的柴堆旁，捂着嘴哭了一个晚上。

后来娘还是随着病好的葛大林离开了，起初的日子里，爹就像没了魂一样，一趟趟地出门去寻找娘，爹一次次空手而归。以前的爹虽然穷得躲在柴堆后面扇自己的耳光，但那会儿的爹是快乐的，在人前脸上总是笑呵呵的。可自从娘离开，再也没有见爹笑过。爹在淘金时，只能把他们交给邻居照看，半年后爹回来，兴冲冲地推开房门，里外地找。他知道，爹是在找娘，可娘从来没有回来过。

清醒过来的爹，眼里的火苗熄了，脸也垮塌下来。又是个愁苦的爹了。爹不易，为了把他们三个养大，吃了太多的苦，现在留下一身病，每天起床，是爹最头疼的事。每天爹起床时，都要在炕上折腾很长时间。先是把僵直的腿搬到炕沿外，然后用两只手掌从上到下地搓腿，直到把双腿搓红搓热，麻着的腿脚渐渐有了知觉，才试探着从床上下来。先是扶着墙走到外面，再拿起拐杖，才能走出院门。他每天看到父亲这样，心里都猫咬狗啃似的难过。他那会就发誓，以后一定要把家里的担子扛过来，不再让爹为他们操心受累了。

发现狗头金那一天，他首先想到的就是爹。有了钱，一定盖个大房子，在屋里不仅盘一铺火炕，还要修一条火墙，灶膛里要烧上好的木柈子，不论春夏秋冬，都要让屋里温暖如春。让爹的老寒腿少些痛苦。他还要娶一房贤淑的媳妇，伺候爹，爹不论吃香的喝辣的，都让儿媳妇做。这是他迄今为止最丰满的奢望。

可陈二却和他们不一样，不仅沉默寡言，心事重重，眼里还总是冒出一股邪火。他观察过陈二，陈二的目光正落在二嘎子和豆芽子身上，目光凶得像一把刀子。以前陈二从来没有这么看过人。他看到了都不由得打寒战。

又一天晚上，他们夜宿在一个山沟里。天阴着，风也一阵阵刮着，随时要下雪的样子。陈大让陈三和豆芽子捡了一些干树枝，在一个背风处，生起了火堆。三胖子和二嘎子离开了他们，他们都没来得及给两人烧纸。他们也没纸可烧，把火堆点燃了，他喊着让他们朝着光亮处走。老辈人说，人死后，要朝着光明处走，因为那里是天堂。点燃这堆火，不仅温暖着他们，也是给二嘎子、三胖子在另一个世界指条明路。夜晚的风很大,阴森着,看样子第一场雪说下就要下了。陈三和豆芽子披着烂棉絮被子,哆哆嗦嗦地围在火堆旁,张开身体烘烤着自己。陈大觉得有必要和陈二单独说几句话。他一直怀疑,二嘎子的死和陈二有关,他的眼神透露出了秘密。陈大把陈二叫到一棵树下,两人蹲下身子。陈大开门见山地:老二,二嘎子是不是你弄的?陈二的身子震了一下,哆嗦着嘴唇,半晌没有说话。

陈大就激动地:你说话呀?

陈二声音打着战:你,你看见了?

陈大:我没看见,但你的眼睛告诉了我一切。

陈二把眼睛闭上,又睁开:你,你血口喷人。我害死二嘎子干啥?

陈大把目光钉在陈二的脸上,远处的火光,照得两人一明一暗。

陈二似乎要哭出来:哥,咱们才是亲兄弟,你为啥帮别人说话?

陈大:天地良心,人在做天在看,这么做迟早要遭报应的。

陈二慌忙地摇着头说:不是我干的,是他解手,不小心掉下去的,怎么赖到了我的头上。

陈大再一次盯紧陈二的眼睛。陈二这次缓过神来,把目光回敬给陈大。哥俩就在忽明忽暗中对视着。

黄皮子蹲在不远处,也在望着哥俩。

豆芽子

自从二嘎子莫名其妙坠崖之后,豆芽子也看到了陈二眼里的光,带着寒气,像刀似斧。他清楚地记得,那天白天,狗头金是二嘎子背的,二嘎子走在最前面,他看见了二嘎子挺胸抬头,骄傲无比的样子。他都盘算好了,第二天他要接替二嘎子,也背一天狗头金,让自己沾沾喜气。他还没来得及说,二嘎子就神不知鬼不觉地跌下了山崖。不仅他话语少了,陈三也不说话了,拧着眉头走在自己的身边。他几欲想和陈三说点什么,话都到嘴边了,他看到陈二刀子一样递过来的眼神。他就噤了口。二嘎子死,最初他就想过陈二,二嘎子一死,他就没有个说话的人了。陈家兄弟好歹也是自家人,只有他一个人是外姓人,他感受到了危险的存在。一路上,不论是休息还是行走,觉得陈二的目光一直围绕着他。投过来阵阵寒气,让他直打冷颤。他知道自己弄不好,也会像二嘎子一样,被莫名其妙地害死。

又一天他们行走时,他去附近林地里捡干树枝生火,陈大就在自己的身边,他凑过去,讨好地说:大哥,其实……狗头金,我不感兴趣。他结巴地表达着,他通过对狗头金不感兴趣的表达,来换取陈大对自己的保护。他说这话时,目光还是忍不住多看了眼背在陈大背上的狗头金,撑得包袱皮鼓鼓囊囊的。他恨自己的眼睛,慌忙地把目光移开。

陈大听了这话,怔了一下,正色道:咱淘金人的规矩不能破,见者人人有份。豆芽子最初也是这么想的,陈三从水里捡到狗头金那天晚上,他和所有人一样,是那么兴奋。他几乎一夜没睡,翻过来掉过去地只想着一件事,那就是自己马上就要过好日子了。再也不受苦受累,当牛做马地淘金了。他要像正常人一样,有了钱,在小金镇做一个小买卖,守家待业地过日子,那将是怎样幸福的时光呀。他和二嘎子、陈三无数次地讨论过,这只狗头金到底能卖多少银子。二嘎子说不清楚,只是用手比画了一下道:反正得卖好多,一堆吧,咱们拿都拿不完,他们从来没见过这么多银子。以前,他们淘了半年金,大半口袋金沙,换来的银子,一只手就攥住了。那可是他们淘金人一家老小一年的生活费。二嘎子比画出的那么一堆,到底有多少,没人能说得清。

陈三也畅想着说:以后咱们都不用淘金了,要吃有吃,要喝有喝,这辈子都花不完。

二嘎子和陈三说的都是虚数,豆芽子心里还是没底,他又找到陈大去问。陈大闷着声音正抱着狗头金打盹,见他这问,抬一下眼皮说:无价之宝。老辈人说,一只狗头金,能换一座城。

一座城有多大,豆芽子心里还是没数,他生在小金镇,长在小金镇,连大金镇都没去过。他不知道一座城有多大。他以前曾听做买卖的人说过:哈尔滨才是人间天堂,有电车,有铁路,还有好多好多房子。房子多人就多,有俄国人、犹太人、日本人,还有叫不

豆芽子 · 117

上地名的各种外国人。他们操着不同的口音，给市井增添了热闹。买卖人形容哈尔滨时，让他想起树林子里，那些开会的鸟，也是多得数不清，用各种调调叽叽喳喳地说话。

起初拥有狗头金的日子，他和所有人一样，是多么幸福呀。为自己设计了一幅幸福的蓝图。蓝图还没画完，许多地方还没填上颜料，二嘎子就出事了。陈二的目光刀子一样地扎过来，让他魂不守舍。他独自想，要是没有这只狗头金，二嘎子就一定不会出事。二嘎子出事，他想到了自己的危险。他要主动出击，表明自己对狗头金没兴趣，只要把陈二腰间那半袋子金沙，二一添作五地分完就好了，像每年淘金出山时一样，只要自己平安地活着出去。一整天，他脑子都不清楚，迷迷糊糊地琢磨着这件事，恍恍惚惚地随在陈家兄弟身后走着，有几次还有了逃的想法。自己要是逃出去，寻找到出山的路线，自己也一定能够走出去。他已淘了几年金了，每年进山、出山的，许多条路他都走过。可这想法，一经出现，自己又被吓着了，如果那样，就是和陈家兄弟扯破脸皮，就没有回头路可走了。万一自己没有被害死，像往年一样，又一次走出大金沟呢。

陈家三个兄弟，经过这么多年接触，他也逐个琢磨过，陈大是他们共同的老大，是他们这伙淘金人的领路人，人厚道、老实、公平，他不会害人。陈三年纪小，没心没肺的，只比自己大一岁，也不会有害人之心。只有陈二和陈大、陈三不太一样，平时就沉默寡言，不爱说不爱笑，喜欢独处，更喜欢琢磨人，总是拿目光偷瞄别人。自从有了狗头金之后，陈二的心事似乎又多了。现在连眼光都变了，变得陌生凶狠。豆芽子数着日子，以前他们十天半个月的，总会走出大金沟了。现在日子都过半了,只要再熬过几天,走出大金沟,自己就安全了。至于那只狗头金换成白银怎么分配,那是后话了。

这两天,豆芽子异常地小心。不论解大手还是解小手,他从来不离开宿营地,要是有事,他就呼叫,所有人就能听到了。晚上,他们又一次宿营了,天一整天都是阴的,天黑得就早。他们在路上采了蘑菇,吃饭就是喝的蘑菇汤。他怕自己夜半起夜,只吃了几块蘑菇,连汤都没敢喝。睡前,他们又在火上加了些干树枝,趁着热乎气,他们围在火堆周围就席地而睡了。四个人脚对脚,头对头地围着一圈躺下了。他的头和陈二的头是相挨着的,陈二的呼吸他都能听见。起初,他灵醒着耳朵,假寐着。后来实在太困了,困得他两只眼皮纠缠在一起。他在入睡前,听见黄皮子,似乎走到他身边,舔了他手一下,他和黄皮子关系好,平时有口吃的总是想起这条狗。黄皮子对他就很亲近,经常过来,扎在他怀里,和他玩上一阵子,也是用舌头这么舔他。黄皮子让他放松,最后的感知世界里,他还听到陈二打起的鼾声,树枝在火里燃烧发出的声响。豆芽子就沉沉地睡去了。

后半夜,天上飘起了雪花,大金沟的第一场雪终于飘落下来。火堆上的干柴已经燃尽,散发着最后一缕温度。

黄皮子看见陈二坐了起来,因为下雪,陈大、陈三和豆芽子都用烂棉絮被子兜头蒙上了。陈二呆呆地望着豆芽子,豆芽子一动不动,像具尸体似的躺在原地。陈二拿起自己的棉被,突然压在豆芽子头上,然后整个身子也压了下去。黄皮子看见豆芽子的腿僵硬地蹬了两下,然后就不动了。半晌,又是半晌之后,陈二轻抬起身子,又躺到原来的地方，把被子扯过来，也盖在自己头上，像什么也没发生过一样。

从陈二起身那一刻，黄皮子就浑身颤抖不止。陈二恢复到原来的样子，它才松了一口气。发现自己尿了，长长的一泡尿，让它身子底下又热又骚。

雪还在下着，无声无息的样子。天微亮的时候，黄皮子看见一片洁白。那躺着的四个人，都被雪覆盖了。

第一场雪

第一场雪如约而至地飘落到了小金镇。

陈右岸在初雪的早晨,在自家小院里站了许久,雪花纷扬地飘落下来,他的眉毛和胡子沾得都是。他的目光,穿过大金镇,望向大金沟方向。他知道,陈大一定带着那几个淘金的兄弟们,该出山了。以前淘金的经验告诉他,小金河的水早就冷了,待上一会就被冰得抽筋,他们得轮流下水。在水里拼命地筛沙子,在众多沙子中,希望能发现星星点点的金沙。岸上的人,拼命地用双手揉搓着双腿,让浑身热起来,然后再奔到冰冷的河水里,接替另一拨人淘金的工作。白露过后,天就一天凉似一天了。他们争分夺秒,就是为了再多淘一些金沙,回到家里,好过个滋润的冬天。

在有杜小花的日子里,陈右岸觉得自己有使不完的劲。在进山这大半年时间里,只要一想起杜小花,还有那三个依次出生的孩子,他心里就涌起一种莫名的幸福感,像潮水,一次次拍击着他的心房,扩展到他的全身。他心里也装着师傅葛大林。是师傅带他加入到淘金这个行业,没有师傅就没有他的今天。那会,他最大的愿望就是一直淘金,养活一家人。他的内心,早就把葛大林当成自己的亲人了。

每次他进山淘金,杜小花会带上三个孩子搬到葛大林的住处去,杜小花肩上的担子就重了,她不仅要照顾孩子,还要照顾半瘫在床上的葛大林。他在家时,几乎把这一切都承包了。隔三岔五地去找郎中开药,回到家里,又烟熏火燎地煎药。服侍好葛大林吃药,还要抽出时间到山里狩猎。天擦黑才回来,他向家的方向走近,远远地就能闻到院子里飘出的饭香。杜小花把饭桌放到了炕上,孩子们已围着饭桌坐好,葛大林也用被子围起身子,半躺半坐在桌前,全家人就等他回来。他回来了,带着一身寒气,把收获的猎物挂到了房檐下。他带着一身寒气进门,坐在葛大林身边,又顺手拿起一只枕头,垫到葛大林的腰上,让葛大林更舒服一些。那会葛大林还不能自己吃饭,杜小花和他就轮流夹着饭菜去喂他。葛大林吃着饭,有时会吃得泪流满面,一面吃一边含混地说:右岸,你对我太好了。满眼的泪光,落在他的身上,也落在杜小花的身上。杜小花不说什么,一口饭一口汤地喂向葛大林。陈右岸望着三个参差的孩子,再望眼杜小花,心想:这就是他的家了。他愿意为这个家付出一切,包括师傅葛大林。他从额尔古纳河的右岸,拼死游到这里,他没想到自己还能有这样一个家。虽然他和杜小花之间还隔着葛大林,但他对葛大林也是感激的。没有师傅葛大林,就没有他现在的一切。他知道,做人不能贪。要是有了贪心,就什么都没有了。

吃过饭,杜小花先是照顾着葛大林躺下,问他想不想大小便,如果想,她就会把盆端过来,放到他的身子下。待一切完成,再端出去倒掉。然后就领着三个孩子向陈右岸家走去,留下陈右岸陪葛大林说上一会话。这是他们每天约定俗成的惯例。陈右岸先是把两只手搓热，再试探着把手伸到葛大林的被子里，他要给师傅按摩，他一搓到师傅的腿，心里就难过得不成样子。以前，师傅的腿是多么的壮硕呀，棱是棱角是角，每次淘金时，他都是第一个下河，把裤脚挽起来，露出健壮的大腿。有几次，小金河里突然发洪水，只有师傅站得最稳，他左手一个，右手一个拉起被冲倒的同伴，连拉带拽地把他们拉上岸。那会觉得有师傅在，他们就有主心骨，什么都不怕，再危险的山洞、山沟，他们都敢闯。只要师傅敢先向前迈一步，他们就会毫不含糊地跟上。在进山淘金的一拨又一拨队伍里，他们每年淘的金是最多的。他们出山时，遇到其他淘金人，双方的视线总是会落到对方淘金人的腰上，看那只兽皮袋里的成色。挂在师傅腰间的兽皮袋子，总是最饱满的。就引来同行人的羡慕，他们大声喝着：大林，你们又是盆满钵满呢。葛大林不说什么，捋一把满脸的胡子，大半年没刮过的胡须，让师傅变成了半个野人。师傅就呵呵两声，迈开大步，向着山外走去。师傅回家时，步子总是又快又急。所有人都知道，师傅的家里，有个漂亮又年轻的老婆杜小花。所有淘金人都羡慕师傅。唯一遗憾的是，杜小花没给师傅生养出一儿半女。

最初，师傅也觉得问题出在杜小花的身上。憋了半年后的师傅，回到家里，把能量点燃，没日没夜地要折腾杜小花。那些日子，小巧的杜小花，脸色苍白，精神亢奋。每天都虚着身子走路，干什么事都轻飘飘的。经过一冬的孕育，再一次开春，葛大林望着杜小花瘪瘪的肚子，失望地叹口气，又带着几个兄弟头也不回地进山了。

自从有了陈右岸，杜小花却接二连三地生出了三个儿子。有一次，陈右岸陪着葛大林聊天时，葛大林就含着一双泪眼说：右岸呐，我以前错怪了杜小花，是我无能呀。握起拳头想捣打点什么，总是不能，只是做出了一个捣打的姿态，半边身子就僵硬在那里。此时，陈右岸一边给师傅按摩，师傅腿上的肌肉，似乎被人给偷走了，只剩下了皮包着的骨头，他的心就一阵阵发酸。安慰着师傅说：师傅，你的病会好的，有一天一定能站起来，和我们一起再去淘金。

　　淘金的话题吸引了师傅，两人就聊当年淘金的话题，他们没有吃的了，又馋，野果子吃得他们肚子冒酸水，然后他们就轮流去山里抓野物。夏天的野物都藏在老林子里，并不好抓，他们只能挖地鼠洞，抓老鼠煮汤喝，也抓过蛇，把蛇皮剥下来。他们又想到，有一次淘金，一簸箕铲到水草里，淘上来的不是金子，而是一簸箕鱼，他们开心得又唱又跳……再苦难的日子，变成了回忆，都被镀成了暖色。躺在炕上的葛大林，是多么希望再一次走进淘金人的队伍。他们一起过着风餐露宿的生活，一起苦一起乐。

　　陈右岸也巴望着师傅能够早一点好起来，就是他不再淘金，能够像正常人一样走一走，什么也不干，他也会替师傅高兴的。一次次请郎中开药，每天给师傅按摩，从手到脚，最后又到全身，让师傅浑身的血液流淌起来，身子发热，陈右岸才满头大汗地回到自己住处。杜小花带着孩子们已经睡下了。他躺在杜小花的身旁，她的温度很快传递到他的身上，他实实在在地把她搂在怀里，嗅着她身体里散发出女人的味道，一股巨大的幸福就涌满了他整个身心。他望着轮廓不清的低矮房间，心里就发下誓言，以后一定盖一间大房子，让杜小花和日渐长大的孩子们过上好日子。

随着葛大林的身体逐渐恢复，他先是在师傅的脸孔上看到了血色，身上丢失的肌肉，又一点点地回到了皮肉里。他先是能挂着棍子从炕上下来，在院子里站一会，后来又能走出院门，有时还会走到镇子里，和熟悉的人聊上几句。人们对葛大林的死而复生，抱着强烈的好奇心，围拢过来，和他聊天。说得最多的，还是陈右岸，如何一次次买药，拉扯这个家，像照顾亲人似的照顾他们这个家。葛大林每次听了人们表扬陈右岸，脸上总是挂着笑，目光也掠过真诚的神色。当人们问起葛大林下一步的打算时，葛大林就会低下头，面露难色，不想就这个话题继续下去，匆匆离去。

　　陈右岸的心里也是矛盾的。师傅躺在床上时，他巴不得师傅早点好起来，可随着师傅的身子一天天渐好，他的心就阴沉下去。以前，杜小花总是在他这里过夜，因为有孩子，她需要照顾孩子。直到第二天一早才会奔到葛大林的住处，为他端屎端尿，为他擦脸，擦身子，忙完这一切，才忙一家人的吃食。可随着葛大林的身体恢复，杜小花照顾孩子睡下，并不像以前那样急着上床了，先是犹豫着冲他说：我得过去呀。他知道杜小花这句话的意思，犹豫着点点头。杜小花就用水洗了脸，擦干，掭着衣服，开门出去，走进暗夜里。她的脚步声，由远及近地消失在他的耳畔。

　　自从师傅瘫在炕上，向他提出让他照顾这个家，他就做好了为这个家奉献牺牲的准备。那会，师傅是个废人，不管于情于理，他都心甘情愿肩起养家糊口的重任。可师傅好了，又恢复到了正常人，他的心却乱了。一群蚂蚁似的爬进来，说不清是个什么滋味。

　　杜小花也不是每天都去照顾陪伴师傅，一周总有两天留下陪他。

他再接近杜小花的身体,发现杜小花似乎换了一个人,不仅身上的味道不一样了,就是他搂着她身子时,她的身子不再柔软,而是变得僵硬,甚至还多了一点点的排斥。他还是坚持着把男女之事做了,从始至终,杜小花都是别样的。他的心就凉了下来。

第二天一早,一家人聚在一起吃饭时,他发现师傅并不望他,总是埋下头,阴着脸吃饭。匆匆地吃上几口,把碗一放,就走到院子里透气了。他的心也别扭着,他们亲近起来,像一家人一样,因为杜小花。如今,两人疏远了,别扭起来,也是因为中间隔着杜小花。

杜小花似乎也很为难的样子,故意把注意力放在三个孩子身上。低着头,匆匆地忙碌,似乎永远闲不下来的样子。以前杜小花称呼他总是用一声"哎",久了,就成为他的称呼专利。刚进这个家时,只有他是个会动的男人,她需要喊他。后来,他亲耳听见,杜小花也称呼师傅为"哎"。那次是在给师傅递一件衣服。杜小花手提衣服出门,冲师傅的背影喊了一声:哎,把衣服穿上,别凉着。从那以后,杜小花不再称他为"哎"了,而是用"你"这个称谓。无形中,他觉得杜小花离他远了。他煎熬着,别扭着。

直到有一天,他从大金沟再次出来,师傅和杜小花一起消失。他一边释然,又一边心有不甘,一连找了他们几年,最后他放弃了,他认为葛大林带着杜小花远走高飞了。也许他们又回到了山东老家也说不定。在这之前,他知道,葛大林带着杜小花是从山东逃到这里来的。

在又当爹又当娘的日子里,他真心巴望家里能有个女人了。三个儿子大了,都是大小伙子了,四个大男人,没有一点活络气,到处都是硬邦邦的，衣服破了，少个扣子，都没人帮着缝补。

　　第一场雪一落，他知道，陈大会带着淘金的这伙人，从山里走出来，他要张罗陈三和马菊红的婚事。从此，他们陈家也会有女人进出了。日子就会不一样，缺的日子才能圆满起来。他一想起即将进门的马菊红，就想到了曾经的杜小花，心里就多了另外一种滋味。

最后的归途

陈大望着豆芽子僵硬的尸体,他两眼冒火。豆芽子死时的样子很难看,脸色青着,半截舌头从嘴角吐了出来,一双眼睛也向外突着……陈大看见豆芽子尸体那一刻,就意识到是陈二干的。当时陈二已经把自己的行李收起来了,扛在肩上,做出一副要出发的样子。雪还在下着,不紧不慢的,远山近树已经被白雪覆盖了。

陈三看见豆芽子这个样子,吓了一跳,他求救似的把目光望向陈大,张着嘴想哭,却发不出声来。昨天晚上睡前,豆芽子还好好的,两人脚对脚地睡在一起。他用脚趾勾了勾豆芽子的脚,豆芽子也回敬他,弄得他脚心痒痒的。豆芽子就说:咱们就快走出大金沟了。他抬眼望着头顶灰蒙蒙的天说:怕是明天要下雪了。豆芽子还把身子凑过来,两人头碰在一起,豆芽子小声地说:你真好,这次出山就要娶媳妇了。陈三听了豆芽子的话,眼前再一次闪现出马菊红的音容笑貌,他心里甜着,身子热了起来。他安慰着豆芽子说:有狗头金了,咱们人人都有份,你也一定能说上一房好媳妇的。豆芽子听了这话,目光偷瞄了一下陈二。陈二已经蒙着头睡去了,心才安了些道:其实我这人不贪,能养活爹娘就行。想了想又小声道:你要不是捡到那只狗头金,现在咱们还在小金河里淘金呢。你们哥仨分大份,想给我点就给,不给我也没意见。陈三就拍一下豆芽子的肩膀:怎么会呢,咱们淘金人,有淘金人的规矩,我大哥心里有数。

燃烧的火堆噼啪响了一声,几簇火苗跳了跳,映红了两个人的脸。陈大抱着狗头金,翻了个身,把后背朝向火堆。陈三就说:别多想,你是咱们这些人中年龄最小的,大哥不会欺负你。豆芽子"嗯那"一声,转过头就睡去了。

昨晚还好端端的豆芽子,一觉醒来,他就变成了眼前吓人的样子。突然而至的变故,让陈三呼吸困难。一时手足无措,他跌坐在豆芽子尸体旁,就那么睁大眼睛,不相信似的望着。

突然,陈三听见陈大号叫了一声什么,然后就疯了似的扑向陈二。陈二背上自己的行李卷,已经做好了出发的准备,他对豆芽子的死无动于衷。陈大这一扑,就把陈二扑倒了。陈大把陈二压在身下,牛似的吼着:陈二,你还是个人么,连豆芽子你都下死手。啊,你还是个人不?说完腾出手,抡起巴掌向陈二的脸扇过去。陈二在地下挣扎着,他弓起身子,几欲把陈大掀翻在地,终是不能。便辩解道:他的死和我没关系,这是老天注定的,是他自己把自己闷死了。

陈大嘶声喊着:你胡说,就是你害死的。

陈三的目光被大哥二哥牵引过去,两个人像皮影戏般在自己眼前挣扎着,他半晌没有反应过来。

陈二在下面挣扎,陈大一边压着陈二,一边冲他喊:老三,拿绳子来。一连喊了几遍,他才反应过来,上前,解下腰间的绳子。这绳子是他们爬山越岭的工具,平时就缠在腰里。陈三解下绳子,僵硬地递给大哥。大哥在用绳子捆绑陈二，陈二挣扎，陈大一时不能得手。陈大又喊：老三，你倒是帮帮我呀，傻站着干啥。

直到这时，陈三似乎才明白过来，他扑向陈二，把陈二的上半身抱住。陈二就喊：老三，你帮他干啥，我这么做，还不是为了咱哥仨好。

陈大把陈二已经捆了起来，又费力气喘着从地上爬起来，把陈二拖拽着来到一棵树下。陈二似乎知道陈大的动机了，便哀号着：大哥，我可是你亲弟弟，你咋能对我这样？

淘金人有个不成文的规矩，要是有人背叛他们淘金人，比如，偷了金沙，或者故意伤害同伙，就会被喂蚊子。他们从小就随爹进山淘金，口传身教，他们自然了解淘金人的规定。虽然，他们没有亲眼见过有人被喂蚊子，或被捆绑双手双脚扔到小金河里去喂鱼。但他们却不断听到这样的故事。某伙淘金人，谁谁偷藏了金沙，被绑在树上喂了蚊子。

陈大费了九牛二虎之力把陈二捆在树上，他用绳子在陈二胸前，捆了一道又一道，直到陈二的身体严严实实地和那棵树合在一处。把绳子另一端在陈二身后又打了个死结。陈大才气喘着坐在地上，他在和陈二搏斗的过程中，后背的狗头金仍然没有离开过他的身体。陈大似乎耗尽了最后一点体力，半躺在雪地上，咻咻地喘着。

陈二带着哭腔道：老三，快点给我解开，你不能看着大哥这么欺负我。

在大哥二哥的挣扎过程中，陈三似乎明白了，豆芽子的死一定和陈二有关，他的思路又想到两天前二嘎子的死，以前盘绕在他脑子里的疑惑，似乎一下子飞去了，像眼前的雪地，干干净净地通透起来。他浑身打着战，通了电似的，他不敢相信这一切会是真的。他审慎地把目光投向二哥，二哥正向自己求救着。他的目光再望向大哥，大哥扶着雪地，撑起身子，努力地把气喘匀，用一双目光制止着他，他就僵在大哥和二哥的目光里。还是大哥先向他招了一下手，他抖着身子走过去。陈大这时已经站了起来，压低声音道：国有法，家有规。咱们走。说完拉起陈三就向前走去。

陈二就嘶声喊：大哥，我可是你亲弟弟，为了外人，值吗？我还不是为了咱陈家好。

陈大的身子震了一下，立住脚，扭过身子：陈二，别的都好说，二嘎子、豆芽子都是你杀的，我饶过你，你觉得小金镇的人能放过你吗？

陈二：你不说，我不说，别人怎么能知道。我这么做，可是为了陈家好。

陈大把身后的包袱又向身体上方拱了拱，走近一步陈二，盯着他的眼睛说：你不知，我不知，可天知地知。往年，我们都好端端地回家，今年，多了个狗头金，二嘎子、豆芽子就都死了。别人信，你自己信吗？

陈二急得眼泪都流了下来，他用脚踢腾着雪：大哥，你怎么这么死心眼呀。我这么做为啥，还不是为了咱们都能过上好日子。

陈大把眼睛闭上，摇了摇头，眼角流下两颗清泪，最后还是扯起陈三的手向前走去。躲在一旁的黄皮子，扭头望了眼被捆在树上的陈二，头也不回地在前面带路了。

陈三听见二哥,在求救地喊叫着:三儿,你得救救二哥,你不能不管我。小时候,我可最疼你了。

陈三有些犹豫,步子就缓了下来,可他的手被大哥死死攥着,他的脚步只能和大哥的保持一致。

二哥又喊:三儿,咱从小没娘,你不能再没二哥呀。二哥做的是不对,杀人不过头点地。咱们可是亲兄弟呀。现在没有蚊子,二哥会被冻死的。你们怎么就这么狠心呢。

陈大气喘吁吁地走着,步子已经慢了下来。陈二嘶着嗓子的呼喊声还能隐约地传过来。他们已经转过一个山脚,陈二看不到他们,他们也望不见陈二了。

陈三扯了一下陈大的衣襟,心虚着叫了声:哥,二哥也怪可怜的。

陈大也带了哭腔:他是狼,是狗,你二哥狼心狗肺,猪狗不如。陈大一边咒骂,一边已经泪流满面了。

陈二、陈三几乎是被陈大带大的。陈三还没懂事时,娘就和那个姓葛的男人走了。爹为了养活他们,每年还得去大金沟淘金。虽然好心的邻居收留了他们,可他们就像野孩子,经常挨饿。那会,他们长得都很瘦小,头发稀疏,面黄肌瘦。陈大经常领着哥俩,来到河边,看人家捕鱼。有一次,大哥忍不住了,脱去自己的衣裤说:哥下河去给你们抓鱼。说完大哥就挺着细小的身子走进了水里。水里有暗流,大哥不解水性,很快大哥就被水冲跑了。岸上的哥俩就大喊:哥,大哥……快上来。他们看见大哥在水流里翻腾着身子,随波逐流地向下游漂去。哥俩一边跑,一边喊破了喉咙,最后还是下游一个打鱼的老汉,一网子下去,把大哥罩住,又捞上岸。大哥已经昏迷不醒,肚子里灌满了水,像只鼓气的青蛙。还是打鱼的老汉有经验,把陈大甩到牛背上,牵着牛跑。大哥肚子里的水,顺着鼻子,嘴巴喷出来。大哥终于得救了。回过来的陈大,仍没忘了给两个弟弟找吃的,抓不到鱼,就在岸边的草丛里,抓了青蛙,生着火烤着吃。他们终于吃到肉了。

后来,大哥又大了一点,也学会了打鱼。经常出其不意地,给他们钓上几条鱼。后来大哥去淘金了,是陈二在照顾陈三。陈二学着大哥的样子,给他捕鱼,抓青蛙,还捕鸟。是两个哥哥前赴后继地把他拉扯长大。手心手背都是肉,他记着两个哥哥的恩情。

陈三回忆起这些,他的心就受不了了,心虚地央求道:大哥,饶了二哥吧,是他一时糊涂干了傻事。

陈三这么说,就想起二嘎子和豆芽子,他们几乎一起长大的,从小到大就在一起,一想起被二哥害死的两个好朋友,他的心就刀绞一样地疼了一下。

大哥不说话,走了一气,最后坐在一块石头上,石头上也落满了初雪,大哥坐下,雪就散开了一个窝。大哥的样子比起初平静了一些,但仍然余怒未消。

陈二上前,蹲在大哥的身边:大哥,二哥可是咱们的亲人呢。

陈大抽了下鼻子,嘟囔着:他是狗,是狼。

黄皮子见哥俩的脚步停了下来,也蹲在不远处,竖起耳朵,谛听着什么。

二哥的呼喊声,央求声,已经隐在他们身后了。

陈三看见大哥流泪了,大哥还别过脸去。

陈三的心就裂成了几瓣，他也哭了：大哥，求求你了，二哥做得是不对，可他要是冻死在山里，咱一辈子心里都不好过呀。

陈大似乎下了某种决心，再次起身，拉起陈三跌撞地向前走去。陈三身不由己地随大哥向前奔去。他在心里喊：二哥，我也没法救你了。陈大瓮着声音说：他能死能活就看他造化了。

如果有人路过，帮陈二解开绳子，他就能活，否则，他必定冻死在深山老林里。一狗二人，在雪地上留下三串脚印，向山外走去。

天再次昏暗下来时，陈三终于忍不住，挣脱开陈大的手，丢下一句：大哥，我不忍心把二哥就这么丢在这里。说完，他没命地向来时的方向跑过去，他越跑越快，踉跄了几下，几欲跌倒。

陈大望着陈三奔跑而去，他没喊没叫，蹲下身子，抱着自己的脑袋，哀哀地哭了起来。

黄皮子见陈三向回跑去，跟着跑了几步，见陈大没动，它又立住脚，目送着陈三的背影远去。

君子协议

是黄皮子最先回到了小金镇，它兴奋不安上蹿下跳，引来邻居家的狗们一阵狂吠。

差不多已经是半夜时分了，陈大在前，陈三居中，陈二踉跄着身子随在后面。他们这次出山，不同以往，以前他们淘金队伍是整齐的，大家伙把陈大簇拥在人群中间。虽然蓬头垢面，衣服凌乱，但精神是亢奋的。他们直奔宋掌柜家的金店，不论多晚，他们都要把金沙兑现，分上属于自己那一份，兴高采烈地回家过冬了。

陈大进镇前，在一个水坑的冰面上还摔了两跤，沾了一身雪。他摇晃着身子，推开了自家的院门，又一头扎在门口，摸到上屋，没头没脑地跪在了爹陈右岸的面前。爹已经睡了，睡梦中，浑身的筋骨还疼着，他下意识地叽歪着，翻了一个身，觉得门外涌进来一股寒气。他抓紧被子，睁开眼，就看到跌进来的陈大。陈大跪在自己的面前，他还听见黄皮子在自家门口的叫声。他摇了摇头，觉得这不是梦，起身，用火镰点燃了油灯，灯影里陈大的样子让他惊骇不已。陈大衣衫褴褛，蓬乱的头发，遮住了整张脸，弓着身子，跪伏在他的面前。

他惊乍着声音喊了句：陈大，是你吗，这是咋地了？

陈大仰起头时，已经泪流满面，哭泣着说：爹，我对不起你。我闯下大祸了。

陈三和陈二也进了房门，站在陈大身后的黑暗里。在陈大的哭诉中，陈右岸了解了来龙去脉，先是三胖子被蜂群蜇死，陈三踩到了一只狗头金，然后是二嘎子、豆芽子的死。此时，陈二也跪到了陈右岸的面前，哆嗦着身子，头都不敢抬一下。陈右岸捂着胸口，几欲背过气去，他从炕上下来，踹了一脚陈二，踢空了。如果不是陈三及时把他抱住，就摔倒地上。爹还是摸过一只鞋，没头没脑地向陈二打去。陈二弓着身子，任凭爹打骂。

过了一气，又过了一气，陈家安静下来，门外瑟瑟发抖的黄皮子也安静了下来。陈右岸气喘着，胸膛里发出拉风箱一样的声音。缓了一会，他示意陈大解开肩上的包袱。狗头金似乎已经长死在陈大的背上了，陈大小心又有些厌恶地把狗头金摆到了爹的面前。自从二嘎子不明不白地死，随后又是豆芽子，狗头金在他背上已是重如千斤了。他知道，要是没有这只狗头金，他们还会和以前一样，虽然也苦也累，那会他们是欢乐、幸福的，日子也是有盼头的。他们盼望每天能多淘一星半点金沙，也盼着雪早点下。到那时，他们可以一路唱着歌，开着玩笑，满怀希望地出山。可现在一切都变了，他们变成了魔鬼，变成了小偷。这次回小金镇，陈大故意选择了这个夜半时间，他不希望任何人看到哥仨这样的面目回到小金镇。

陈右岸一手擎着油灯，一手抚摸着陈大放在炕上的狗头金。他闻、嗅、舔过之后，油灯在手里跌落下来，熄了，一股动物油味充满了整个房间。

他抖着声音叫了一声：天老爷呀，这是千年不遇的狗头金呢。这是修了几辈子大德，才让你们得到它呀。

陈右岸似痴似癫地和那只狗头金滚在一处，不时地把它抱在胸前又闻又舔，嘴里一迭声地说：发了，发了，一只狗头金价值一座城呀。

陈大已经把打翻的油灯重新又装上油，油灯忽闪着，把几个人的身影投在身后的墙上。陈二似乎缓过神来，他的身子往炕沿前凑了凑，掩饰不住兴奋的声音说：狗头金是咱们陈家的，谁也夺不去。没有人知道，我都想好了，今年的金沙咱们可以多分一些给二嘎子、三胖子、豆芽子。说到这又看了眼陈大，他咧开嘴道：还是大哥有心眼，选择半夜回家，神不知鬼不觉。该着哇，都是老天爷照顾咱们陈家。

陈大一个耳光扇在陈二的脸上，发出一声脆响。所有人都呆住了，陈右岸终于在癫颠中醒过神来。抱在他胸前的狗头金滑落下来，掉在土坯炕上，发出一声闷响。

第二天一早，天刚蒙蒙亮，陈右岸就出门了，没有人知道他去干什么。黄皮子见主人出门，颠颠地跟在身后，在雪地上留下一串多余的足印。

天亮了一些，陈大听见门外由远及近响起了脚步声。陈右岸一走，哥仨就都醒了，他们知道，今天一定要有大事发生。他们穿好衣服，忐忑地听着外面的动静。他们先是听见黄皮子四条腿的声音，然后是父亲的，父亲身后还有更多杂乱的脚步声。这时，天刚亮，小金

君子协议 · 137

镇到处都静悄悄的，裹成一团的脚步声显得格外清晰。

陈二似乎意识到了什么，他白着脸望着陈大，又望向陈三，似乎想跪下，但只弯了身子，低声下气地说：哥，三弟，你们得救我，不然我就没命了。

外面的脚步声停在院子里，消失了，只听到父亲的脚步声又杂乱地在院子里响了一气。门"吱"的一声开了，一股寒气和父亲一同涌了进来。爹手里多了条绳子，他把绳子扔到了陈二的脚下。

陈二腿一软，终于跪下了。鼻涕眼泪一起流了下来，他撕心裂肺地喊了一嗓子：爹，你这是干啥呀，你不能把我往死路上逼呀。

爹立在那，身子没动，冲陈大和陈三悲怆地喊了一声：还不快把他绑上。陈三望望这个，又瞅瞅那个，一副不知如何是好的样子。陈大弯下腰捡起绳子，他抓住陈二的手臂，缠了一道，陈二挣扎着：哥，你咋也这么糊涂，你绑过我一回了，还没完呢。

爹就大着声音怒气冲冲地冲陈三：还不帮你哥。

陈三终于上前，把陈二抱住，陈大三圈六绕地把陈二捆绑起来。爹这时过来，拎着陈二向门外拖去。陈二哭喊着：爹，你心咋就这么狠呢，我可是你儿子呀。

陈右岸费力地把陈二拖到院子里，二嘎子、豆芽子的爹和三胖子的娘，木桩似的立在那里，三个孩子遇难的经过，他们都知道了。家有家法，淘金人有淘金人的规矩。陈右岸把陈二扯出门外，就扔到雪地里。二嘎子、豆芽子的爹和陈右岸一样，都患有同样的疾病，都风湿得厉害，他们关节肥大，行动迟缓，一路走到这里，已经让他们气喘吁吁了。他们相信陈右岸讲过的话，二嘎子和豆芽子的死

138 · 狗头金

和陈二有关。二嘎子和豆芽子的爹,就用两双冒火的眼睛把陈二盯住了。陈二刚从大金沟里出来,似乎已经死过一回了,没理发,没洗澡,更没换新衣服。看到陈二,他们又想起自己当年淘金时的样子,气、恨、急,同时又有些怜悯。他们想一起扑过去,撕咬、谩骂陈二,让他像条狗似的死去。可这样,又能换回他们儿子的命么?他们不看陈二,也得看陈右岸的面子,他们在一起几十年了,要不是陈右岸把真相说出来,他们又怎么知道自己的儿子是怎么死的。他们又一次善良了,心软了。不知谁先把目光移开,另一个也移开了。他们在流泪,为自己再也走不出大金沟的儿子。

陈二狗一样被扔在院外树林旁,黄皮子蹲在不远不近的地方,琢磨着陈二的命运。

陈右岸带着众人围在屋内狗头金前。他们都是老一辈淘金人,关于狗头金的传说,他们听得太多了。以前关于狗头金的种种传说,就是个神话。没想到梦想终于走进了现实。他们如醉如痴,不知身在梦境还是现实。最初,他们依次地把狗头金抱在怀里,看够了,抱够了,就放在土炕上。在他们的眼里,小小的狗头金变成了蘑菇,越长越大,长满了整个屋子,挤得他们似乎都没有立足之地,呼吸都困难了。

他们终于一点点地在梦里醒了过来,又齐齐地把目光投向陈右岸。陈右岸就虚着声音说:老规矩,变现吧。沉了沉又补充道:你们儿子不在了,你们都一起去做个见证。陈大脱了棉袄把狗头金包好,抱在怀里,后面依次是二嘎子、豆芽子的爹、三胖子的娘。陈三也相跟着,他们踩着路面上深浅不一的雪路,吱吱嘎嘎地向金店走去。

黄皮子看了眼扔在院内被捆绑着的陈二,又望眼立在门口相送的陈右岸,也跟着众人去了。

众人像刚出山的淘金人一样,把宋掌柜的金铺子堵死了。陈大上前,把狗头金重重地放到铺面的柜台上。宋掌柜像往常一样,头戴瓜皮帽,扶着眼镜,一手提着秤盘,乐呵呵地从后门进来。又到了收金沙的季节,他备好了银子,就等收购金沙了。他第一眼看到陈大身后跟着的几个人,就愣了一下,目光又放到柜台上。他看到了在灯下闪着光芒的狗头金,一屁股跌坐在椅子上,秤也掉到了地上。半晌他才缓过气来,上前小心地把狗头金打量了,倒吸一口气,把目光定在一张脸上。

众人也望着宋掌柜,等他的下文。半晌又是半晌,宋掌柜又一次上前,把狗头金抱在怀里打量了,又放下,吁了口气才道:这就是传说中的狗头金呢。三胖子的娘绷不住了,急赤白脸地道:宋掌柜你倒是给个价呀。

宋掌柜给出的结论是:这是只千年不遇的狗头金。他都收购大半辈子金沙了,一共就见过两次狗头金,这是第二次。个头大,金量足。宋掌柜收不起这样的狗头金。他还断言:别说他收不起,就是大金镇上的金铺也没有能收得起的主。要想变现,他们只能去哈尔滨、长春、奉天这样的大城市,只有那里才有金主收得起。

虽然没有变现成功,一行人还是面红耳赤,心跳如鼓地回来了。他们还没进陈家的门,看到门外林子旁的空地上,丢着的绳子。陈二已不知去向了。进得院门,推开里间的门。陈右岸躺在炕上似睡非睡,见人进来,挣扎下身子,问了句:变现了?当他得知宋掌柜说过的话，又把身子靠在墙上。一边喘着一边说：不论价值如何，每人一份，这是规矩。

陈大凑在他的耳边，把陈二跑了的消息告诉爹时，陈右岸就瞪大眼睛，望着二嘎子和豆芽子爹的脸上，悲怆地喊了一声：我生了一个不孝儿子，对不起你们。说完挣扎着爬下炕，要跪下，被老哥两个扶了起来。陈右岸就哀哀地哭，众人就劝，好一阵子才消停下来。二嘎子爹说：已经按老规矩办了，他能逃算他命大。三胖子娘也说：你就当没有养过这个不孝儿子吧。陈右岸还是挣扎着给几个人跪下了。抖颤着身子说：陈二就是活，也不如一条狗了。

天又一次黑了。

在灯下，几个人又坐下来，围着那只狗头金，看一个神话一样。不知过了多久，陈右岸说话了，他提议，狗头金不论何时兑现，按五份分。其他人各一份，陈二剔除，算是对他的惩罚。几个淘金老人听陈右岸的。他一直是他们的淘金主。虽然他们的儿子不在了，死人不能复生。陈二跑了，属于他那一份也充了公，还能咋地，杀人不过头点地，也只能这样了。

最后他们又商议，狗头金由陈右岸和陈大保管。出了事自然由陈家担责。直等变现那一天，每家一份。一直商议到夜半时分，众人才散了。

陈右岸让陈大把炕洞的土坯掀起来，把狗头金放到炕洞里，再把土坯复原。他躺在炕上，身子骨才舒展了一些。

大　婚

陈三和马菊红的婚礼，是在豆腐坊举行的。小金镇有了第一场雪之后，紧接着又下了几场，厚厚的积雪把小金镇包裹得严严实实。

豆腐坊歇业一天，门口竖起了两只红灯笼，在一片洁白中，两只灯笼很耀眼。没有接送新娘子仪式，只有陈三一大早，换上了一身新衣服，袖着手来到豆腐坊门前。他用扫把清扫满是积雪的院落，扫把的声响，引起了人们的关注。马菊红推开门也出来了，绿裤红袄很鲜亮地站在院子里。

陈三就傻了似的望着马菊红，他在梦里已和马菊红结过一百八十次婚了。如饥似渴的两个年轻人，一直盼着、巴望着重逢这一刻。

当陈三见到马菊红时，关于狗头金的消息早已在小金镇传开了。宋掌柜的金铺是小金镇消息的集散地。每年淘金人出来，哪伙淘金人换了多少银两，哪伙人又为再次分配打了起来，等等不一而足，总之淘金人在宋掌柜这里，没有秘密。

陈大一伙捡到了一只狗头金，价值连城，无价之宝的消息，早已风似的吹到了小金镇的每个角落。还有，为了这只狗头金，二嘎子、豆芽子两个活蹦乱跳的淘金人,再也没有走出大金沟。凶手陈二逃走,不知去向。那只狗头金就在陈右岸家某处藏着。

陈三声音打着战,哽咽着声音说:菊红,我回来了。他鼻子一酸,泪水控制不住地流了下来,他又一次想到了留在大金沟里的二嘎子、豆芽子和三胖子。他哭得更凶了,情绪复杂,心绪杂乱。

马菊红显得很冷静,上下左右地把他打量了,最后目光就定在他的脸上。陈三一下子变得不自信起来,他摸把自己的脸,又把戴在头上的狗皮帽子摘下来,夹在腋下。又用手呼噜一把脸,颤着声道:菊红,我是陈三呢,咋地你认不出我了?

马菊红下意识地把身子靠在门板上,低沉着声音问:外面传说那些事,可都是真的?

陈三明白过来,外面的传说一定吓着了她。他点点头,又摇摇头。

那天晚上,在油灯下,陈三就说到了这次淘金,一直说到三胖子被蜂群蜇死,然后他踩到了这只狗头金,他们在回来的路上,二嘎子和豆芽子先后死去。似乎三个好兄弟的死,他还没来得及悲伤,这会,终于某根神经苏醒过来了,他一下子崩溃了。哭得不成样子,蹲在炕下的角落里,把自己哭成一摊泥。他一边哭,一边说到了陈二的逃走,还有那只没法出手的狗头金。

马菊红离他不远不近地坐在灯影里,他叙说时,她一句话也没说,不停地用手拢一下头发。待陈三平静一些了,马菊红站起来,身子把灯影挡在身后,一坨黑影顶天立地着塞满了整个房间。她沉默一会,才道:陈三你发誓,那三个人的死真的和你没关系?

陈三听了这话,软着的身子又硬起来,他就势跪在马菊红的脚前,仰起头，满脸泪痕地说：他们要是和我有一点关系，就让老天爷明天就把我收走。不是明天，而是今晚。是我哥陈二，为了自己能多分些钱，对二嘎子和豆芽子下了黑手。

马菊红叹了口气，身子似乎也软下来，她又坐在灯影处，屋内那团暗影变成了一团。你们有了狗头金，以后就是有钱人了，你不会因为这个，有一天把我休了吧？我可就是个做豆腐的穷人，只想过穷人的日子。

陈三就嘶着声音喊了一声：菊红呀，你要是不信我，我可以不要那份狗头金，和你一起过穷日子，只要咱们在一起。陈三把世界上最毒的誓言放到自己的身上。

油捻子哔剥一声，油干灯尽了，屋里就彻底黑了下来。陈三先是觉得她的手把自己从地上拉了起来，然后就是她的身子贴了过来，真实饱满地放在他的怀里。几个月前，两人告别时，陈三就这么拥抱过她。这样的记忆，让他一连回忆了几个月。每次想到这样的场景，他浑身都颤抖不止。此时，他又一次把她拥在了胸前，他却发现，她的身子是硬的，不像半年前水一样的柔和了。很快，他就冷静下来，推开马菊红的身子道：啥时结婚，我听你的。我搬到豆腐坊来住，有一天你觉得我不好，可以随时把我休掉。我愿意倒插门。

按照陈右岸的安排，陈三的大婚应该打上两间宽敞的房子。然后再隆重地把马菊红娶进门来。陈二做下的孽彻底打乱了爹的计划。他现在每天起来，都会挂着棍子，站在院子里骂天骂地。陈三知道，这是爹在咒骂陈二，把世界上最恶毒的话都咒了一个遍。老实本分了一辈子的陈右岸没想到家里会出这么个逆子。每当爹的话语里出现陈二名字时，卧在院内的黄皮子都会爬起来，仰起头，学着爹的样子，冲空气骂上一阵子。

当陈三提出，自己就在豆腐坊结婚时，陈右岸的灵魂就像出窍了一样，呆呆怔怔地好半晌没回过神来，陈三就又说了一遍。过了半晌，魂魄才又回到爹的身上，突然悲怆地喊了一声：三呀，你可要做个好人，不能学陈二。陈二在爹的心里留下了病根。

当陈大手里举着的鞭炮，在豆腐坊门前的空地上炸响时，惊醒了小金镇。所有人都涌向了豆腐坊。在小金镇许久没人举行过婚礼了，人们似乎把婚礼这一说早就忘了。人们还有另外一个好奇，陈家的婚礼会是个什么样子，传说那只狗头金能换一座城。这么有钱的陈家，婚礼会是个什么样子呢？

陈右岸也换上了一身新衣服，把头发理了，胡子剃了。他是双方唯一的长辈，他要接受新人的跪拜。以后他陈家就是有女人的人家了，他们陈家还会添丁进口。像在东岸陈家屯一样，一大家子人，热热闹闹。自从他逃到左岸，来到小金镇扎下根，他就为自己的梦想奋斗着。杜小花就像他的一场梦，在他梦里出现，又消失。刚刚过了几年的滋润日子，又干瘪枯黄起来，他只能把添丁进口的希望寄托在三个儿子身上。他每天躺在炕上，身子下就是藏在炕洞里的狗头金，他一点也不踏实，总是噩梦连连。他梦见陈二又杀人了，把陈大、陈三杀了，最后又来杀自己。梦中的陈二变得他不认识，五官扭曲，穷凶极恶，拿着一根绳子，套在他的脖子上……每次做这样的梦，惊醒后都一身汗水。他想过把狗头金换个地方藏好，可想来想去，还是觉得放到炕洞里踏实。每次做噩梦，他就爬起来，跪在炕上，求天求地，求金爷。他还带着陈大、陈三去土地庙拜过。拜了几次，噩梦不再做了，心暂时踏实下来。

在陈三的婚礼上，陈右岸又想起了杜小花。当陈三和马菊红跪拜在自己面前，高一声低一声，长长短短喊他爹时，他忍不住望向了自己的身边。他觉得杜小花就坐在自己的身边，影子似的看着眼前的情景在笑。他伸手去摸，却是空空的一片，他晃怔过来，突然流下两行泪。

婚礼简单、朴实，随着陈大把最后几只爆竹点燃，婚礼就算结束了。心有不甘的小金镇的人们，一步三回头，还是散了。他们一直期待，拥有狗头金的人家婚礼，一定别出心裁，盛况空前。没料到，却是平常无奇的一场婚礼。遗憾中有些不甘。

新婚的晚上，在豆腐坊的里间，两床新被子一左一右地放在炕上，中间隔着一张吃饭桌，桌子上还是那盏油灯。油灯被马菊红挑亮了一些，屋里就比平时敞亮了一些。在这个新婚的夜晚，马菊红有很多话要对陈三说，她先从自己经历讲起，讲到爹的死，又讲到自己插草把自己卖到红房子，埋葬了爹，又从红房子里逃出来，两个月前，她又一次回到红房子，把自己卖身的钱，连本带利还给了人家……

陈三第一次听到马菊红这样的真实身世。随着她的叙说，陈三又一次把自己哭成了泪人。眼前的她现在是他世界上最亲的人了，以后他要和马菊红年年岁岁地厮守在一起，直到地老天荒。想到这，他又一次把马菊红拥在怀里，他感受到她的身子已经软成一摊水了。他叫了一声：天呐。两人便倒在火热的土炕上。

马菊红突然把他推开，他惊怔着望着她。马菊红说：陈三，你答应我一件事。

陈三不解地点着头。

她说:从今天起,你把狗头金忘掉。

陈三更加不解地望着她。

她又说:你心里要是装着狗头金,咱们以后的日子很难过好。

陈三似有所悟地点点头。

马菊红认真地说:你记住了?

陈三这次用力地点了点头。

别样的日子

陈三结婚了,过上了安稳幸福的日子。这是他以前不敢想的好事,鲜活灵动的马菊红就在他眼前,在他枕边,在他怀里。她是他的女人。没结婚前,他一直认为她是个寡妇,不仅他这么认为,小金镇的人都这么认为。直到新婚之夜,他才知道自己娶了一个黄花大闺女。得知马菊红的身世后,他一边流泪,一边在心里发誓道:她是我的女人了,要拿命保护她,不让她再受苦,再受委屈。

从此以后,鸡叫第一遍时,两人就起床了,推磨,磨豆子。然后一套做豆腐的流程,天亮的时候,豆腐已经做好了,他把做好的热气腾腾的豆腐堆到门前,买豆腐的人已经排成了队伍。因为狗头金,陈三一下子有名起来,大家都觉得这小子命好,命大,一脚就踩出了一只狗头金。虽然他们没有机会一睹那只狗头金的风采,但从宋掌柜只言片语中透露出的信息,他们还是对那只狗头金有了初步的了解。那是一只上等的狗头金,满身深金色,有三个大人拳头大小,身上还有狗头金标志性的孔洞。价值连城……排队买豆腐的队伍里,也有许多归来的淘金人,来到陈三近前时,小声地打问道:陈三,你以后真不去淘金了?陈三把一块切好的豆腐装到对方的容器里,摇了摇头道：不去了，以后和媳妇一起开豆腐坊。那人不甘心又问：你踩到狗头金的地方，还记得吗？陈三摇摇头，欲言又止的样子。

那一阵子，有许多淘金的同行，都想约陈三出去喝酒。酒馆都定好了，酒也烫上了，他们想约陈三去喝几杯，好好聊聊那只狗头金。一切无厘头的约请都被陈三拒绝了。天还没黑，就把自家院门关上了，把明天要做的事提前料理好，很早就把灯吹熄了。躺在滚热的炕上，和马菊红望着天棚聊天。新婚的他们，对未来有着美好的憧憬。

马菊红说：咱们再干上一阵子，把豆腐坊扩大一些，就能做更多的豆腐了。

他们现在做的豆腐还不够多，一上午就卖完了。把豆腐坊扩大一直是马菊红的梦想。以前是她一个人干，现在是两个人了，这样的想法越加地蓬勃了。

她还说：过上两年，咱们再生个孩子，以后咱豆腐坊就后继有人了。

她又说：以后再也不去淘金了，淘金人是拿命换钱，像你爹一样，身体都成啥样了？

她一五一十地讲着理想和道理，他都一律应了。自从结婚后，陈三觉得自己省了许多脑子，什么事都不用自己操心，马菊红拿主意就是了。淘金时，他也不想操心，一天到晚站在河水里，玩命干就是了。每年淘金换回来的钱，都交给了爹，这个家有爹在打理。可自从有了那只狗头金后，一切都变了，陈大变了，陈二也变了，童年的伙伴，二嘎子、豆芽子再也没有走出大金沟。如今，陈二又消失不见了，没有人知道他的去向，院门外只丢了一根捆绑他的绳子。

别样的日子 · 149

马菊红这么说,他突然想到了那只狗头金,他每次想起狗头金总是烦躁不安,似乎心里塞了团乱麻,乱糟糟的一团。他一激灵坐起来:宋掌柜说,那只狗头金能值好多钱,我爹和另外三家都签了协议,画了押,那只狗头金卖了,也有我一份呢。

她在暗处轻轻叹了一口气,扯了他半个膀子,重新躺在他的身边,平静着身子说:那是以后的事,看不见摸不到的事咱就不想。

他想反驳她的话,那只狗头金就在他家的炕洞里,他亲眼看见爹和哥一起把狗头金藏在那里的。可话到了嘴边他又咽了回去,爹说过:狗头金是一家人的命,出门就不能说一个字。

想到二嘎子和豆芽子的命运,他的心又悬了起来,隐约地觉得那只狗头金就像悬在山崖上的一块石头,随时有滚下来的风险。让他提心吊胆又焦灼不安,可他还是忍不住去想。

于是他又说:等把狗头金卖了,分了我的那一份,咱们就盖更大的房子,盖小金镇最大的豆腐坊,咱们就整天做豆腐卖。

她在他耳边轻叹一声:有那个钱,怕是没那个命花呀。

她的话如一盆兜头的冷水,让他在热炕头上打了个激灵。她意识到了,把他的一只手臂抱在怀里,喃喃地说:以后的事谁也不知道,明天一早还要做豆腐,睡吧。他听了她的话,心就沉静下来,睡意潮水似的涌上来,转眼,他就进入了梦乡。陈三觉得,婚后的日子,是他这辈子最安稳、最幸福的一段时光。有时做梦,都是笑的。

陈大也迎来了自己的终身大事。刘媒婆在山里给他领来了一个叫小桃的姑娘。陈大一行结束淘金日子之后,走出大山。爹没忘记自己的誓言,又一次找到了刘媒婆。狗头金的传闻在小金镇世人皆知了。对陈右岸又一次登门拜访，刘媒婆拿出了十二分的热情，又是端茶又是倒水，在她眼里，陈右岸已然成了小金镇的首富。当陈右岸提出再次给陈大做媒时，她满心欢喜地答应了。

小金镇是没有合适的人选，她要到山地的屯落里寻找可靠的姑娘为陈大做媒。在小金镇方圆几十里的大山里，散落着一些屯落。这些人以种地、狩猎为生，过着自给自足的生活。有一些满人土著，也有一些是逃荒落难于此。他们的日子虽然清穷，但也自给自足。

刘媒婆不知走了多远的路，磨破了几双鞋底，半个月后，她把一个叫小桃的姑娘领到了陈右岸的家里。小桃很年轻的样子，第一眼打量，觉得她还是个没长大的孩子，一条狐狸皮做成的围脖，碎花小袄，衬托得小桃干干净净。她红脸白牙地立在陈家的院子里，睁着一双眼睛，惊奇地打量着眼前的一切。

小桃的身后，还随着一个老汉，年纪和陈右岸相仿，刘媒婆介绍说：这是小桃的爹。小桃的爹一副山里人打扮，羊皮袄、狗皮帽子、靰鞡鞋，他审慎地望着陈右岸，也打量着陈大和他身后的陈家小院。

陈右岸热情地把客人让到屋里后，搓着手，脸上都笑开了花。他对眼前的小桃是满意的，觉得这孩子干净，以后一定能生能养。正当他想热情地说点什么时，刘媒婆又把他拉到院子里，把头探在他胸前，小声地说：右岸大哥，我可是尽了心，费了力了。人家原本不想嫁到小金镇，怕招匪，怕兵荒马乱。小桃今年刚十七，说媒的人都踏破门槛了。我凭着三寸不烂之舌，硬是把人家说动心了，才同意跟我到小金镇看一看。

陈右岸明白，哈着热气说：他婶子，你放心，你跑腿的费用我少不了你的。说完拍了拍腰间的荷包,散碎银两都在腰间揣着。

刘媒婆沉下脸,摇了下头说:我说的不是这个,人家是要看眼你们家的狗头金。

陈右岸就吃惊地睁大眼睛,笑容也收敛起来。

刘媒婆就不高兴了:在这方圆百里的,谁不知道你家捡了只狗头金,你家要是没有狗头金,人家小桃怎么可能同意到你家里来。

陈右岸仰起头,看到了一轮昏蒙的太阳,太阳的形状在发生着变化,幻化成一只狗头金形状,在自己头顶光芒万丈地亮着。

这时,刘媒婆又说:人家知道你们的狗头金能换一座城,没想要马上兑现,就是想亲自看一眼狗头金,他们确信是真的,同意马上把小桃嫁给陈大。

那天傍晚,陈右岸像举行仪式一样,把自家的窗帘拉上,油灯点亮,屋里只留下小桃和她爹。陈右岸拖着身子爬上炕,掀开席子,起开一块炕坯,仔仔细细地从烟熏火燎的炕洞里拿出那只传说中的狗头金。他又一次下地,在清水里洗了手,才一层层揭开包裹在狗头金外面的兽皮。一只完整的狗头金就呈现在小桃和小桃爹的面前。小桃爹忍不住叫了一声:我的老天爷呀,这就是一堆金子呀。小桃调皮地伸出一只小拇指,在狗头金上轻划了一下,然后脸上露出谜一样的微笑。她嗤嗤地笑着,狗头金的颜色映在她的脸上,一片柔美之色。

一个月以后,在一个腊月天,陈家又一次迎来了喜事。这次不是倒插门,而是迎娶。天真烂漫的山里女孩,小桃成了陈大的新娘。

小金镇的人,个个喜气洋洋,开了洋荤似的,他们又一次见证了小金镇首富陈右岸家里的大喜事。他们交头接耳地议论着：有钱真好，要啥有啥。另一个说：可不是咋地，要不人都说，人为财死，鸟为食亡呢。众人羡慕着、嫉恨着，看着陈家又一次迎亲。

　　二嘎子、三胖子、豆芽子的爹娘，自然也如约参加了陈大的婚礼。看着陈大和叫小桃的女孩子，喜气洋洋地拜天地。他们又一次想起了永远留在大金沟里的孩子，随着他们的哀叹，泪水又一次流了出来。在陈家的婚礼上流泪显然是件不允的事，他们走出人群，来到镇外，又一次向大金沟方向望去。他们集体商量，过几天请山后的道士，为自己的孩子招一次魂。

陈 二

陈二被爹捆绑上手脚那一瞬间，内心是绝望的。他是淘金人，知道爹这是按照淘金人的规矩在处罚他。在回小金镇的山路上，陈大已经处理他一回了。被捆绑在树上，要不是陈三跑回来，给他解开绳子，自己早就冻死在荒郊野岭了。眼下，他再一次被捆上，他明白，就是爹不捆自己，二嘎子和豆芽子的爹也不会饶了自己。最初他意识到，爹这次不会放过他的。就在他绝望之时，爹在他的衣兜里塞了些什么东西，沉甸甸的，爹离开他身体时，还把他被捆在背后双手上的绳索松动了一些。他心快速地跳了几下。爹离开他时，还深深地望了他一眼，目光中是不尽的内容。

他们一走，他就试着挣脱手上的绳索，因为手腕处的绳子是松动的，他很快挣脱出来，把那截绳子丢在地上。他又把手插到口袋里，那是一些碎银，是今年的金沙换回来的碎银。他突然热泪盈眶，想起爹蹒跚的身影。小金镇待不下去了，这个家更不能回了。他只能跑。他在原地茫然着呆立片刻，望着熟悉的一切，突然鼻子一酸，狠下心，一头扎进了林子里。

当走出小金镇，再一次回望时，不知为什么他想到了自己的娘。

那个温存，脸上带笑的女人。她离开他已经很久了。如果娘在，又怎么待他呢？此时，他异常思念娘。他太需要温暖和安慰了，可现在没人安慰他。在小金镇人眼里，他就是个杀人犯。在爹和陈大、陈三眼里，他是个坏了淘金人规矩的人。爹毕竟是爹，还给他留了一手。爹不想置他于死地，以后的路是死是活只能靠自己了。

他泪流满面走在漆黑的风雪夜里，他不知道要去哪里，自己又会走向哪里。他又一次想到了那只狗头金，已经和他没有一丝关系了。想当初看到狗头金第一眼时，他几乎被欲望冲破了头，脑子当时只有一个想法，就是把狗头金占为己有。可走了一圈，又回到了原点，那只狗头金还在，却和他没有一分钱关系了。狗头金的出现，让他心里住进了一个魔，如果事情不败露，他杀死陈大、陈三的心都有。他知道，虽然自己离开了小金镇，可那只魔还在，躲在他身体里的深处。眼下，他心里是柔软的，想起爹、娘，想起从小到大，这个家所有亲人对他的种种好处，他心底里还闪现出二嘎子和豆芽子他们在一起曾经有过的童年时光。

陈二跌撞着身子，在山林里走着，他不知翻过几座山，又蹚过几条河，太阳升起又落下，雪下了一场，又一场。在一天黎明时分，他眼前豁然开朗，山脚下是一片平原，还有一条江在远处闪亮着。在平原上，有一个挺大的镇子，比小金镇要大上许多，人来人往地熙攘着。当他敲开一家粥铺时，才知道，这就是大金镇。

他吃饱了肚子，理了发，洗了澡，又换上了一身新衣服。这一切本该在小金镇完成的。每年他们从山里走出来，把金沙换成碎银，第一件事就是泡个热水澡，把一身死皮泡掉，再把藏满虱子的头发剪去。直到这时,他们这些淘金人才恢复了正常。

当他在大金镇做完这一切时,突然茫然起来,不知自己下一步该干什么。若是往年,这时,他们哥仨会去狩猎,聊着成家立业的话题。此刻他的脑子里蹦出那个让他成为男人的叫春花的女人。她的柔软、温度、女人的香气,又一次勾起了他的欲望。在这大半年淘金的日子里,他无数次地想过春花。他都想好了,出山的第一件事就是再去柳荫巷,去找他朝思暮想的春花。

他太需要一个女人了,不仅是宣泄,还需要温存,就像小时候娘对他一样。虽然娘在他的记忆里是支离破碎的,但每次想起来,他的心都是温暖的,这种温暖又一次让他想起了有娘的日子。

到了大金镇第三天,他走进了红房子。一个叫腊梅的女人接待了他。他一连在红房子里待了三天,第四天时,他双腿打着飘,头昏眼花地从红房子里走出来。此时已是华灯初上,红房子门前挑起了大红灯笼,各个房间的窗户里,也透露出暧昧的灯光,还有男人女人打情骂俏的叫声。他回头再看红房子,突然觉得红房子是那么陌生,自己仿佛做了一场梦。他手去兜里寻找,一些硬硬的碎银还在,他放下心来,迎着风,伴着满天的落雪,开启了在大金镇的流浪生活。

他大部分时间,就挤在车马店里。车马店,是给赶脚拉货的车把式开的旅馆。一溜大通铺,人随到随走,院子里可以停车拴马,若车把式没带草料,店里可售。宿一晚上只需一个铜板。陈二身上带着硬通货,起初他不敢住这样的店,怕被人抢了。可其他的店又贵,舍不得仅有的一些银两。第一次住店时,他把装有银两的上衣脱下来,卷成一个卷放到了枕头下。他躺在一溜大铺的某个位置上,闻到了汗味，尿臊气，还有不知名混合在一起的气味，比他们淘金人窝棚里的味道还要丰富。几次之后，他就适应了这样的大车店。这里成了他暂时落脚的地方。

白天，他只能在大金镇的街上流浪，所有人都是陌生的，他在别人眼里同样是陌生的。不论男女，落在他身上的目光总是一闪而过。他孤独起来，经常蹲在街角，目光游离，一时不知身在何处。他又想起了那只狗头金，有了狗头金的陈大、陈三，他们的生活又会是什么样子？陈三一定结婚了，那个细腰大胯的马寡妇成了陈三的女人。虽然是陈三娶了她，他一想起来，心里还不是个滋味，在淘金的窝棚里，多少个不眠之夜，他一边想着马寡妇，一边动作，让自己平息下来。在他的想象里，马菊红已经和他很熟了，在梦里已经做过夫妻了，心心念念的女人却成了陈三的新娘。

陈大是不是也该结婚了？他可是有狗头金的人，陈大又娶了什么样的女人，女人来自何方？他想象不出来。在大金镇，他开始怀念小金镇的一切。他用手按了按口袋里剩下的银两，知道坐吃山空，迟早有一天，自己会变成穷光蛋，像流浪在大金镇街上的流浪汉一样。大金镇所有人都是忙碌的，锔锅、锔碗，挑担做小买卖的，人们熙攘着聚在一起，直到夜深了，才散去。

有一天，他闲逛到一条街上，看到了一个月亮门，门口站了两个当兵的，穿土黄色衣服，手里握着枪，枪上挑着明晃晃的刺刀。月亮门上插了一面旗，白的，中间有个西红柿一样的图案。

他站在月亮门对面的街上，看到有几个士兵骑着跨斗摩托车急匆匆地进出。一年前，在小金镇他就听去过大金镇的人讲，大金镇里来了日本人,叫关东军。他想,这一定就是关东军了。有了关东军的大金镇,处处和小金镇都不一样。

再往前走,他又看到了有个院子,门上挂着个牌子,牌子上写着"镇公所"字样。有中国人,也有日本人在里面进进出出。他意识到,这些人都是吃公家饭的。他袖着手,缩着头拐向了另外一个街角。

他现在脑子里经常会想到那只狗头金。哪怕他拥有六分之一的份额,他也会是个富翁。他不知道价值连城到底是多少钱,六分之一能不能换一座大金镇,就是换不了一座大金镇,换一条街也行。他正走在一条街上,铺面林立,各种幌子眼花缭乱。他本来应该是个有钱人,想到这,他把袖在衣袖里的两只手拿了出来,胸也挺了起来,似乎眼前的一切,都是他的了。这种感觉很好,一种叫扬眉吐气的东西从他脚底板升起来,一直升到他的头顶。他晕晕乎乎,脚不沾地。远远地,又看见了红房子,几盏灯笼在风中摇曳着。

大金镇街上的落雪又一次变薄了,河岸上的柳树返青。陈二摇晃着被掏空的身子,油干灯尽地站在红房子门外的大街上。他不仅花光了身上的银两,还欠了红房子一些银两,他赖在那里不走,一冬天的时光,他差不多都在红房子里度过,经历过了醉生梦死。他不知能往何处去,又能干什么,当陈花花让两个人架着他的胳膊,把他从红房子里扔到大街上时,才知道自己的路走尽了。

他迈着虚飘的两只腿,脑子空蒙一片,眼前的季节和景象,又熟悉又陌生,市井之声不绝于耳,可和他没有任何关系。他头昏脑涨地走着,一高一矮两个警署的人随在他的身后。到了大金镇才知道,这里是有警察的。陈花花在红房子里曾威胁过他说:要是还不上钱,就让警察把他抓走,去给日本人做劳工还钱。他曾亲眼看见过,其他还不上钱的嫖客被警察抓走的情景。红房子也有老赖,最后的下场就是让警署的人带走。

他见到一高一矮两个警察跟了他一条街,腿就更软了,身子一歪,倚在半堵墙上彻底走不动了。两个警察对视一眼,一左一右地架着他向另一条街上走去。他想挣扎,却没有力气,身不由己地让人架着。

一排类似于大车店的房子,还有个院子,院墙上还有电网,警察拍门,门开了。两个警察和里面的人交接着什么,他看见,其中带他来的一个警察从交接人手里接过几个铜板,很熟络地打着招呼,嬉笑着离开了。身后的大门"咣"的一声就关上了。

这里的一切,比大车店不知糟糕多少倍,粪便遍地,臭气熏天。这里已经关了许多人。关在这里的人,麻木着表情,蓬乱着头发,一幅地狱的景象。

后来他才知道,关在这里的人大都是警察抓来的盲流,也有还不上赌债、嫖资的老赖,这里不是监狱,叫关东军集中营。他听一个年长的人说,过一阵子,日本人会派来一辆卡车,把人统统拉走,在大山里有一个煤矿,这些人的命运就是被送到大山里挖煤。有逃出来的人,又一次被抓住,等着第二次被送走。逃出来的人说:下井挖煤就是人间地狱,吃住都在矿井里,一年四季不见日月。煤矿经常发生瓦斯爆炸,矿井一塌方,下井的人都别想出来,活活被闷死炸死在井下……这些曾经有过挖煤经历的人,谈起这些,浑身还瑟瑟发抖。

陈二躲在墙角,闻着臭气熏天的气味,一边流泪,一边想着求生的办法。他不想沦落到去挖煤,如今自己混到这种境地,追根溯源,他又想到了陈大、陈三,还有爹,要不是他们逼自己,自己怎么会走上这条不归路。他害死二嘎子、豆芽子,还不是为了让自家人多分一些狗头金的份额。他有千错万错,爹不该把自己赶出来,如果自己不离开小金镇,他还会过以前的日子。不,他们现在有了价值连城的狗头金,只要出手,换成现钱,别说他们这辈子吃香的喝辣的,就连他们下辈人,都吃喝不愁。他不由自主地,又想到了豆腐坊,长腿细腰的马菊红,想起来就让他妒火中烧。还有柳荫巷里的那个叫春花的女人,她是他的第一个女人,想着她浑身的香和软,他又一次泪流满面了。

在绝境中的陈二,脑子异常清醒,淘金的生活让他练就了求生的本能,他不想被日本人送去挖煤,他要逃离此地。他要再次回到小金镇,把属于自己的那份狗头金拿走,过人上人的日子。一连几天,他脑子闪现的都是这个念头。

一天夜里,门开了。一辆卡车突突地开到了院子里,有几个日本兵,不由分说地拉着他们这些人往车上赶。陈二从地铺上醒过来,他知道,这是要拉他们走了。他趁乱溜出门去,躲在一个暗影里,几个日本兵用枪托砸那些不肯上车的人。其中一个穿便装,留分头说中国话的人,态度还算温和,一遍遍地说:日本皇军带你们去一个更好的地方,不是送死,是过更好的生活。所有人都知道,他们去干什么,而且十有八九再也回不来了。有的抱住车轮,还有的死死扣住车厢板,死活不肯上车。那个会说中国话的人,就一遍遍解释,但没人听他的话。不耐烦的日本兵,就用枪托砸开这些人的手,两人一伙,把这些人架到车上,没头没脑地扔到车厢里。

陈二知道,很快就会轮到自己了,无论怎么挣扎,都逃不过被强行拉走的命运。想到这,他不知哪来的勇气,猛地从暗处跑出来,扑过去,先是跪在会说中国话那个人面前,语无伦次地说:太君、太君,我是小金镇的,我家里有钱,有狗头金,我还钱,要多少都行……

分头男人对他突然的举动,先是怔了一下,还下意识地后退两步,在灯影里审慎地打量着他。他忙不迭地用膝盖当脚向前迈了两步,一下子抱住了分头男人的大腿,颤抖着说:太君,我没骗你。我是小金镇的,叫陈二。我爹叫陈右岸,我还有个哥哥弟弟,是我们淘金挖到了狗头金。这事,小金镇的人都知道。我有钱,我真的有钱,求求你,别带我走。

分头男人的目光聚焦在他的脸上,他看到分头男人眼里亮了一下,嘴角还向上扬了扬,他回头冲一个日本人说了几句日语。那个日本人不信任地过来,为了更仔细地看他,还揪住了他的脖领子,把他拉到车灯的光影里,仔细看了几眼,又重重地把他放下。他听到这个日本人口气严厉地对分头男人说了几句什么,分头男人也揪过他的脖领子说:你叫陈二是不是?他拼命点头。分头男人就说:陈二你听好了,你说的要是谎话,太君分分钟就会让你活不成。

陈二事后才知道,他之所以能捡回一条命来,不是他的命大,还是因为那只让他又爱又恨的狗头金。小金镇的陈家捡到了一只狗头金,前一阵子这个消息就传到了大金镇镇公所,很快又传到了驻扎在大金镇关东军的耳朵里。这里驻扎的日本人不多,只有一个中队,不是负责打仗,他们的任务是看管五十里外山里的一个叫白杨林的煤矿。两年前一条铁路就修到了白杨林煤矿，把采出来的煤源源不断地运送出去。日本人在东南亚和太平洋战场上正全面开战，他们需要更多的资源去支援前线。于是在两年前，这里就成立了镇公所，并派驻了一个中队的关东军。他们负责煤矿的保卫和正常运作。当然，也负责抓劳工，把一批又一批人运到井下。

小金镇发现了狗头金的事，传到了关东军的耳朵里，他们又向上级汇报。驻扎在加格达奇的关东军司令部作出指示，让他们尽快向小金镇派驻日本关东军，成立镇公所，迎接探金队的到来。日本人在东北成立关东军大本营，寻找一切可以开采的资源。当听说小金镇的淘金人挖到了狗头金，他们如获至宝，有狗头金的地方，一定就有一座金山。这是他们开采金矿的最佳条件。早在前几天，驻扎在大金镇的关东军就下达了命令：派一名叫井边村上的伍长去小金镇组建镇公所，随时迎接日本探金队的到来。

分头男人是个翻译，平时他就出入镇公所和关东军驻地负责翻译工作，这次他也被选中随井边村上伍长一起去小金镇。关于小金镇那只狗头金的传说，他也早就听说了。没想到在劳工集中营他碰到了陈二，陈二就这样误打误撞地捡回来一条命。

闹　匪

陈大婚后不久的一天，家里来了一个陌生人。穿羊皮袄、靰鞡鞋、狗皮帽子，一副山里人打扮。他先是站在陈右岸家门外，不远不近地张望了一会，然后才站到陈右岸家的门前。陈大新婚的喜字，还在显眼处张贴着，风吹起红纸的一角，呼呼啦啦地响。

最先警觉的是黄皮子，它早就开始盯着这个陌生的可疑人了，随着陌生人的走近，它一面呜咽着，一边向后退缩。它感受到了即将来临的恐惧，退到墙角，无路可退了，最后它才发出吠叫。一声又一声，打破了小院的宁静。

陈右岸正在炕上烙他的腰，自从小桃进门，陈家一下子变得不一样起来，不仅多了个女人，还有看不见的阴柔，以及随处可见的精细周到。别看小桃年纪小，过日子却是一把好手。屋内屋外，炕上地下，侍弄得都无比周详。陈右岸看到小桃就想到了杜小花。有女人的日子里，心总是那么从容、舒适。总之，一切都可心可口。每天晚上临睡前，小桃都会把劈好的木桦子，塞到灶膛里。火势顺着炕洞，一直热到炕梢。陈右岸滋润地躺在炕上，他突然就想起了身子下压的狗头金，血呼啦一下子就涌满全身。现在小金镇的人都知道，他是全镇最幸福的人，陈家一下子就添了两个女人，陈家早就不是昔日的陈家了。他们要在小金镇光宗耀祖。他又不自然地想到了江东的陈家屯，那会陈家是个大家族，整个陈家屯最疏远的关系，也都没出过五服。那会陈家屯是兴旺的，上千口子人。可惜，如今只有他一个人逃了出来。老天有眼，没让他们陈家人绝后。在小金镇和杜小花过日子那几年，他奢望过，要让杜小花一直生下去，他拼了老命，也要把生下的孩子养活。只为重塑陈家的人丁兴旺。正当他热情百倍，日子过得有滋有味之时，杜小花失踪了，连同她的男人。

他每次看着杜小花留给他的三个儿子，总是想起曾经拥有过，苦难但温馨的日子。渐渐地，苦难在他的记忆里滤掉了，只剩下美好。所有的美好，片段地进入到他的梦里，他醒来后，总是怅然若失，真想永远留在梦里。

当他意识到杜小花不会再出现他的生活之中了，三个儿子，是她留给他最好的礼物时，他认命了。思前想后也知足了。如果没有师傅葛大林，还有杜小花，也许他连一个后人都留不下。

看见渐渐长大的三个儿子，他们血气方刚，人高马大地站在自己面前时，他是骄傲的。这是陈家留下的骨血，一想到他们还要延续生命，创造他不曾想象的未来，他心里是有底气的。佝偻下去的腰，一点点又坚挺起来。日子在他眼前拉长，在心里变得有了滋味。

一想到狗头金，就想到陈二。三个孩子都是他亲手带大的，手心手背都是肉，从小到大他最宠爱的就是老二。在这三个儿子中，老二最聪明。他曾想过，将来老二一定不会是一般人，比他哥和弟弟都有本事。陈二的眼神告诉了他一切。

狗头金的突然而至，给他带来幸福的同时，也受尽了内心的折磨。他庆幸他们陈家祖坟冒青烟，才让他们家得到了狗头金。可为此，陈二却变了一个人，他眼里的杀气，就像钉在那里的钉子，再也拔不出来了。

他捆绑陈二时，还是动了手脚，因为陈二是他的儿子。他下不了这个狠心。那半袋金沙换回来的碎银，就在他怀里揣着，他把属于陈二那一份，留给了陈二。当爹的只能做到这个分上了。当他再次看到院外丢掉的那截麻绳时，他的心也是矛盾的。他一方面希望陈二受到惩罚，同时，也希望陈二活下去，以后再也别在小金镇出现了。他权当陈二死在了外面。

陈大迎娶小桃前的一个晚上，他在街上，买了几刀纸钱。走到江边，把纸点燃，额尔古纳河已经开始封冻了，冰面还不厚，能听到冰面下汩汩流动的水声。火燃着，照亮了他的脸。他呼叫着二嘎子、三胖子、豆芽子的名字。那三个人，依然像大小伙子一样，不远不近地站在他的面前，嘴里喊着：叔，我们来了。就像他们活着时一样，对他恭敬有加。他的泪眼模糊了视线，三个孩子的影子也模糊起来。他一边念叨着他们的名字，一边哭喊着说：孩子们呢，叔对不起你们。你们放心，我一定把狗头金属于你们那一份，给你们照顾好了。在纸火将燃熄之时，他的眼前又呈现出陈二的脸，他冲那张脸说：你是死是活就看你的造化了。陈家不容你，小金镇也不容你。你走吧，走得越远越好。

纸火熄了，世界就恢复到了应该有的样子。江水在冰面下缓缓流淌的声音,在他耳边缠绕。他又想起若干年之前,自己抱着一只猪尿脬,从江的右岸挣扎着游到左岸的情景。陈右岸此时又是另外一种心境了。

陌生人来到时,陈大出门打猎了,西屋里,只剩下小桃,小桃在纳鞋底,一针一线的。她听到了狗叫,透过窗户纸看到了一个模糊的人影,站在门口的空地上。她就喊:爹,家里来客了。

陈右岸挣扎着身子从炕上爬起来,双脚在地上找鞋时,还没忘记,回身又按了按那块活动的炕坯。那里藏着狗头金。他披上衣服,拄着棍子迎着狗的叫声,向门外走去。

陌生人一脸冰霜,胡子眉毛都沾了白霜,他打量着陌生人,希望在陌生中看出几分熟悉。陌生人就笑一笑道:你不认识我,我是慕名而来。

陈右岸的表情在陌生人的目光中就僵硬在那里。他断定,这个陌生人不是小金镇的人。凡是小金镇的人他都见过,即便叫不出名姓,脸孔也熟悉。尤其是突然而至的狗头金落户在他们家,所有小金镇的人,几乎都来过他的家,目的只有一个,就是都想亲眼看看狗头金。他们说得最多的一句话就是:我们没有狗头金的命,看一眼也跟着沾光了。陈右岸像个演员一样,这时会垂手而立,脸上挂着笑。他唯一的说辞就是:狗头金不在了,已经有主了。他只能如此。他多么希望小金镇的人,记忆一夜之间被偷走,再也不记得他那只狗头金了。人怕出名猪怕壮,这个老理他懂。他已经盘算好了,再一次冰雪融化,他就打发陈大带着狗头金离开小金镇,到大城市里去,把狗头金兑现了。然后平分。一切都一了百了了。

此时，他望着陌生人，马上意识到一定和狗头金有关。他又垂下手，脸上露出面对小金镇人时的样子。还没等他开口，陌生人就说：老哥，能不能借一步说话。说完推开院门，迈着大步走了进来，陌生人身材魁梧，足足比陈右岸高出半个头。他自来熟地又推开屋门而入，转身进入了东厢房。陈右岸慌忙紧跟着进门。他进屋时，陌生人已经一屁股坐到了炕头上。正是他自己平时不离不弃的地方。陌生人的身下，正是那只狗头金的藏身之处。陈右岸惊出一身冷汗，他攥紧拳头。

陌生人反客为主地说：上炕吧，地下冷。

陈右岸就欠着身子坐在炕沿上。

西屋里，小桃有了动静，她端了一碗水进来，轻咳一声：爹，来客了。请客喝水。进门，低着头，把一碗热水放到了屋炕上。这个过程，她连头都没抬一下。陈右岸看见陌生人一直盯着小桃出门。

陈右岸心里一点底也没有，冲门外的小桃喊：把老大叫回来，就说家里来客了。

小桃应了一声，进门穿衣服去了。

陌生人端起水碗抿了一口，咂哈着说：放糖了，好日子呀。陈右岸只能把笑挂在脸上。

陌生人压低声音说：你可能猜到我为啥来的了？明人不说暗话，我们双峰山大当家的说了，想得到你们家那只狗头金，今天让我来，就是想听你开个价。

双峰山，大当家的，陈右岸脑子一下空了。他当然知道双峰山大当家的指的是谁，就是响遍方圆百里的郑南山。他到了小金镇不久，就知道双峰山上有一伙土匪，领头的就是郑南山。可这么多年，他从来没有和这伙土匪打过交道。小金镇的地方小，人穷，双峰山的大土匪都看不上眼。此时，为了这只狗头金，双峰山的人终于找到他了。

陈右岸不仅浑身是汗，手心里也攥满了汗。他的两条腿不由自主地打着哆嗦。陌生人端起水碗，一口气喝光了。抹一把嘴角，陈右岸看见，陌生人眉毛和胡子上的霜已经化掉了。露出了他整张脸，很白净的一个人。如果在外面碰到这种人，一定不会和土匪联系在一起。

陌生人已经站到了地下，拍拍屁股说：你有个好儿媳，炕烧得这么热。那啥，狗头金是大事，你寻思个价，过几天我再来。买卖不成仁义在。

说完就要往外走，似乎想起了什么，停下脚步，回头一笑，又叮嘱一句道：陈右岸，我们当家的说了，这狗头金非我们莫属，你可别慌慌张张出手，便宜了别人。说完又笑一笑，一股风似的走了。

陈右岸蒙了，空壳似的立在屋内，一副木雕泥塑的样子。

陈右岸长这么大，第一次和这样的土匪打交道。没偷没抢撂下几句话就走了，可句句都透着杀气。郑南山在他们小金镇只是个传说，他们都知道双峰山有一个郑南山，骑快马，使快枪。在双峰山一带威风八面。但是谁也没有见过郑南山，不知道这人长得是个什么样子。在小金镇人们的想象中，郑南山不是三头六臂，但也一定鹤立鸡群。和他们正常人，总有些不一样的地方。

在大白天，郑南山的人，像山里的老客，突然出现在陈右岸的面前，脸孔白净，说话温和。在他家的炕头上，还坐热了屁股，丢下一句话，拍拍屁股走人了。那客人走出去一会，陈右岸才听到一阵马蹄声，由近及远。他挪着身子，站在院子里，小桃外出去寻找陈大了，尚未回来。黄皮子望望他，又望向远方，也是一副茫然不知所措的样子。陈右岸右眼皮猛烈跳动起来，胸口也一阵阵发闷，他知道，大事就要发生了。

小桃没有找到陈大，在豆腐坊里把陈三叫了回来。自从陈三结婚后，一直和马菊红住在豆腐坊里，隔三岔五的也会拣几块豆腐回到家里坐一坐，说豆腐坊，也说和马菊红的日子。脸红扑扑的，滋润无比的样子。陈三每次来看爹，大都是晚上，陈大狩猎也回来了，于是两个人就聚在爹的屋里。爹坐在炕头上，腰板总是挺得笔直，爷三个唠着家常，陈大和陈三就会走神，目光落在陈右岸身子下的火炕上。不知谁先问上一句：还在吗？陈右岸就用手拍拍火炕，声音豪迈地：在！听到爹的话，两个人都放下心来。说自己的日子，说开春后的打算，如果放在以前，他们这时又该做淘金的准备了。现在他们谈的不是淘金了，陈三有豆腐坊，计划开春后，把豆腐坊再扩大一些。陈大想到镇外南山上开一片荒地，种些庄稼，虽然挣不到什么钱，守家待业的他要守着小桃，安安心心地过日子。话这么说，其实他们心里都会想到藏在炕洞里的狗头金。爹说过，等到了开春，就要带上他们一起去哈尔滨，为这个价值连城的金石头找个好卖家。爹都盘算好了，他们不贪，有人能接手就行。价格能让他们这辈子活好。至于其他的，爹还想不到那么远。爹说完想法，曾经问过陈大和陈三的意见。陈大先点头说：爹，听你的，只要够生活，别让我们再去淘金就行。陈三先是不语，低下头，满腹心事的样子。爹的目光就砸在他的身上，陈三抬起头，愁苦着脸说：那我二哥呢？陈三的话一出口，爹的脸就垮下来，扭过头望向窗外，窗外有窗纸隔着，什么也看不见，爹的脸仍固执地盯着窗外的方向。陈大扭过脸就瞪一眼陈三，陈三知道自己说错话了，又一次把头低下去。他又一次想起，淘到狗头金最初的那几日。二嘎子和豆芽子那种高兴劲儿，他没法形容。几个人连续几天都没睡好觉，他们躺在露天的山坡上，望着满天的星星，憧憬着未来的日子。二嘎子说：咱们这回发了，以后再也不用淘金了。天天穿干净的衣服，有粮吃，隔几天就去豆腐坊买回豆腐吃。那日子该多好哇。

豆芽子也说：咱们有钱了，说不定刘媒婆把咱家的门槛都踩扁了，帮咱们说媒找媳妇。豆芽子说到这，还哏哏地笑起来，满山坡地打滚。

……

那会儿，他们有太多梦想需要完成，他们的心像春天的山花一样烂漫。可他们的理想夭折了，活蹦乱跳的两个人，无声无息地在他们生活里消失了……

陈三每次想到这，心里就一塌糊涂。爹召集几个老伙伴时，发过誓，说一旦把狗头金变卖了，要给另外三家多分一些。爹的决心和意志，感动了三个老伙伴，尤其是二嘎子和豆芽子的爹，他们把丧儿的悲伤憋在嘴角里，一张嘴都变形了。丧子之痛，只有丧过子的父母才有体验。看了他们的样子，陈三也想大哭一场。人死不能复生，他们只能把希望寄托在狗头金身上。

陈三在豆腐坊忙碌时,二嘎子、豆芽子的爹、三胖子的娘,三个人经常结伴向镇东头走去,陈三知道,他们一起去找爹,看那只狗头金去了。几个人三天两头不厌其烦地来到陈右岸家里,把门关上,做贼似的,掀起炕席,再把炕洞上的土坯掀开,把包裹得严严实实的狗头金掏出来,再一层层地揭开。几个人的脑袋凑在一起,八只眼睛放着烁烁的光芒,又一次把狗头金打量了。陈三去看爹时,碰到过这样的情景,几个老人一边望着狗头金,一边忍不住哆嗦着身子。直到爹说一声:行了,包好。几个人小心地七手八脚,把狗头金放到原处,齐齐地坐在炕上,他们觉得,只有这样才镇得住炕洞里的狗头金。二嘎子爹先"咦"一声,摸着胡子说:要是有钱了,我天天吃干饭,炖豆腐,再也不喝稀粥了。豆芽子爹也咧开嘴说:可不是,天天喝稀的,害得我晚上都没睡过一个完整的囫囵觉。三胖子娘就带着哭腔说:我要雇人去一趟大金沟,把儿子的坟迁出来。这阵子我老是做梦,梦见儿子说,他冷,上不来气……三胖子娘就哀哀地哭了起来。

陈三自从那次之后,再也不想看到爹和老哥几个在一起的样子了。一个人哭,所有人都流泪。泪水无声地在几张饱经风霜的脸上,曲折地流了下来。哭着说着,想起了曾经的苦难和亲人,他们就哭得欲罢不能,天昏地暗。直到把泪水哭干,渐渐恢复到来时的模样,才沉默着散去。

陌生人走后,陈三赶了过去,傍晚时陈大也回来了。三个人在屋里就那么坐着,一点主意也没有。双峰山的人盯上了狗头金,意味着,从此以后他们的生活将无宁日。他们的心里如同钻进了上百

闹 匪·171

上千只蚂蚁，乱得不行。坐了半夜，爹也没个主意，最后说：陈大，叫你三个叔婶过来商议一下吧。

陈三不知道他们是怎么商量的，天都黑透了，他才在豆腐坊的院里看见那几个人，摸着黑，蹒跚着身子，贼似的隐在各自家的方向。

陈三那几天，心里一点也不踏实，总觉得有大事要发生。突然一天夜半，陈大敲响了豆腐坊的院门。陈三抖颤着身子把灯点燃，披着衣服走到门外时，听见陈大惊恐地说：老三，不好了，爹让人给带走了。陈三就僵在那里，他听见，镇外的额尔古纳河开河的声音，冰排撞击在一起，发出惊天动地的响声。

重返小金镇

额尔古纳河的冰排渐渐远去,远远近近的世界呈现出一派春天的青色。正是淘金人又一次走进大金沟的季节。

这一天,中午时分,春天的阳光正好,风也热烈。小金镇的人听见额尔古纳河传来一声悠长的汽笛声。人们放眼望去,一艘小火轮从上游驶了过来,犹豫不决地靠在了小金镇的河岸边。人们还看见小火轮的甲板上走出三个人,一位扛枪的士兵,穿着有些肥大的军装,枪刺上挑着一轮太阳。最近去过大金镇的人,见多识广地低喊了一声:日本兵。站在日本兵身边的两个人,个子明显比那个日本兵高出半截,但都哈着腰,如影随形地立在日本兵的一旁。待火轮停稳,日本兵把枪从肩上移下来,抱在胸前,脚步不稳地向船下走来,另外两个穿便衣,身材高大的人,小心地随在日本人的身后。

小金镇的以前见过黑龙江上飞跑的小火轮。那是沙俄士兵巡逻的家伙,冒着黑烟,跑得飞快,还发出牛一样的气喘声。在额尔古纳河跑火轮,他们还是第一次看到,从上游下来,人们不禁想起大金镇。三个人下了轮船,火轮喘着粗气,冒出一缕更浓的黑烟,转了半个圈,又逆水向回游去。一声更悠长的汽笛声,打破了小金镇的宁静。

小金镇来了日本人，这条消息很快在小金镇的大街小巷传开了。大部分人听说过日本人，听说大金镇里驻扎着一个中队的关东军，没见过日本兵的人们看新奇似的涌出家门，挤到大街上，想近又不敢，只能不远不近地立着身子，伸长脖子，向街上望去。

矮个日本兵，又把长枪扛到了肩上，枪上亮着一把明晃晃的刺刀，挑得阳光也跟着一摇一晃的。人们这才发现，这个日本兵不仅个子矮，还是个瘸子，走起路来时，一腿长一腿短，身子就忽高忽低地起伏着。他身后随行的两个人，都一脸严肃，梳分头的男子，脸孔白净，像个书生，人们的判断很快得到了验证。发现分头男人胸前口袋里别了一管笔，笔帽插在衣兜的上沿处。在小金镇的阳光下，不时地闪着亮光。人们依次打量着街上的三个人，当人们把目光聚集在另外一个人身上时，总觉得面熟，似乎在哪里见过。半晌，一行人越走越近，挤在人群后的三胖子娘，一拍大腿惊叫一声：这不是陈二么，你们把眼睛擦擦，是不是陈二？说完撩起衣襟去擦自己的眼睛。人们定睛去看，终于认出来了，果然是陈二。陈二失踪的消息，在初冬时就传遍了整个小金镇。都知道陈二跑了，究其原因他害死了二嘎子和豆芽子。他爹按着淘金人的规矩去处罚他，结果还是让他逃掉了。在小金镇人的记忆里，早就把陈二这种恶人从记忆里一笔勾销了。

陈二此时大有荣归故里的样子，他挺胸抬头，双脚有力，目光还灼灼地散着一种贼光。在一个十字路口，他突然走到了日本兵面前，还小声地冲日本兵说了句什么，随在日本兵身后那个分头男人，做出了一个前面带路的手势。

陈三得知陈二回来了,还和陈大打起来了。

陈三没到街上看热闹,他正在自家门前卖豆腐。有买豆腐的人慌张地告诉他:这里来了日本人,你不去看看?陈三听了,摇了摇头。最近这段时日,陈三心里装的都是爹的事,爹被双峰山的人带走了。有经验的人都知道,爹这是被土匪绑票了。可一直等到现在,再也没见过双峰山的人下帖子,帖子就是赎金,要拿钱才能把肉票赎回来。这是土匪的规矩。双峰山迟迟没有下帖子,这让陈大和陈三不知如何是好。二嘎子、豆芽子的爹,还有三胖子的娘找到哥俩商议了几次。他们都知道双峰山的人是奔着狗头金来的,迟早有一天,双峰山的人会带着陈右岸来找这只狗头金的。在没有找到狗头金前,他们不担心双峰山的土匪会撕票,如果这么着急撕票,绑走陈右岸是一件完全没有意义的事。人们集思广益,抽丝剥茧地想着种种因为所以,都觉得目前陈右岸是安全的。安慰了陈大和陈三,让两人焦虑的心平复下来。他们开始不放心那只狗头金了,经过众人商议,由陈大和二嘎子的爹,两人又对那只狗头金进行了一次深藏。第一次陌生人来到陈家后,陈右岸就把狗头金进行了转移。这次再次深藏,就连三胖子娘、豆芽子爹都不知道。他们的原则是:知道狗头金的地方,人越少才越安全。虽然又把狗头金换地方,陈右岸被双峰山抓走这件事,还是让所有人提心吊胆。他们竖起耳朵百倍警惕地观察着进出小金镇的每一个陌生人,狗头金牵扯着几家人的神经。

正当陈三准备把最后一块要卖的豆腐出手时,一位邻居慌张地跑了过来,一边跑一边喊:陈三,你家出事了,陈大和陈二打起来了。

重返小金镇·175

陈三脑子嗡地响了一声,陈二回来了?他丢下豆腐,冲院里忙碌的马菊红喊了一声,便向爹家的方向飞跑过去。

他接近爹家的院门时,看见自家门前围了很多人,伸长脖颈向里面张望着,交头接耳地说着什么。他分开众人,挤进小院。院内站着一个日本兵,挎着枪,还有那个分头男人,两人都对屋内的方向立着。陈三顾不了许多,冲了进去。见陈大拿着爹平时挎的木棍,立在地下,横眉立目地对着炕上的陈二。陈二站在炕上,穿着鞋,已经用干农活的二齿钩把火炕刨开大半,碎裂的土坯横陈在炕上和地上。

陈大气喘如牛,吼了一声:陈二我跟你说过,狗头金不在这里了,是爹藏的,有本事你找爹去。

陈二梗着脖子:你胡说,咱们从大金沟出来那天晚上,我亲眼看见爹把狗头金藏到炕洞里了。你一定是把狗头金私自藏起来了。你说,狗头金现在在哪?

陈大气得嘴唇哆嗦着:陈二,你个逆种,爹放了你一马,你不好好做人,还有脸回到小金镇,还想要狗头金。爹说了,狗头金和你没关系了。

你放屁。我也是淘金人,按淘金人规矩,就该有我一份。陈二把二齿钩挥起来,又重重地砸在炕上。他的架势是要把整铺炕的土坯都刨了。

陈大一棍子抡过去,要砸陈二的腿,陈二跳起来,挥起二齿钩要还击。陈三这时闯进门里,大喊一声:二哥,你住手。这一喊让陈二举起的二齿钩没有砸下来。哥仨在那一刻僵持在一起,大眼瞪小眼地互相盯着。

陈二放下二齿钩，冲陈三：老三，你来了，就给评评理。我这次回来，是受到日本人重用的，以后日本人和马翻译官要在小金镇长住下去。小金镇以后就是日本人的天下了。以后日本人要在大金沟开采金矿，他们现在需要那只狗头金，做研究用。我带井边太君和马翻译官来，大哥不给我面子。我就自己找。

说完又一次挥起二齿钩，吭吭哧哧地刨了起来，炕洞里的烟灰飞腾起来，弥漫在屋内和院里。

站在院内的日本兵，用手掩了鼻子，咳嗽着躲到稍远一点的地方。马翻译官隔着窗子冲里面喊：陈二，找到没有？

陈二在里面答：我就要刨完了，我不信我找不到。今天我非得把狗头金找出来不可。

陈大和陈三脸上落满灰尘，眼睁睁地看着陈二把整铺炕面刨完，他用手在烟灰里摸索，最终还是没有发现狗头金的影子。他气恼地把二齿钩扔掉，从炕上跳到地上，满脸烟灰地冲陈大吼：你说，爹把狗头金藏哪去了？

陈大心如死灰地说：爹被双峰山的人绑了票，有本事，你找双峰山的人去要。

陈二像头驴似的在屋地上转了几圈，抹了一把脸，他整张脸都花搭了，人不人鬼不鬼的样子。他用手指着陈大说：别往爹身上推，你一定知道狗头金在哪，告诉你陈大，我和你没完。

说完欲跨门走出去，想起了什么似的又转过身，再次用目光盯紧陈大：陈大，你最想我死，好把我那份狗头金独吞了，告诉你，没门。

我陈二又回来了,这次回来还不走了。你不把狗头金交出来,我和你没完。

陈二说完,拍了拍身上的灰,这次才走出去。他带着日本兵和马翻译官挤出众人的包围,又一次向小金镇的街上走去。

屋内的陈大,气得双脚站立不稳,几欲摔倒。被陈三抱在怀里。陈大断续地说:从今以后,你记住,我没有陈二这个弟弟,你也没有这个哥,他是畜生,畜生都不如。

围在屋外的人散去了,黄皮子才从院内的角落里走出来,它抖着身子,有气无力地冲空气哀嚎着。

镇公所

在柳荫巷后面一条街上,突然挂出了一个"镇公所"的牌子。牌子是木底黑字。牌子上墨汁未干,便有一些过路的人围将过去。伸长脖子,辨认着。有去过大金镇,见多识广的人就说:咱们小金镇,以后也和大金镇一样了。众人一时半会还不知道镇公所是干什么的,门前的人越聚越多。先是陈二从里面一个小院里走出来,还是穿着以前的衣服,右手臂上多了块白布,戴孝似的箍在胳膊上,白箍上写着"警察"的字样。小金镇在山里,出去的人也少,大多数人真不知道世界上还有警察这个职业,更不知警察是干什么的。有见多识广者,见陈二这样,就凑前一步,羡慕地说:兄弟,你真当警察了。以后要多多关照哇。

陈二木着脸,挺着胸,努力把自己站成一个警察的样子,威风凛凛地用目光在人们头顶上扫过。在人们眼里,陈二的样子是目空一切的。

马翻译官走出来,手里提着一个做成喇叭的铁皮筒,他站在台阶上,开始冲众人讲话。他告诉小金镇的人,从今天开始,小金镇镇公所已经成立了。从此以后,小金镇上的大小事物,都由镇公所管理。他还告诉众人，现在是满洲国了，溥仪皇帝在长春第二次登基了。他还说，大日本帝国的关东军，驻扎在满洲国，就是为了保护满洲国的人民。现在小金镇所有的人，都是满洲国的人，要做个好国民，遵纪守法，否则格杀勿论……

马翻译官唾沫星子四溅时，井边扛着那支长枪，脚高脚低地也走出来，站在陈二、马翻译官身后不远处，麻木又茫然地望着眼前的人们。他似乎想冲人们笑一笑，刚咧开嘴，觉得不合适，又把笑容收了回去。

自从镇公所的门牌挂出去后，小金镇的人经常可以看到，马翻译官手执着那个铁筒，放到嘴前，满大街地吆喝。一遍遍告诉小金镇的人，镇公所就是政府，以后大事小情都得到镇公所报告。从今以后，不能再私自淘金，凡抓到私自淘金者，必将斩立决。

马翻译官并不是本地人，他出生在一个叫汤原的地方。他很小的时候，他们那里来了日本开拓团。就是一些日本老百姓，拖家带口地从东瀛小岛上出发，千里迢迢地来到了汤原。日本开拓团有自己的村庄，起初和中国人井水不犯河水。后来迁移过来的日本人越来越多，把一个又一个中国人居住的村庄包围了。中国的土著只能做出妥协，一部分退让原有开垦的土地，被迫和开拓团的日本人融合在一起。马翻译官和开拓团的孩子们共同上了一个叫水村的小学。老师都是日本人，上学的孩子不允许讲中国话，只能讲日本语。渐渐地，这些上学的孩子和开拓团的日本人后代，不再拘泥于耕田种地了，而是纷纷出走，奔向更大的地方，比如佳木斯、牡丹江、哈尔滨什么的。马翻译官就是十六岁那一年，离开汤原家乡的。他坐小火轮，又坐火车，来到了哈尔滨。在一家日本人做木材的株式会社当搬运工。日本人在深山老林里收购采伐木材，再把加工成半成品的木材，通过铁路运到一个叫旅顺的港口去。在那里，木材又被装船，运回到日本国内。那会，哈尔滨有大大小小各式各样的株式会社，做着各种生意，干苦力活的都是中国人，日本人只动动嘴皮子，拉走的煤炭、木材、石矿都运到了日本国去了。也有一些俄国人开的公司，也争相恐后地把中国这些东西运走。以前在哈尔滨，俄国人的公司多，很少见到日本人。自从日俄大战之后，俄国人宣告失败，日本人渐渐多了起来。不论日俄哪家公司，干苦力的都是中国人，拉走的都是中国人的东西。

后来，先是听说满洲国成立了，溥仪在长春登基了。然后哈尔滨来了日本兵，叫关东军。关东军又开始招兵买马，马翻译官报名，他很快以翻译人员的身份被录取。不久，他就被派到了大金镇，那里驻扎了一个中队的日本兵。他给日本兵当翻译。后来日本人知道有个叫大金沟的地方，不仅是淘金的好地方，还发现了狗头金。大金镇的日本人，才决定向小金镇派兵、派人，井边和他是第一批被派到小金镇的，算是个铺垫。在大金镇周边，还有许多各式各样的小镇，有的地方产木材，也被派去了日本兵，在那里开设林场，千方百计地修通山路，把木材运出来。这些原本长在深山老林里的东西，到了大金镇就活过来了，大金镇有铁路，源源不断地向外运送煤炭、木材。现在又发现了小金镇，他们成立镇公所打前站，用不了多长时间，探金矿的大部队就会开过来。只要在大金沟里发现金矿，沉寂的小金镇也会像大金镇一样热火起来。

马翻译官不太情愿来到小金镇，这里地处偏僻，是个兔子不拉屎的地方，还有那个叫井边的日本人。在马翻译官眼里，井边太君就是个糊涂虫。不仅糊涂，还窝囊。一米五几的个头，挺不起一件军装，一副水裆尿裤的样子。不仅这些，他一条腿短，一条腿长，听说井边在一个叫诺门坎的地方负过伤，最后就成了现在这个样子。伤兵，残疾了，挂了彩，腿脚不利索了，也情有可原。他不理解的是，井边总是痴痴呆呆地走神，似乎魂从来没在他身体里待过，他认识井边时，觉得这个日本兵，用魂飞魄散来形容一点也不为过。井边总是眼神迷离，爱打瞌睡，只要有时间，井边的瞌睡就上来了，头一点一点的，随时一副要睡着的样子。

井边也并不情愿来到这里，不仅不情愿来到小金镇，他连中国都不想来。他的老家在长崎一个海边的小渔村里。家里除了父母，还有一个叫樱子的姐姐。他应征入伍，先是在日本训练了半年，然后坐着船在旅顺的港口停下来，他们又坐上火车，一路向北。刚开始，在沈阳一个军营里。沈阳的兵营是个大兵站，"九一八"事变之后，东北军撤离，关东军不再犹豫，迅速地占领了整个东北。他们从沈阳的兵营，被派到东北各地安营扎寨，驻守一方。井边记得很小的时候，就和父亲天天出海打鱼，日子不温不饱。被征召入伍时，还是十几岁的孩子。身体还没完全发育，干瘪瘦小。在队伍上，挑来拣去的，找不到一件合体的军装，最小号的军装穿在身上，都显得肥大。后来，身体似乎定了格，再也不发育了。军装穿在身上就肥大着。

井边和他们同一批征召入伍的士兵，到了沈阳北大营半年后，著名的诺门坎战役打响了。这是近十年来，日俄爆发的第二次大规模战争。一天夜里，井边和军营里的士兵，被赶上了一列火车。最初没有人知道他们要被拉到哪里，从火车上下来，又坐汽车，汽车上下来又步行。当他们走近诺门坎时，才嗅到了战争的味道，焦煳、血腥的气味扑面而来，枪炮声从不远处也隐约地传来。他们不知道，这是第几次增兵了。井边和他的战友们，是第一次参加这么惨烈的战斗。为了一个不起眼的山头，他眼睁睁地看着几百名日本士兵，挺着刺刀冲上去，就再也没有回来。

他们的中队在一个黎明时分，接手了一个阵地，他们登上阵地时，原来驻守在这里的日军都打光了。尸体横陈在阵地上，弥漫在空气里的血腥气让他们作呕。他们还没明白什么是战争，俄国人的炮火又一次覆盖了他们的阵地，在黎明的微光里，他还看见成群结队冲上来的俄国士兵。

井边不知怎么开的第一枪，胡乱地射击，一时不知身在何处，炮弹炸得他什么也听不见了，眼前的世界就像个默片。他看到有人倒在不远处，也看见成片的俄军在他们阵地前沿倒下。然后就又是铺天盖地的炮火。他几次被炮弹炸得从地面上跳起来，又重重地摔下去，此刻他不知道，自己是死了，还是活着。他发出呀呀的叫声，可耳朵就是听不见，他觉得自己的灵魂已经整个飞升出去了。

他最后的一丝记忆是，一发炮弹呼啸着飞了过来，身体便飞了出去。当他再次醒来时，已经在阵地后方的医院里了。那一次，他万幸自己只是腿受了伤，最后变成一长一短。他觉得自己的脑袋也坏掉了。总觉得有无数个小飞虫，飞进他的脑子里，嗡叫个不停。

整个人就活在一片混沌里，精力总是集中不起来，经常愣神。他找过长官，要求把他送回到日本国去，他想家，想自己的父母，想樱子姐，还有海边生他养他的小渔村。长官粗暴地拒绝了他的请求。在大金镇兵营时，他总是离群索居，面向东方，思念着长崎老家的小渔村。

　　从这以后，小金镇的人经常能够看到一个奇怪的场面。日本士兵井边，抱着长枪，立在镇公所的门口，凝望着天边，一动不动。人们还看见这个日本兵一边流泪，一边哼唱着一首忧伤的歌谣。人们不知道，这个叫井边的日本兵为何如此忧伤。

双峰山

陈右岸已经来到双峰山有些时日了。他被人连夜带进双峰山时，意外地在这里见到了他的师傅葛大林。在他的眼里，此时的葛大林早已不是病恹恹躺在炕上的那个男人了，他胡子浓密，身板硬朗，说话也变得粗门大嗓。

这次陈右岸能够来到双峰山，是葛大林早就预谋好的一次重逢。当年他带着杜小花离开小金镇时，就来到了双峰山，投靠了双峰山的胡庄子。胡庄子早在他当年淘金时，两人就建立起了交情。

在小金镇，随着他的病情一天天好转，他已经动了离开的念头。他瘫在炕上时，无数次地想过了断自己。他把这想法偷偷地和杜小花说过。杜小花一边流泪一边哀求他。当年他们和全村人一起逃难闯关东时，亲人一个又一个在他们身边倒下去，最后只有两人幸存下来。杜小花早就把葛大林当成了依靠。如今自己的男人倒在了炕上，她怎么忍心看着自己仰仗的男人离她而去呢。她拉过他的手，放到自己的胸前，一边泪如泉涌，一边说：大林你要是不在了，我活着还有什么意思。话虽这么说，可日子还得继续。葛大林最后想到了陈右岸，在这些淘金的徒弟之中，只有陈右岸是可以托付的。陈右岸果然没有辜负他的希望,不仅对自己好,对杜小花也很好。他从内心是感激陈右岸的,一直把对陈右岸的恩情埋在心底。杜小花毕竟是自己的女人,每当夜幕降临,杜小花安顿好自己,去找陈右岸时,立在他的身旁,总会说一句:那我去了呀,他"嗯"一声。杜小花犹豫着走到门口,又转身回望着他,他也望着杜小花。两人都在暗处,看不清彼此,但都能感受到彼此情绪上的微妙变化。杜小花就又转过身子,向炕上的他移了两步。他知道,如果自己一直沉默,杜小花就不会走出这个门。他下了狠心,费力地举起手,挥了一下。杜小花迟疑着就又转过身子,走到门口,又一次回望着他。这次他狠下心,把头别过去。半晌,他听见门"吱呀"响了一声,一股寒气从门缝里钻进来。杜小花先是在门外立上片刻,似乎也在做着某种斗争。最后脚步声犹豫着还是消失在了远处。杜小花一走,他再也忍不住,泪水奔涌着流下来。他恨自己不争气,得了瘫病,连自己心爱的女人都无法照顾。甚至想死,都没有能力。

日子一天天过去,他发现杜小花变得微妙起来。刚开始时,每次夜晚来临,去找陈右岸时,总是犹豫不决,迟迟疑疑。现在的杜小花,似乎很享受夜晚降临的这一刻,把他照料停当后,说一声:我去了呀。虽然还是这几个字,口气变得不一样了,甚至还隐含着欢愉期待的成分。有时他会"嗯"一声,有时什么也不说。不论他应与不应,杜小花还是快步走到门前,不再犹豫,"吱呀"一声拉开门,很快又关上。也不在门前停留,快步地消失在院子里。

躺在炕上的葛大林,心里是矛盾的。他一面希望杜小花像对待自己一样对待陈右岸,可他意识到,杜小花已经成了陈右岸的女人时,他的心又一点点地痛了起来。有时杜小花走了很久了,他独自躺在炕上仍然睡不着,大睁着眼睛望着天棚。想着杜小花对自己曾经有过的温存,心就痛得不成样子了。

再次见到杜小花和陈右岸时,他又变得没事人似的,接受着他们的照料。葛大林在一个又一个不眠之夜,痛苦地煎熬着自己。

后来,杜小花和陈右岸有了第一个孩子,他这才意识到,杜小花是正常女人,能生能养。他又被另一种痛苦所折磨了。陈大出生不久,陈二、陈三又接连出生了。他望着三个活蹦乱跳的孩子,有时就想:这些孩子要是自己的该多好哇。

有了孩子的杜小花,性情又一次发生了变化。她把更多的心思扑在了三个孩子身上,葛大林眼睁睁看着杜小花的变化,一边心疼着一边嫉妒着。

好在他的病在一天天见好,他终于能下炕了,能挂着拐杖站到院子里,后来又能走到院外。他知道自己的病终于好起来了,他在心里冒出的第一个念头就是离开小金镇。自己瘫在床上时,他还能够接受陈右岸。如今自己好了,变成一个正常人了,又怎么能把自己的爱再分给别人呢。当他把自己的打算告诉给杜小花时,杜小花整个人就傻了,半晌才说:我走了,三个孩子怎么办?他早就料到杜小花会这么说。他只能顺着自己的思路说下去:孩子留给陈右岸吧。孩子不仅是陈右岸的,也是她杜小花的。当娘的怎么能舍得下孩子呢。想到这,眼泪止不住地就流下来。

葛大林理解她的心里,也是一副不好受的样子,挂着木棍在她面前踱了一气,停下道:咋说,你也算给陈右岸留下后了。咱不欠他啥了。

　　杜小花一边流泪一边望着他，他是她的男人。这几年在她的心里，陈右岸又何尝不是她的男人呢。从接受陈右岸那天开始，她的心就被撕成了两半。葛大林躲开她的目光，虚弱地望着远处说：我身子好了，还是你的男人。他的一句话，让她的心碎成了无数瓣。她当初嫁给眼前这个男人时，就做好了嫁鸡随鸡，嫁狗随狗的心理准备。只因葛大林突然瘫在床上，才又有了陈右岸。如今自己的男人又是个正常人了，她只能听他的。因为他是自己第一个男人。

　　在陈右岸又一次出门淘金时，葛大林就开始做着离开小金镇的准备了。是她在一天天地拖下去，她放心不下三个孩子。那些日子，她每日都陪在三个孩子身边，看着三个孩子的样子，她忍不住偷偷地流眼泪。她不知自己随葛大林走了，三个孩子会怎么样。是冷热还是饥寒，她这个当娘的，再也插不上手了。她也想过，陈右岸在得知自己离去时，一定会发疯的。她为陈右岸生了三个孩子，她是了解陈右岸的。他是个善良本分的人，对自己也知冷知热。她感恩陈右岸，这些年，如果这个家没有陈右岸，早就散了。

　　直到小金镇又要迎来了冬季，再不走，陈右岸就该出山了。葛大林在一个深秋的午后，带着她离开了小金镇。那是怎样的一种别离呀，她走得牵肠挂肚，愁肠百结，一步三回头。她还是随葛大林走了，因为她是他的女人。

　　葛大林和女人杜小花在小金镇一消失，他们就来到了双峰山，投靠到了胡庄子门下。胡庄子是葛大林早年在小金镇淘金时的拜把子兄弟。二十岁那一年，他们进山淘金，出山时，遇到了一股土匪，他们辛苦半年淘到的半袋子金沙被抢了去。这是他们大半年的血汗钱,自然不甘心就这么不明不白地被抢了。于是分散着,在大金沟的林地里寻找那股土匪,胡庄子遇到了双峰山另一股土匪,领头的人叫郑南山。他错把郑南山的人当成了劫持他们的小匪,虽然对方人多势众,他还是蹾断了一截树枝,举起来要和这些人拼命。当年的胡庄子正血气方刚,加之,淘的金子被人劫夺而去,他早已把生死置之度外了,和几个小匪厮打起来。他的勇猛,不要命的样子,被骑马赶来的郑南山看在眼里,吆喝住手下。

当郑南山问清楚缘由,让众人放开胡庄子。胡庄子顶着脏污的头发,破衣烂衫,两眼血红地冲郑南山说:猫有猫道,匪有匪道,我们淘金沙是拿命换来的,一家老小就指望这些过个年景呢,你们这也下得去手?!

郑南山问询了手下小匪几句,回过身,言之凿凿地告诉他:我是双峰山的郑南山,打此路过,我告诉你,我们没有劫过淘金人。如果你相信我们,三天后,还在这个地方,你等我,我一定把你们的金沙找回来。

胡庄子不信任地望着郑南山,郑南山就朗笑一声道:君子一言,但我也有个条件。

胡庄子瞪大眼睛,攥紧拳头,没说行,也没说不行,他有些不太相信郑南山说的话。天下的胡子是一家,没听说过还有区别。他梗着脖子,做出一副悉听尊便的样子。

郑南山把马绳甩给身边的一个人,绕着胡庄子转了两圈:我欣赏你是条汉子,我的条件是,帮你找到那袋金沙,你得到我们双峰山来。以后你的朋友、兄弟，就是我们的朋友和兄弟，谁也不敢再欺负你们。

胡庄子听了郑南山的话，他半信半疑，想着淘金的那些兄弟，还疯了似的在林子里寻找着那袋金沙，便死马权当活马医地应道：我答应你。君子一言，三天后，我还在这里，只要你们帮我们找到那袋金沙，我什么都依你。

三天后，胡庄子带着葛大林等人又来到了此地，他们多了个心眼，把自己藏在一片林地里。他们每个人手里都多了支木棍，随时做好拼命的准备。郑南山并没有食言，果然出现了。他骑在马上，一件羊皮袄敞着怀，飞也似的来到了这里。郑南山把手指放到嘴里，打出了一个响亮的呼哨。胡庄子把木棍递到葛大林手里，压低声音冲几个兄弟说：我出去，要是被骗了，你们再出来。

葛大林点着头，深吸一口气，又一次做好了拼命的准备。

胡庄子一步步走出林地，向郑南山一伙走去。郑南山见到了胡庄子，从怀里掏出那半袋金沙，摇晃着。当郑南山掏出那个兽皮袋时，他一眼就认出来了，他定在郑南山的马头前。郑南山把金沙袋丢给他，沉甸甸地落在他的怀里。郑南山下马，又一次扬着声音说：我说到做到，你也该兑现自己的承诺了。

这时的胡庄子脑袋"嗡"地响了一下，当时他以为郑南山就那么一说，他也就那么一听，他当时满脑袋都是那半袋子金沙。他是这伙淘金人的金主，是他把大家伙带到大金沟淘金的。他要对得起这些弟兄的信任。这么多年，逃荒来到小金镇，什么吃苦受累的活都干过。大冬天，钻到冰窟窿里去替人抓过鱼，劈过木桦子，也要过饭，可他从来没想过做土匪。那会，在大小金镇的山林里，土匪多如牛毛。他们打家劫舍，祸害邻里，一说起土匪，老百姓恨得牙痒痒。

当金沙袋子沉甸甸地砸在他怀里，他脑子也彻底清醒了过来。他内心一万个不情愿，但话三天前说出了，他只能撒谎道：我得回家料理一下后事，允我几天工夫。

郑南山上前拍了一下他的肩膀，盯着他的眼睛，大声地说：好汉，我在双峰山恭迎你。

说完抱了一下拳，然后翻身上马，带着手下的兄弟们，旋风似的消失在了他的眼前。

他回到小金镇后，还曾提心吊胆担心郑南山会找他的麻烦。结果，郑南山和他的手下连个人影也没见到。一个冬天就这么平静地过来了。第二年，冰雪融化时，他又和以前一样，带着弟兄们走进了大金沟。大半年的淘金生活下来，他几乎把郑南山忘记了。当又一年落雪时，他们走出大金沟，又来到了去年遇到土匪被抢劫的山坡上。他突然看到了一队人马，拦住了他们的去路，远远地他就听见郑南山喊：兄弟，我等你一年了。他麻着腿脚，硬着头皮还是走上前去。发现地上摆好了酒肉，郑南山似乎已在这里恭候多时了。郑南山的眼睛依然清澈，声音依旧硬朗，见到老朋友似的，一把把他搂抱在胸前，他感受到郑南山的胸膛又宽又硬。

那一次，他没有理由再撒谎了，郑南山兑现了承诺，他是个男人，也到该兑现承诺的时候了。当他把一碗烈酒干到肚子里，学着郑南山的样子，把碗摔碎在地上，他要向和他朝夕相处的淘金兄弟告别了。

走到葛大林身边时,他解下腰带上的半袋子金沙,含着眼泪说:兄弟,以后这支队伍交给你了。兄弟我是个男人,要为自己说过的话负责。

葛大林抱住他,狗皮膏药似的难舍难分。淘金的弟兄,一起跪在地上为他送行。他骑在马上,流着眼泪和淘金兄弟告别。

从此以后,郑南山再也没有涉足过小金镇的地盘,同时也给活跃在小金镇的各绺子小匪带了话,不准再打劫淘金人。也是从那时开始,小金镇的淘金人,过上了一段相对平和的日子。

胡庄子去了双峰山,葛大林成了这伙淘金人的领头人。胡庄子并没有和葛大林断了联系,冷不丁不知什么时候,胡庄子就会出现在葛大林家门前。轻轻地拍上三遍门,久了,这种拍门声就成了两人相见的暗号。刚开始,他们背着杜小花,怕女人担惊受怕。后来杜小花了解了胡庄子上山的过程,对胡庄子表达出了深深的敬意。每次胡庄子来,她都会把门窗关严实了,给两人做些下酒菜。胡庄子每次和葛大林喝酒,话都很多,说自己的现在,一再向葛大林保证,他们这绺子土匪,绝不骚扰平民百姓。还告诉他,郑南山是个好人,性情仁义。在葛大林的印象里,郑南山高大健壮,豪气干云,从他对待胡庄子事件上,他也能感受到郑南山不是一般的男人。说完自己,他们就一同回忆他们共同淘金的那些又苦又快乐的时光,不论多苦的日子,只要怀念起来,总有快乐值得回忆。有时两人坐在炕上,一边喝酒一边聊天,直到鸡已经叫第二遍了,胡庄子才恋恋不舍地从炕上下来,趔趄着走到门口,低声地说:兄弟,别送了。葛大林就站在门口,哽着声音问一句:哥,啥时候还来呀?胡庄子回头笑一笑,露出一口白牙:等我想你了。然后开门出去,再把门严严实实地关上。

葛大林听着窗外胡庄子的脚步声渐渐远去,某种情愫似乎也被牵扯着走了。胡庄子每次来,都是悄悄地摸进镇子里,把马匹拴到镇外的小树林里,小金镇的人都知道他上了双峰山,投靠了郑南山。他不想坏了葛大林的名声,每次见葛大林,都像小偷一样,匆匆地来,又悄悄地走,神不知鬼不觉。

就是葛大林瘫在床上那些年,胡庄子也从没间断过来看望葛大林。那会陈右岸成了"拉边套"的男人,他不方便大张旗鼓地来,还是把一些在郎中那里开的中药或者散碎银两丢在葛大林家门前。杜小花每次发现这些,默然地拿进来,放在葛大林的枕边,他只能用默默流泪来表达对胡庄子的感激。

他决心带着杜小花离开小金镇时,他又一次想到了胡庄子,这个念头一经产生,把自己吓了一跳。如果投奔胡庄子,自己也成了匪了。名声再好的匪也是匪。这么多年,他没间断过和胡庄子的联系,知道胡庄子他们并没有干过违背天良的事,可让他变成匪,尤其是他还要带着杜小花,他说什么也下不了这个决心。

恰在这时,胡庄子出现在了他的生活中,胡庄子看到他的身体恢复,也真心实意地替他高兴。当他问到他下一步打算时,他还是委婉地把要离开小金镇的想法说了。胡庄子就拍着腿说:兄弟,跟我去上双峰山吧。什么都不让你做,我养着你们。

他还在犹豫,举棋不定的样子。胡庄子就又说:要不这么,你们先去,觉得不好,随时可以走。

葛大林听了胡庄子的话,就不好再说什么了。

杜小花随着葛大林来到了双峰山。最初的日子里，她的心都被三个孩子牵走了，整日里茶不思饭不想，她不知三个孩子怎么样了，是冷了是热了，会不会找娘。不久之后，葛大林陪她偷偷下了一次山，那会已经落雪了。他们偷偷地进入到小金镇，摸到了陈右岸的家里。她躲在窗子外面，蹲了好久，谛听着屋内的动静。她听见老三梦呓地让爹把尿，然后是陈右岸下炕，老三把尿撒在尿桶里的声音，然后是老二、老大，依次下炕撒尿的声音。她也听到老三梦呓喊娘的声音，然后听见陈右岸哄拍孩子的声音。她身子一软，跪在窗前，咬住自己的手指，不让自己哭出声音来。半晌，又是半晌后，她直起自己蹲麻的腿，僵硬着向外走去。等在那里的葛大林并不多言，搀着她，摸黑又向镇外走去。后来他们看见了黄皮子，不吭不哈地随在他们的身后。她看到了，这是陈右岸养的狗，在默然地为他们送行。到了镇外，黄皮子就立住脚，目送他们远去了。

后来，她每年都要下两次山，偷偷地关注着陈右岸和三个孩子的生活。孩子们长大了，后来又先后随着陈右岸去大金沟淘金了。经过岁月的磨洗，杜小花那颗挣扎、扭结的心，才渐渐地平复下来。时间是医治心病最好的良药。她回到双峰山，守着葛大林，日子又平静如初。她无数次地对葛大林说：陈右岸是个好人。葛大林点头。她又说：陈右岸一个男人把三个孩子拉扯大不容易。葛大林再一次点头。

不再年轻的杜小花，养成了一个习惯，经常走到林地边缘望着山外发呆。有时葛大林也过来陪她，不说话，一起陪着她望着远方。过了许久，她叹气，葛大林也叹气。她回转身子，向营地走去，葛大林就随在她的身后。

就是在去年底,杜小花突然得了急病,胸闷喘不上气来,胡庄子差人去山下抓药。葛大林一直守在杜小花的身边,一边抓住她的手,一边安慰道:抓药的人就快回来了,药罐子我都烧热几遍了。来到双峰山这么多年,杜小花也经常发生头疼脑热的病,每次差人去大金镇抓些药,回来熬了,也就好了。尤其是这几年,杜小花年岁大了,病更是隔三岔五地来。以前的病似乎都没有这次重,葛大林感觉到,杜小花这病不同以往,心里也有些急。抓住杜小花的手都汗湿了。他安慰着杜小花,就像安慰自己。杜小花浑身的汗都湿透了,睁大眼睛倒着气,脸涨成青紫色。抓药的人还没回来,杜小花真的不行了,最后时刻,她双眼直勾勾地注视着葛大林。葛大林知道杜小花有话要说,把头凑到杜小花的嘴前,大着声音地说:小花,有啥话你就留下吧,我葛大林啥都听你的。杜小花就断续地说:大林……你是我的男人……这辈子,我没后悔过。葛大林也老泪纵横,一边点头一边呜咽着:小花,别说这些了。这辈子是我对不住你,让你吃苦受累,老了,还没安顿个家。虽然上山这么多年了,在杜小花的心里,双峰山不是她的家,只有小金镇那里才是她的家。

杜小花又说:这辈子对不起的……是陈右岸,还有三个孩子……以前,她这话对葛大林也表达过。葛大林每次听了,都是默默地点头。

杜小花死不瞑目,牵肠挂肚,最后还是放开了握住他的手,心有不甘地走了。葛大林把杜小花安葬在双峰山后一个小山窝里。以前两人在这里采过蘑菇,当时杜小花就望着这片山窝说:这地方挺好,背风,又朝阳。葛大林就记下了。给杜小花出殡那天,双峰山迎来了当年的第一场雪。雪花纷纷扬扬地把双峰山覆盖了。

　　杜小花走了，葛大林莫名其妙地开始思念起陈右岸来了。不知是杜小花的临终遗言，还是他又想起了过去。陈右岸反复出现在他的梦里，梦是片段的，有时是他们在淘金。陈右岸淘了一簸箕金沙，黄澄澄的，陈右岸笑着向他跑来：师傅，咱们发财了，以后就能过上好日子了。陈右岸咧着嘴，笑得天真烂漫。有时是陈右岸在给他喂药，一勺勺地送到他嘴里，让他的头枕到自己的腿上，俯下身真诚地对他说：师傅，到了明年的春天，你的病就能好了。到时，咱们还一起去淘金，还是你说了算，我们一起淘好多的金沙，让我们全家都一起过好日子……

　　每次从这样的梦里醒来，葛大林脸上都会湿了一片，他知道，自己在梦里哭过了。

　　失去杜小花的葛大林，一次次想起陈右岸，他开始撕心裂肺地思念起陈右岸了。他需要陈右岸，他觉得杜小花也是。就像她生前一样，接受着两个男人的照顾和疼爱。他终于和胡庄子谋划着，把陈右岸神秘地接到了双峰山。

肉票小桃

陈大正在新开垦的山地上锄地，一抬头看见黄皮子东倒西歪地朝自己跑来，不知出了什么事，右眼皮跳了跳。黄皮子呼哧带喘地跑到他的面前，叫了一声，张开嘴，拉着他的裤角往山下方向拽。他早就知道，这只狗是有灵性的，满腹狐疑地正要跟着黄皮子下山。陈三更加慌张地跑来，一边跑一边喊：大哥，不好了，我嫂子小桃被土匪绑票了。陈大脑袋"嗡"的响了一声，肩上的锄头掉到了地上。没头没脑地向山下跑去。

陈三随在陈大身后，白着脸气喘着边跑边说：家里来了伙土匪，不由分说，捆了我嫂子就跑了。

陈大脑子里装的都是小桃，前两天小桃告诉他，自己有了。已经两个月没来月事了。他得到这个消息时，高兴得什么似的，盼星星盼月亮，陈家终于有后了。这是爹期望的，也是他们陈家所有人希望的。眼见着小桃有了反应，这两天每天早晨起炕，小桃都会弓着身子，干呕上一阵子。今天小桃本来要和他一起上山锄地的，他没让，让小桃安心在家待着。小桃一直把他送到门外，直到他隐身走进树林，小桃的身影才消失在他的视线里。

爹前两天给他捎来了信,告诉他自己在双峰山。信儿是胡庄子手下一个小兄弟送来的,还是骑着马下山,离镇子很远,就把马拴在了树丛里。那天是个午后,陈大正要上山做农活,站在院子里正准备走,远远地就看见一个陌生人朝自己家走来。立在门前说:老哥,讨口水喝。陈大侧身就把陌生人让进院子里。陌生人走进院子,打量着陈大道:你是陈大吧?陈大一惊,望着来人。陌生人就说:到屋里说。陌生人主动地拉着陈大走进屋内。坐在东房的炕沿上,一边喝陈大递过来的水,一边说:你爹让我来给你捎话。

陈大正在千方百计地打听爹的消息,前一阵,是在一天夜里,爹被一群神秘的人带走的。爹被土匪绑票的消息就在小金镇传开了。

二嘎子爹、豆芽子爹,还有三胖子娘,耷拉着一张张脸来到了家里,和陈大、陈三一起想着对策。他们知道,要真是土匪绑票,一定是冲着狗头金来的。二嘎子爹、豆芽子爹和三胖子娘都不说破,大眼瞪小眼地瞅着陈大和陈三。

陈大就说:叔、婶,你们倒是拿个主意呀?

二嘎子爹就吧唧半天嘴道:怕不是你爹得罪啥人了吧?

豆芽子爹也附和道:就是,小金镇这么多人,别人不绑,为啥偏偏绑你爹?

三胖子娘把两手揣在袖口里,扭着身子也说:八成是,陈大、陈三你们兄弟想想,你爹到底有啥仇人。

陈三说:我从小到大就知道,爹是个老好人,他能有啥仇人。

陈大蹲在地上,瓮着声音说:他们一定是奔着狗头金来的。

陈大一语道破了另外几个人的心思。

另几个人并不说话，沉默了一会，又沉默了一会。三胖子娘先跨出门槛，回头想说什么，又没说出来。最后三个人就立在院子里，犹豫着向大门外走去，二嘎子爹折回身子，在房门口又捉住陈大的一只胳膊道：陈大，二嘎子你兄弟，为了淘金命都搭在大金沟了。我们家那份，你可得看好了。

二嘎子爹说完，豆芽子爹、三胖子娘也折回身子，把脸凑到陈大面前，带着哭腔也说：陈大，你是这伙人的头，我们都信你的，不会亏了我们是吧？

陈大想起再也回不来的二嘎子、三胖子和豆芽子，心里翻腾了一下，想哭，忍住冲几个人重重地点点头，哽咽着说：叔婶，你们放心。我陈大不会对不起你们。

三个人听见陈大这么说，将信将疑地走了，把一声又一声叹息留在院子里。陈大和陈三商量好了，如果土匪开出条件，两人可以把属于自己的那一份给土匪，只要换回爹。

可等来等去，并没有关于爹的消息。自从爹神秘地消失，陈三不放心，几乎每天晚上都要找陈大。哥俩就坐在东屋的炕上，这是爹住过的房子，角角落落还残留着爹的气味。

每次见面，哥俩都会有如下对话。

陈三：还没爹的消息吗？

陈大把身子蹲在炕下的角落里，只有这样才觉得身子踏实。他在暗影里摇摇头。

陈三就说：爹要是有个啥好歹，让我们咋活呀。

陈大就说：别说丧气的话。

陈三：万一土匪要整个狗头金咋办？

陈大就难住了，头磕在炕沿上。

陈三在黑暗处茫然着，一副不知如何是好的样子。

两人分手前，陈大就安慰陈三道：土匪不是还没提条件吗，听说和土匪打交道，也能讨价。

陈三就说：只要爹没事咋地都行。

陈大把陈三送到房门口，拍了一下陈三的肩膀说：有哥呢。

陈三听了这话，腰就挺直了一些，趔趄着身子走到院子里，最后消失在暗影里。

哥俩担心着爹的安危，在爹消失的这段时间里，他们每天都会碰个面，虽然也没拿出过什么靠谱的主意，似乎只有这样，两个人才踏实。

陌生人带来了爹的消息，起初陈大是半信半疑的，沉默地盯着陌生人。陌生人想起了什么似的，伸手从怀里掏出一个火镰。是爹平时用它点火点烟用的，这只火镰他太熟悉了，爹几乎每天都在用，要么揣在怀里，要么就是放在炕上。他每次见到爹，就能见到这只火镰。他把火镰拿在手里，似乎又闻到了爹的气味。陌生人就说：你爹怕你信不过，特意让我带上它。他见到了爹用过的火镰，心一下子放到肚子里。热烈地捉过陌生人的手：我爹还好吧？陌生人点着头，想起什么似的说：你还记得葛大林吧。

葛大林的名字陈大当然记得，他是娘的男人。他恍惚地记得，娘每天都要照顾躺在床上的葛大林。他脸色苍白，浑身上下散发着中草药的气味。他还记得他的目光，温和而又柔软。他还记得娘让他叫葛大林为"大爹",他试着叫过。葛大林应没应他不记得了,但他还记得葛大林眼角突然流下的泪水。

后来这个叫葛大林的男人病好了,能下炕走路了。在某一天,突然在他们生活中消失了。在他幼小的心里,曾经恨过葛大林,他一直认为,没有葛大林,娘就会还在。他们就是有娘的孩子。就是这个葛大林,把娘带走了。他一直恨着这个男人。直到他大了一些,知道了,也明白了,爹和娘还有葛大林之间的关系,才慢慢地理解了爹娘,也原谅了葛大林。和小桃结婚后,他时常想起爹,设身处地想过爹夹在娘和葛大林之间的滋味。他替爹难过,也替爹委屈。

陌生人告诉陈大,爹现在和葛大林在一起,娘呢?娘是和葛大林一起离开的,爹找到了葛大林就一定找到了娘。

陌生人告诉他,他的娘已经不在了,就葬在双峰山的一个山坳里。

陌生人走了,陈大提着的心放下了,又为娘已经不在,陷入到了一种新的悲伤。那天晚上,他主动找到了陈三,兄弟两个来到镇外的树林里,抱在一起,痛哭了一回。为了留在双峰山上的爹,也为了娘。爹和娘的秘密埋在哥俩的心底,没有和任何人提起。

爹刚有了着落,小桃就出事了。

陈大跟跄着跑回家时,看见自己的家凌乱一片,炕上、地上、院内都被土匪翻找过了,狼藉一片。陈大喝醉了酒似的,从房内到院子,一遍遍地走。院内院外挤满了看热闹的人。

陈大立在院内就悲怆地喊:小桃哇……

后来人们都散了,二嘎子爹、豆芽子爹、三胖子娘留了下来,他们小心地聚在一起，望着陈大的目光也躲躲闪闪。

陈大目光中空无一物，心里只有小桃。他的想法只有一个，没有小桃，自己生不如死。小桃还怀着他的孩子呀。

陈三就折身回到了屋里，这时他看见炕柜上放着的一张纸片，他拿起那张纸片惊恐地跑出来：哥，这是土匪留下的。人们凑近，见纸片上留着一行字，没人能够认得。

三胖子娘就说：还不快去找金店的宋掌柜。

在小金镇，识文断字的人没有几个，金店的宋掌柜算是其中一个。陈大从陈三手里抢夺过纸片，似抓住了救命稻草，趔趄着身子向宋掌柜的金店跑去。陈三紧随其后，黄皮子见两个主人离去，吊着肚子也颠颠地跟上。

二嘎子爹见陈大、陈三离去，望眼陈大家狼藉的一切，叹了口气，冲豆芽子爹和三胖子娘说：这是陈大自家的事，咱们帮不上忙。三个人缩着身子，袖着手从陈大家院内退出来，他们弓下身子，缩着头，向各自的家走去。

宋掌柜怕烫手似的捏着那张纸条小声地读着：三日后子时，带着狗头金到小孤山来换人。

短短的一句话，陈大和陈三知道，小桃落到了小孤山土匪手中。

陈大不知自己是如何走回自己家中的，又一次看到眼前狼藉的家，他一下子软了身子，跌坐在院子里。陈三也蹲下来，哥俩想痛哭一场，却没有眼泪。陈三就哑着声音说：大哥，找爹去吧。爹一定有主意。

陈大起初没听清陈三说的话，茫然地望着陈三。陈三把自己的话重复了几遍,他终于听清了,清醒过来。忽地站起身子转身就向门外跑,陈三跟上:哥,我陪你一起去。

双峰山上的陈右岸,看着两个六神无主的儿子,听说小桃被小孤山的土匪劫了,"哎呀"一声便晕死过去。

双峰山距离小孤山并不远,骑马需两个时辰。在这山林里一带,有无数支土匪绺子,双峰山和小孤山两股土匪最为出名。小孤山的土匪领头的被称为王老虎,活跃在小金镇一带。虽然都是土匪,各自都有不同的势力范围。平时双峰山和小孤山两股绺子也是井水不犯河水,倒也相安无事。

陈大和陈三找到双峰山的爹,已经是距小孤山的土匪绑走小桃的第三天了。晚上子时就是赎票的时间。双峰山的人知道,王老虎是个心狠手辣的人,拉杆子上山前,手上就有多条人命。

胡庄子把双峰山的人召集在一起时,林子里已伸手不见五指了。胡庄子决定去小孤山抢人,挑的都是精壮后生。他们手里举着火把,骑在马上,一副森然之气。陈大陈三也在出征的队伍里,他们手握木棍,不时地透过树林向外面的天空望过去。常年的淘金生活,让他们练就了查看星斗位置,确定时辰的能力。

队伍出发前,葛大林不知从哪牵过了一匹马,也加入到了出征的队伍中。陈右岸就踉跄着奔到马前,拉住马绳,央求道:师傅,山高路远,你就陪我在家等消息吧。

葛大林就雄浑着声音道:右岸,你在家歇着。你家的事就是我的事,我今天一定要陪着庄子把小桃救出来。

陈右岸望了眼火把下的胡庄子一张严肃的脸。他上山后,才知晓葛大林和胡庄子的关系,握着缰绳的手慢慢松开。

胡庄子就冲暗夜里的弟兄喝了一声:时辰已到。说完一抖马缰,率先向山外跑去。陈右岸看见,一溜的弟兄们随着胡庄子一起隐进了山林的暗处。葛大林消失之前回过身,冲他喊了一声:右岸,你回去歇着。最后他才看见陈大和陈三随在队伍后的身影。

陈右岸被葛大林接上双峰山后,他仿佛又回到了从前。两个男人面对着杜小花,所不同的是,葛大林不再终日躺在炕上,他的身体已经好了,身板又孔武有力。还有,杜小花永远地住在了山窝里。两个人每天去看杜小花,成了他们的仪式。当太阳照透林间,两人吃过早饭。葛大林在前,陈右岸随后,相跟着来到杜小花的坟前。坟上已经长了草,在风中摇曳着。两人默契地一左一右坐在她的身旁。最初两人都沉默着,看山望树,最后目光都会收回来,落到杜小花的坟上。陈右岸似乎又回到了从前,第一次见到杜小花时,他还羞红了脸,低低地叫一声:师娘。她就挺着好看的腰肢望着他。后来他们走到了一起,他们论过年龄,杜小花比他大上一岁。他曾经搂着她滚烫的身子,嘴里胡言乱语地喊过"姐",她迷离着应了。

在有杜小花的日子里,他的日子是滋润的,每天都有盼头。随着三个孩子出生,他多么希望,这样的日子在他生活里定格,他们相濡以沫,厮守在一起,拉扯三个孩子,照顾病中的葛大林。在日子往复中,他早就把葛大林当成亲人了。

后来发生的事,让他猝不及防,他恨过葛大林。在葛大林最需要他的时候,他出现了,如今葛大林好了,就消失了,再也不需要他了,留下三个没娘的孩子。他也想恨杜小花,可每次想起来,都是她留给他的美好的音容笑貌，她和他生活的日子里，是真诚的，每个细节，每个眼神都刻在了他的心里。想恨，却恨不起来。

这些年，他不知做过多少关于杜小花的梦。每次梦见，杜小花都不说话，不远不近地站在他的面前。他向前，她就退后，和他始终保持着恒定的距离。每次从梦里醒来，他的泪水都打湿了枕头。清醒时，他也会想到葛大林，恨意就升上来。后来又过了些时日，孩子们渐渐大了，相继着和他一起淘金了，葛大林就慢慢从脑子里淡去。只剩下杜小花，梦一样地缠绕在他的走神中。如果没有三个孩子为证，他甚至觉得杜小花只在他梦里出现过。

当他被胡庄子手下的人，带到双峰山时，他起初以为是因为狗头金被土匪绑票了。可到了山上，见到了迎接他的葛大林。他从马上下来，葛大林一下子就把他抱到怀里，拍着他的后背说：右岸呐，我对不起你。两位年过半百的人，相拥而泣。当葛大林把他领到杜小花坟前时，他对葛大林所有的怨和气，一瞬间就烟消云散了。

现在他们每天都要到杜小花坟前坐一坐，一如从前。

葛大林就梦呓般地说：小花一直惦着你们，念着你们。每年我都要陪她下几次山，去小金镇看你们。看三个孩子长多高了，看你的身子骨是不是还硬朗。

他听葛大林这么说，"哇"的一声，孩子似的哭了起来。他俯下身子，伸手揽过她的坟头，觉得她就在自己的怀里，他的哭声，她一定能听到。

葛大林就低下头：当时我也想过，带小花下山和你们一起过日子，还和从前一样。说到这，葛大林眼里也蓄了泪水，望着天说：

可我也是个男人呀,杜小花是我女人,给你留下三个孩子,可我什么也没有。我心里不舒坦呢,觉得杜小花是我一个人的,不想被别人占有。葛大林说到这就啜泣起来。

陈右岸跪下来,冲着杜小花和葛大林叫了声:师傅,我恨过你,发过誓,找到你把你的皮剥了。现在我想通了,我的一切都是你给的。要不是有你,我就不会有三个孩子,更不会有过杜小花。

后来,两个男人就又哭在了一处。他们哭哭笑笑一阵子,就平静下来,又安静地坐在杜小花的坟前。

葛大林又幽幽地说:小花死后,她就给我托梦,说是放心不下你和三个孩子。她还想像以前一样,咱们一大家子生活在一起。停了片刻,葛大林又说:这么多年,右岸我也想你,想你当徒弟的时候,想我瘫在床上,你对我种种地好。人心都是肉长的,我咋能忘呢。

两人说累了,就半躺在杜小花面前,他们嘴里各含了一支草棍,望着天上的云,慢慢地在他们眼前飘过。

他们说着聊着,日子就别样起来。守望着他们共同心爱的女人,他们满足又留恋。

陈右岸望着天说:师傅,咱们死后,也埋在这里,陪着小花,还像咱们这辈子一样。

葛大林就说:不,下辈子让小花选。选中了当丈夫,选不中当儿子。

两人说完就哏哏地笑起来,似乎回到了少年。

黎明时分,双峰山的人呼呼啦啦地回来了。小桃被救了出来,骑在马上,白着脸,一副受了惊吓的样子。陈大走在地上,牵着小桃骑的马，一脸沮丧。在队伍后面，胡庄子背着葛大林。葛大林中了小孤山土匪的散弹枪。

子夜时分，胡庄子带着双峰山的人，冲进了小孤山王老虎的老窝子里。他们还没睡，在吃肉喝酒。他们等着陈大来送狗头金。没料到，双峰山的人出其不意地端了他们的老窝。很快小孤山的土匪就四散着溃败了。他们在山后的窝棚里，找到了被绑在那里的小桃。正当他们的人马准备撤出时，四散的土匪，又一次把他们包围了。胡庄子不想和小孤山的人纠缠，让人骑在马上冲出去。葛大林叫过几个人断后，在下一个山坎时，马失前蹄，从马上摔了下来，被追上来的小匪打了散弹枪。

葛大林是胡庄子一路背回双峰山的。回到双峰山，葛大林还没有咽气，当陈右岸跌撞着奔过来时，葛大林还冲陈右岸挤出一丝笑。断续着说：人的命都有定数……陈右岸就捉住葛大林的手，喊着：师傅，你躺下了，我还像以前那样照顾你，一直把你养好。

葛大林歪了一下头，有气无力地：我该找杜小花去了……她需要人陪了……我做过梦了。说完露出一脸灿烂的笑，头一歪，再也叫不醒了。

葛大林埋在了杜小花身旁，两个墓地合在一起，比杜小花一个人时又大了不少。

陈右岸把陈大、陈三叫到坟前，他冲两个儿子说：跪下。陈大和陈三就跪在了地上。

陈右岸说：你们从小不一直都在找娘么，眼前土里就埋着你们的娘。

陈大和陈三冲着坟,磕了无数次的头。自从杜小花失踪之后,他们一直哭喊着找娘,时间久了,觉得再也找不到了,没料到,娘却神奇地出现在双峰山。这一切就像一场梦。

陈大和陈三护着小桃回到家里时,第二天小桃就流产了。小桃爹一声娘一声在炕上打着滚地叫,血水慢慢就浸湿了半铺炕……

小桃在将养身体的一天,一辆牛车由远及近地停在了陈大家门前。小桃的父母和弟弟从车上下来,他们不由分说,把小桃带走了。

陈大把好话说尽,小桃家人仍执意把小桃带走。当小桃被爹娘搀到牛车上时,陈大跪在了车前,一迭声地喊:你们不能带走小桃哇。

小桃爹走到牛车前,慢条斯理地说:当初我们信了媒婆的话,说你们家淘到了狗头金,以后就会过上好日子。小桃爹抬头打量一眼陈大破败的土屋,叹了口气:你不仅没让小桃过上一天好日子,还让她跟你们担惊受怕。这日子我们过够了。

小桃爹说到这,拉过牛缰绳从陈大面前绕开,向前走去。

陈大就撕心裂肺地喊了一声:小桃哇……

小桃坐在牛车上,早就哭红了眼睛。

小桃爹用鞭子抽在牛屁股上,牛就迈开步子向小金镇外走去。小桃爹扭过脖子丢下一句:陈大,以后你真正过上好日子了,再来接小桃吧。

小桃被她爹的牛车拉走了,陈大一头扎在院外的地上。他眼前的天塌了。

最后的狗头金

陈大蹲在自家院子里，黄皮子明显地老了，躲在树荫里，伸着舌头流着口水。在陈大的眼里，黄皮子的皮毛已不再鲜亮，走起路来也总是磕磕绊绊的。想着黄皮子刚抱到家里时，它还是只奶狗，眼睛都没睁开。这些年，陪着爹又陪他们一次次进山淘金，苦也吃过，累也受过。陈大望着黄皮子，就想起了爹。这次在双峰山上见到了爹，也见到了埋在山窝里的娘。他和陈三临下山时，爹和他说：再也不走了，我要在这里守着你们娘。爹找了半辈子娘，终于找到了，连同葛大林。爹的日子又回到了从前。

想到爹的归宿，陈大心里就踏实下来，在他的想象里，爹没有比现在更好的归宿了。他以后就用不着为爹牵肠挂肚了。小桃被接走了，他的心似乎也被掏空了，想起小桃进陈家的门至今，没过上一天好日子，却每日活在提心吊胆中。小桃的爹娘是为了狗头金才答应嫁给他的，可小桃连狗头金都没仔细看过一次。家里第一次来土匪，爹在夜半把陈大叫醒，让他连夜从炕洞里把狗头金掏出来，爷俩做贼似的又把狗头金埋到了后院的树下。爹被双峰山的人连夜带走的那天晚上，陈大又想起了狗头金，觉得狗头金埋在后院也不安全。又连夜爬起来,当他又一次把狗头金抱在怀里时,小桃影子似的飘到了他的身边,紧张得语无伦次地说:陈大,让我再看眼狗头金吧,上次和我爹一起就看了一眼。此时的陈大心思已经不在狗头金上了,他满脑子都是爹。见小桃这么说,心不在焉地把狗头金抱到屋内,小桃用火镰打了半天火,才把油灯点着。陈大的心里觉得抱着的不是狗头金,而是一枚炸弹,他火烧火燎地把包裹在狗头金身上的兽皮掀开一角,狗头金的本来面目就露了出来。在油灯的反光下,狗头金似乎把整个屋子照亮了。小桃颤抖着身子还想凑上前来看个真切。陈大一口吹熄了油灯,压低声音说:我得把狗头金送走了。陈大像急着拉一泡屎,蹿出房门,隐遁在暗夜里。

那天晚上,陈大把狗头金深埋到了院外的树林里,心才又安了一些。回到炕上,挨着小桃躺下,发现小桃的身子还在抖。小桃抱过他一只臂膀,脸也贴在上面,似呻似唤地说:狗头金是好,可咱家自从有了狗头金,发生了太多的事了。是不是人们传说的,咱们没有狗头金的命呀?

陈大心绪不宁地翻了个身子,他又想起因为狗头金死在大金沟的二嘎子和豆芽子,还有深夜里被带走的爹,心又一次乱了起来。

陈大被太阳晒得昏昏欲睡,又一次想到小桃,心就刺疼了一下。他后悔那天晚上,没有让小桃好好看一眼狗头金,要知道小桃被接走,就是让她抱一抱,搂着狗头金睡一晚上也是好的呀。陈大后悔不该这样对小桃了,恨不得要抽上自己两个耳光。他又想到小桃这次被土匪绑上山,回来后流产的景象,心就再一次被丢到油锅似的。

陈大看见黄皮子费力地撑起头,谛听着什么,少顷,它紧张起来,挣扎起身子,趔趄着向后院走去。路过他身边时,还紧张地看了他一眼。

陈大听到脚步声向院外望过去,陈二走在前面引路,身后跟着马翻译官,走在最后面的是那个扛着枪的日本兵。走到门前,陈二停下脚步,用脚把院门踢开,长驱直入地来到陈大面前。陈二高高在上地望着陈大,阴阳怪气地说:听说我嫂子被娘家人接走了?

陈大没说话,把身子往回收了收,更紧地靠在墙根上。陈二说:大哥,你行呀,贪财不要命了。土匪绑票你不交出狗头金,如今小桃被接走了,你还在这躲清闲。行啊,有你的。

陈大不想听陈二的话,闭上了眼睛。

陈二就说:我今天来不是和你套近乎的,是日本人让我带他来取狗头金。日本人说了,他们需要狗头金,拿着狗头金去找金矿。要是金矿开成了,你这只小小的狗头金算个屁呀,整片山里埋的都是黄金。

陈大睁大眼睛望着陈二。

陈二:我请不动你是吧,太君说了,让你和我们走一趟。

日本兵就把刺刀探过来,在陈大眼前明晃晃地亮着。井边站立不稳的样子,刺刀不住地在陈大眼前晃。陈二借机,连拉带拽地把陈大拖了起来。

马翻译官就说:带到镇公所去说话。

陈二在陈大后背推了一下,陈大趔趄着向院外走去。井边把枪从肩上摘下来,枪刺抵在陈大后背不远处,三个人簇拥着陈大向镇公所走去。这样的景象又一次惊动了小金镇的人,有的拥出家门,有的把门开了一条缝,麻木地望着陈大被人押走。

陈大等人离开后,黄皮子才从后院挪出身子,蹲在院子里,伸长脖子想叫上几声,想起了什么似的,又一次把身子缩起来,挣扎两下,又趴在院子里,望着空荡荡的家,满眼的悲凉。

镇公所院内有几棵树,东倒西歪地立着。一进镇公所的院内,井边的枪就把陈大抵在一棵树上。马翻译官努了下嘴,陈二回屋内拿出一条绳子。粗暴地把陈大推在树上,用绳子一圈两圈地把陈大捆了个结实。一边捆还一边说:陈大,你还记得用绳子捆我吧,现在被捆的滋味你知道了吧。

陈大闭着眼睛,任凭陈二在自己身上捆绳子,终于陈二在陈大身后系了个死结,气喘着说:绑你的人不是我,这是太君的命令。

井边见陈大已经绑上,似乎自己也折腾累了,找到树荫处,那里放了一把椅子,他坐过去,抱着枪,闭上眼睛,半睡半醒地望着眼前的一切。

马翻译官见井边躲到了一边,上前两步站到陈大面前,慢条斯理地说:知道了吧,是太君现在需要那只狗头金,日本人要找金矿。说到这,马翻译官停了下来,想了想又说:打个比喻吧,就像药引子,一服药没有药引子就是一碗白开水,有了药引子那就不一样了。只要你把狗头金拿出来,让日本人找到金矿,你就是日本人的功臣。

陈大把眼睛闭上。

马翻译官望了眼陈大,绕着陈大连同那棵树转了三圈,最后又把目光落到陈二的脸上。陈二马上凑过去,立在陈大面前,用脚踢了一下陈大的脚说:大哥,别敬酒不吃,吃罚酒。太君的忍耐是有限度的。把太君惹急了,看到他手里的枪没有,说让你没,你就没。你是我哥,太君才手下留情。把狗头金交出来,一了百了,就啥都没事。

陈大眯着眼睛望了眼陈二,陈二感到陈大目光中透出的寒气,他下意识地倒退一步,吸了口冷气道:你要是真不交,就在这里等死吧。

陈三听说大哥被绑到了镇公所,放下正在做着的豆腐,急三火四地跑了过来。他跑来时,陈大已经被绑在树上了。他看见日本兵井边抱着枪坐在椅子上打盹,马翻译官和二哥躲在阴凉处在吸烟。他奔过去,叫着:大哥,哥……

陈大睁开眼睛,望眼陈三小声地:你回去,这里没你的事。

陈三转身又冲陈二,犹豫了一下还是叫道:二哥,你绑的可是亲大哥,你咋能下去手。

陈二把烟屁扔到脚下,站起身,懒着声音说:老三你来得正好,只要你劝他把狗头金交出来,我这面求日本太君立马放人。老大要财不要命,我有啥办法。

陈三就带着哭腔说:二哥,求求你,把大哥放了吧。

陈二摊了一下手,指了下坐在椅子上的井边说:这么大的事我说了可不算,要求你求太君去吧。

陈三这时望向井边,井边正睁开眼睛,混混沌沌地望向他。

那天,陈三陪在陈大身边一直站到晚上。自己的肚子咕噜响了几声,才醒过来,冲陈大说:大哥,我去拿吃的去。

不一会,陈三端来了饭还有水,送到陈大面前,陈大摇着头,又把眼睛闭上,陈三把水递到陈大面前,陈大也拒绝喝水。

陈三就一边哭一边说:大哥,你得吃饭呀,不吃这是要死人的。

陈大想着被接走的小桃,他的心在流血,急火攻心,他什么也吃不下。陈二把他捆在树上,让他受了皮肉之苦,竟然觉得流血的心才得到了某种缓解。

陈三又陪着陈大在树下站了半宿,是陈大又一次用话激他才把他赶走。

陈三回到家后,马菊红还坐在灯下等他。陈三看见马菊红,想着大哥的样子,他真想哭出来。马菊红望着陈三,冷静地说:我和你说件事。

陈三把眼泪忍住,望着马菊红灯下那张冷静的脸。

马菊红说:陈三你记着,从今个起,咱们和那只狗头金没关系了。

陈三吃惊不解地望着马菊红。

马菊红又说:狗头金是祸不是福哇。

陈三打了个冷战。

马菊红:自从有了那只狗头金,你想想发生了多少事。

陈三想到了二嘎子、豆芽子,还有爹,如今的陈大,还有被接走的小桃,桩桩件件,都和狗头金有关。

马菊红:咱们没那个命,你记着从今以后,咱们再也不惦记狗头金了。我只想和你平安地过日子,陈三你得答应我。

马菊红深情地望着陈三,陈三带着哭腔应道:我答应你,咱们平安地过日子。

陈大不吃不喝一连被绑在镇公所的树上三天。最后陈大已经半昏过去了,是马翻译官和陈二拖着陈大,把他扔到了镇公所外的大街上。

陈三把陈大背回家时,已经是深夜了。陈大躺在炕上,喝下了陈三递过来的水。挣扎起身子,半倚在墙上说:三儿,你去把二嘎子爹、豆芽子爹、三胖子娘请过来。

陈三知道大哥有话要说,应了一声,开门便出去了。不到一个时辰,三个人睡眼惺忪地聚集在了陈大面前。他们缩着身子,把目光试探着投向陈大。陈大在灯影里,把几个人也打量了,清清嗓子说:叔、婶,为了那只狗头金,我该做的都做了。这些年是我领着大家伙去淘金,当初咱们说好了,那只狗头金人人有份,不是我一个人的。家里遭了这么多事,我是留不住这只狗头金了,叔叔婶子,谁能把狗头金带走?

先是二嘎子爹低下了头,然后是豆芽子爹。三胖子娘就说:陈大,你是这拨人淘金的金主,你说了算。狗头金还是放你这合适,有一天兑现了,分我们一份就是。

是呀,我们都听你的。狗头金放我们这不合适,二嘎子爹和豆芽子爹也随声附和。

陈大又气喘了一会:你们真的没人肯把狗头金拿走?

三个人不由自主地退后了一些,更紧地缩紧身子。

三胖子娘在暗影里说:不了,放你这,我们信得过。

陈大就沉默下来,依次地望向二嘎子爹、豆芽子爹和三胖子娘,曾经熟悉又亲切的叔婶一下子变得陌生起来。他们一律都麻木着表情,恨不能把身子退到门外去。陈大又沉默了一会,叹了口气道:这么晚了,还有劳你们来我家,对不住了。陈大勾起身子,跪在炕上。

先是三胖子娘:时候是不早了,我们走了,陈大你好好的。我

最后的狗头金·215

们都信你的。

二嘎子爹和豆芽子爹也喏喏地应和着，他们很快离开，消失在暗夜里。

陈大就麻着身子跪在炕上，看着屋内的空旷，他又一次掏心挖肺地想到了小桃。他慢慢移动身子下炕，先是扶着墙移到门外，深吸了几口气，扎紧腰带，推开院门，向门外走去。黄皮子犹豫一下，摇晃着身子随在陈大身后。

黄皮子先是看见陈大走进了树林，吭哧着费了好大力气，把一棵树下的狗头金挖出来，抱在怀里，身子摇晃了一下。然后挣扎着向林外走去，它随在陈大身后。看到陈大穿过林地，又穿过街镇，向河边走去。正是雨季，额尔古纳河的河床又宽阔了许多，又急又快的河水，湍急着滚去。陈大抱着狗头金在河边立了一会，然后它看见陈大向河水里走去，水先是没过了腰，又没过了头顶，陈大不见了。过了许久，在暗影里，它才看见陈大水淋淋地又爬到岸上。趴在地上大口地喘息，半晌，又是半晌，陈大摇晃着站了起来。摇摇晃晃地向家的方向走去。陈大的手是空的,那只狗头金已经不见了。

黄皮子随陈大又走回到了树林旁，陈大扶着一棵树在休息。黄皮子也觉得自己身上一点力气也没有了，寿命将尽，它用最后一丝力气，朝家的方向望了一眼，又最后看一眼陈大。借着夜色它向林地深处走去。走到深处，它卧了下来，谛听着陈大的脚步声一步步向家的方向走去。它闭上了眼睛，眼角流下两行泪水。黄皮子再也没有走出那片林地，它完成了一条狗的使命。

不久之后，人们发现陈大疯了。

沉默的小金镇

陈二敲着锣,马翻译官手举着支铁皮喇叭在小金镇一遍遍地吆喝着:太君命令,为了小金镇长治久安,收缴猎枪火铳。叫井边的日本兵,把长枪扛在肩上,枪上的刺刀,随着他的身子高高低低地起伏着。

小金镇的人,有的站在街上,伸着头,立住脚,仔细听着马翻译官喊话的内容。还有在屋内的人,把门推开一条缝,头夹在门缝里,支起耳朵一遍遍地听。起初以为听错了,拨拉几下耳朵再听。没有错,马翻译官喊的就是收缴小金镇住户的猎枪、火铳。

收缴猎枪对小金镇来说,是件非同小可的大事。自从有了小金镇,这里就分成了两拨人,一部分人以淘金为生,另一部分人守家待业,开荒种地。不论是淘金的还是种地的,冬闲的日子都是以狩猎为主。一年的柴米油盐,针头线脑都依赖皮货买卖。每年小金镇都会来几拨收皮货的老客,大家都知道小金镇的皮货好,价钱也合理,于是一拨又一拨收皮货老客总爱来小金镇收皮货。狩猎自然家家都会有猎枪、火铳。这几年小金镇土匪闹的次数少,也和家家户户有猎枪和火铳有关系。在小金镇人眼里,猎枪是他们生计的需要,也是看门护院的武器。

几年前，小金镇闹过匪，这都是隐藏在附近山里不入流的一些小匪，他们的能力不足以保证他们去抢劫大户人家，凡是大户人家都有看门护院的家丁，有的还在院子里修筑了枪楼。家丁每天每晚就在枪楼里站岗放哨，一有风吹草动，吆喝着更多的家丁，占据炮楼的位置，居高临下。没有点实力的土匪，只能对这些大户人家望而却步。小匪们便把精力用在了这些平民百姓身上，比如抢几件皮货，或者淘金人还没来得及变现的金沙，更有甚者，就是晾晒在院内的衣服，他们都不肯放过。

之前有一户姓肖的人家被打劫了，这也是一户淘金人家，父亲领着两个儿子淘金，刚从山里回来的晚上，一股小匪就冲进了他们院子，父亲拼命抵抗，屋内人冲屋外开枪，屋外的小匪到房顶，欲点火把屋内的人熏出来。两拨人就僵持在屋内屋外。

姓肖的这户淘金人，恰巧和耿老八一家是邻居。耿老八是猎户，家里也有两个儿子。方圆一带，没有人能和耿老八比枪法。别人狩猎枪管里大都装着散弹，散弹杀伤力面积大，命中率就高。缺点是这种没准头的射击，很容易伤了动物的皮毛。耿老八从来不用散弹，枪管里装的都是独弹，不论什么动物，只要走进他的视野，很难逃离他的枪下。耿老八的独门绝技就是对眼穿。独弹射出去，不偏不倚地会从动物的这只眼睛进，另外一只眼睛出。

耿老八神枪手的地位在小金镇没人可以撼动。当肖姓人家和土匪对峙焦灼之时，耿老八带着两个儿子挺身而出，几次射击就把到房顶上的小匪击伤跌落到房下。

耿老八手下留情，射中的都是小匪的腿，众小匪知道遇到硬茬子了，嗷叫一声，抬着受伤的同伴，屁滚尿流地走了。从那以后，小金镇再也没遇到过明火执仗的土匪，顶多就是偷偷摸摸绑个人票。小金镇这些年的太平和猎人手里的枪不无关系。

日本人的镇公所要收缴每家每户的枪支，众人都激愤起来，聚在一起三三两两地商议着对策，发泄着不满。

陈二敲着锣，马翻译官一遍遍喊过了，只见小金镇人的骚动，不见有人把枪拿出来。陈二就收了锣，冲马翻译官说：我家有一把火铳，我带个头，把它拿出来。

两人在前，日本兵在后，拐了一道弯，一前一后地就向陈大家走来。自从小桃被她爹接走，陈大疯了，陈大的家就不成了样子。小桃养的几只鸡，有的飞到了墙头，有的飞到了房顶上，没人饲喂，只能自己无法无天地到处觅食了。院子里也满是鸡屎，还有一些树叶子飘散了一地，屋内更是猪窝一样。陈二带着人走进陈大院子时，陈大正倚在院内的墙根上，光着上半身，举着衣服捉虱子。捉到一只，就扔到嘴里嚼了，还做出古怪的表情。陈二走进来，径直走到陈大面前，陈大正把一只虱子丢到嘴里。陈二就说：陈大，狗头金呢？陈大的目光顺着陈二的腿抒上来，望着陈二的脸，古怪地笑着说：狗头金飞了……陈大那次半死地在镇公所被放出来后，陈二找过陈大几次，陈大就是这副样子，每次都和他说：狗头金飞了。他自然不相信陈大的话，但陈大疯了却是事实。冲着一个疯子要东西，简直是件没影的事。但陈二不死心，每次见到陈大，还是要问一遍。

陈二看见陈大的样子，厌恶地扭过头，不再搭理陈大，径直进门。走到东房,那把火铳就挂在墙上,上面落满了蜘蛛网。陈二毫不犹豫地把火铳摘下来,夹在腋下,走出门去。这把火铳是爹留下的,他们以淘金为主,狩猎时,火铳是用来防身的。每次狩猎都是爹扛在肩上。有几次遇到熊瞎子和野猪这种大型又凶猛的猎物,都是爹打响火铳把动物引开,才换来他们的安全。

陈二腋下夹着火铳走出院子时,陈大突然在后面说了一句:那是爹的枪。陈二立住脚再次去望陈大时,陈大就一脸糊涂状,把衣服扯过来,放到嘴里去咬。

陈二回到镇公所门前,把火铳扔到地上,到现在,仍不见有猎户把枪送过来。陈二就冲马翻译官说:小金镇的人我太了解了,敬酒不吃,吃罚酒。必须得给他们点颜色看看。

陈二在前,马翻译官在后,日本兵晕头晕脑地随在后面。接下来,陈二就开始挨家挨户地收缴猎枪了。有的枪还在墙上挂着,有的藏到了柜子里,更有甚者,在后院挖了个坑,把猎枪埋到了土里。这一切都难不倒陈二,总能循着蛛丝马迹,把人们藏起来的猎枪找到。

半天工夫,镇公所门前就堆了几十支猎枪。马翻译官不知从哪找来了半桶煤油,泼在这堆猎枪上,陈二点着了火,猎枪在火的燃烧下,发出"吱吱"的叫声。有的枪筒里还装着火药,被火点燃后,发出"砰砰"的爆炸声,像过年放的鞭炮。

小金镇的人涌出家门,默然地站在不远不近的地方,望着那堆由盛到衰的火焰。那堆火里,就有他们家的猎枪。是不知道多少张兽皮才换来的猎枪,是他们维持生计的家伙。他们的目光又越过火堆,望着不远处立着的那个叫井边的日本兵。最后把目光就聚在井边怀里的枪上。枪是真枪,冒着油光,刺刀在阳光下闪着寒光。他们心里不怕陈二和马翻译官,因为他们都是中国人。甚至也不怕个子矮小的井边,但井边怀里的枪却是真家伙。他们望着真枪,心头冒起的怒火,渐渐地熄了。只能悲哀着,麻木地望着那堆渐渐熄灭的大火。

小金镇总有不信邪的人。耿老八五马长枪地提着猎枪,从家门里冲了出来,他一边跑一边喊叫着:王八犊子日本人,我们猎人手里的猎枪碍你们啥事了。狗屁长治久安,你们来到我们这疙瘩才是为难我们,还想收我们的枪,吃饭的家伙都没有了,还让我们咋活呀……他奔跑着,随着离镇公所距离拉近,他把猎枪抱在怀里,做出随时准备射击的样子。后面是他两个如狼似虎的儿子,他们每个人手里一把猎枪。两个儿子随耿老八打猎多年,早就练就了和耿老八差不多的本事。打仗亲兄弟,上阵父子兵,他们的阵势,恨不能一口把陈二、马翻译官,还有那个叫井边的日本人吞了。

陈二知道耿老八一家人的枪法,也知道耿老八的火爆脾气。刚才挨家挨户收枪时,他有意绕开了耿老八的家,他脑子里还没想出说服耿老八的办法,已见耿老八冲了过来。

陈二冲马翻译官大喊了一声:快跑,耿老八可是好枪法,一打一个准。说完拔腿向镇公所院内跑去。

马翻译官惊恐地冲井边喊了几句日语,身子也向后退去。

耿老八已经红了眼,猎枪就是他的命,收他枪的人就是他的敌人。他的枪已瞄准了日本人井边的头,再近一些,他就可以射击了。他有把握一枪打烂井边的头。

"嘎叭"一声,枪响了,耿老八一头栽倒在地上。倒地的瞬间,手里的枪也响了,那颗装在枪里的枪,贴着井边的头皮飞了过去。

耿老八的两个儿子,见爹倒下了,知道这是日本人先下手了。他们顾不上许多,举着枪就冲了过来。"嘎巴,嘎巴"又两声枪响,两个儿子前后倒在了地上。

一下子世界都安静下来。

小金镇的人多年以后还记得,那堆小山似的枪在镇公所门前燃了三天三夜。

耿老八和两个儿子的尸体一直没人敢来收。第四天的时候,疯子陈大先是扛起耿老八的尸体,他嘴里念念有词,疯疯傻傻地向额尔古纳河走去。他把耿老八放到水里,冲耿老八说了一句:走吧,走吧,别再回头了。接下来,他又把耿老八的两个儿子,先后地背走,同样放到河水里冲走了。

陈大做完这一切,已经是晚上了,他水淋淋地走在街上。家家户户把门打开一条缝,望着陈大的背影。有人说:陈大仁义,疯了也没变。从那以后,陈大家的院子里,经常有人放一块饼子,半碗菜汤什么的。小金镇人,默默地同情着好人陈大。

探金队

这个秋天还是如约而至地来到了小金镇,先是树叶打卷了,然后变黄了,性子急的树叶,已经从树干上飘落下来了。

最先有反应的是柳荫巷的那些女人,她们把花花绿绿的被褥拿到外面晾晒,像一面又一面飘扬的旗帜。女人们也换上了秋装,描眉画眼地提前做着准备。她们歪斜着身子,倚在门框或者墙上,有的嗑着瓜子,有的叼着烟,斜着眼睛打量着过往的行人。在淘金的日子里,小金镇很难见到年轻人,只剩下一些老人,佝偻着身子,缓慢着在小金镇的街巷里走过。

陈二是这个时间里,经常光顾柳荫巷里的常客。他每次来还是找春花,春花是让他变成男人的第一个女人。大金镇的红房子,他经历了一些女人,虽然那些女人一次次让他欲仙欲神,腿软心倦,但他还是忘不了春花。

他现在每次去柳荫巷都是赊账,让赵飞燕把自己的每一次,都一五一十地记录在案。小金镇的人,都知道陈家淘到了狗头金,越传越神,有鼻子有眼。说那只狗头金,就是一个活着的金娃娃,会笑会哭,晚上还能发出奇异的光芒,就是真真的一个活着的小金人。

宋掌柜都说了，就是十个金铺，都换不来这只上好的狗头金。宋掌柜是见过狗头金的人，宋掌柜的话，小金镇的人信。

陈二每次都赊账，他仍然是柳荫巷的座上宾。他每次去见到春花，从不让她涂脂抹粉，而是让她把脸洗干净，素颜见他。他喜欢她干净的样子。素颜的春花脸很白净，有三两颗雀斑在她的脸颊上，显得她更生动俏丽。春花的年纪还小，皮肉紧绷着，每次和他在一起都是活力无限。

陈二已经答应春花了，等狗头金变了现，他就把春花从柳荫巷里赎出去，然后两个人明媒正娶地结婚。春花自然是一百个欢喜，她伏在陈二的胸前还流下了幸福的泪水。

有一次，春花伏在他的耳边，想起了什么地说：当家的，我问你件事呀？自从陈二答应把春花赎出去后，春花就对陈二改变了称呼，把他称为"当家的"。这是小金镇女人对丈夫的称呼。

陈二正闭目养神，他"嗯"了一声，算是答应了。

春花就大胆地说：听人们说，二嘎子和豆芽子都是你害死的，有这个事吗？

陈二听了，陡然睁大眼睛，又一虎身半坐起来，急赤白脸地说：他们胡说，是为了狗头金，他们陷害我。二嘎子是解大手跌落到悬崖下摔死的，豆芽子是睡觉冻死的。我可以向老天爷发誓，要是我做的，我出门就摔死。

春花见陈二诅咒发誓的样子，忙又劝慰起来，拍着他的脸，扶着他的身子，一遍遍安慰道：人的心海里的针，深究不得。当家的，你别往心里去，你一定是被人冤枉的，别人不信，我信。

春花又一次把自己软软的身子投到陈二的怀里。陈二此时的心却是七上八下的，寡淡得没了滋味。

爹消失了，就像当年的娘，说走就走了。陈大从土匪窝子里把小桃赎出来，人就疯了。有几次他从陈大面前走过，去打招呼，陈大就像不认识他一样。他现在不担心爹，也不替陈大发愁，他是担心那只狗头金，不知陈大到底藏到哪了。一想起狗头金，心里就更杂乱起来。暗自发誓，一定要找到狗头金，变成自己的。他几次找到疯癫的陈大，打探狗头金的去向。陈大散乱的目光越过他的头顶，嘴里喃喃地说：黄皮子走了。他这才意识到，他家那只狗也不见了踪影。

又是一天的下午，太阳西斜。有一排大雁，列着队鸣叫着向南飞去。小金镇的一些闲人，扯着脖子，正在望着南飞的大雁。就听见江边有人喊：小火轮又来了，是日本人的小火轮。

人们就朝江边疯跑过去。在小金镇的记忆里，小火轮是第二次光顾小金镇。小火轮靠岸的刹那，还拉响了汽笛，沉闷的汽笛声穿透小金镇，在空空荡荡的秋天里回荡着。

这一次人们看见，从小火轮里下来许多人，有的穿着军装，腰上或肩上挂着枪，也有一些穿便服的中国人和日本人。他们从轮船上搬下许多箱子，箱子都很沉很重的样子。这群人有的说日本话，有的说中国话。日本话人们听不懂，中国话他们能听懂几句：小心，这是贵重仪器，别碰坏了……诸如此类的。

小金镇突然来了这么多陌生人，说着南腔北调的话。他们很快在河边的空地上，就立起了一排帐篷。帐篷的颜色是土黄的，和日本兵的军衣颜色差不多。

这些人的到来,让小金镇一下子热闹了起来。

陈三在人群里,也看到了这些人,他又悄悄地溜走,来到了陈大家门前。他左右看了看,见没人注意自己,翻过院墙跳到了陈大院里,又推开了房门。

陈三冲陈大说:哥,陈二没说假话,小金镇来了一群人。看来,他们真是找金矿的,还带来了许多家伙。

陈大望着陈三,眼神仍然痴怔,似自言又似自语:你去双峰山。

陈三想到了豆腐坊还有马菊红,摇了摇头道:我倒要看看,日本人到底要干啥。要钱咱们没有,要命就是一条。

陈大摇了摇头,又说起了疯话:人的命天注定。恶有恶报,时候未到。这一阵子小金镇上的人经常听陈大自语着这句话。

陈三说:哥,你可得把狗头金藏好了,要不早晚落到陈二手里。

陈大听了陈三的话,又痴笑起来。

陈三就说:哥你照顾好自己,明天我给你送豆腐来。菊红说了,让我忘掉狗头金,咱们没那个命,镇不住这意外横财,会遭天谴的。

陈三说完就走了。

陈大望着陈三的背影消失在院外,暗自叹了口气。

探 矿

日本人的探金队轰轰烈烈地来到了小金镇。小火轮丢下一船人,鸣叫着又逆水而去,没过多少时日,小火轮又开了回来,运来更多的人。

眼见着黑龙江和额尔古纳河渐渐地封冰了。进山淘金的人,陆续地出山了,他们被小金镇的变化惊呆了,张大嘴巴,望着小金镇人声鼎沸的样子,不知小金镇发生了什么。

又过了一段日子,小金镇的人看见,马翻译官腋下夹了一沓纸,陈二手里提着褙糊筒,后边跟着叫井边的日本兵。三个人每到一处,陈二就在墙上、树干上刷一层褙糊。马翻译官把腋下夹着的纸抽出一张,贴在糨糊处。三个人从早晨一直贴到天黑,小金镇大街小巷,犄角旮旯都贴出了这样的纸张。

人们凑过去,有识字的人就大声地念出来:告示,从即日起,小金镇镇公所,成立探金队,招收大量有淘金经验的淘金工人。后面还写着待遇等。

围在告示下的人,有许多是刚从大金沟淘金出来的人,日本人反其道而行,大冬天的招工人,他们从来没遇见过。不知道大冬天的如何淘金。人们交头接耳议论纷纷，有明白的人，一边看着告示，一边手托下巴思忖着道：人家这不是淘金，是探金。探金是不分季节的。

果然，没几日，从封冻的额尔古纳河的上游，开来几辆日本人的军车，军车上拉着他们没见过的设备，设备又被一层军绿色的苫布蒙住了。日本人为了成立探金队，从大金镇方向，前前后后，已开进了几批人了。他们在小金镇的空地上，安营扎寨，热闹异常。

镇公所门前摆了一张桌子，马翻译官坐在桌子后面，风吹乱了他的头发。陈二不知从哪里借来了一面锣，一边敲一边大声地喊：想加入探金队的，在这里报名了。他一遍遍地喊，像街头杂耍的热场。井边立在一旁，他已经换上了棉军装，依旧肥大，他木着表情，像一只石头墩子戳在那。

已经有一些人陆续地开始报名了，每个报名的人，拿着马翻译官的一张纸条，就会到日本探金队里，领取一套棉衣，一沓满洲国的金圆券。自从日本探金队开拨到小金镇之后，这种纸质的金圆券便出现了，它像银元和铜板一样，开始在小金镇流通。刚开始人们接受不了这些纸币，怕被骗了，不敢接收。有见过世面的人说：在外面，这种金圆券早就流通了。和银元铜板一样，都是硬通货。后来，有好奇的人，拿着金圆券到金铺的宋掌柜那里求证，得到了宋掌柜认可。有人还用这些金圆券在宋掌柜那里换了一些碎银，人们这才踏实下来，接受了满洲国的金圆券。

凡是报名参加探金队的人，一律驻扎在探金队里。探金队搭了一溜帐篷，空地上埋了几口大锅，热气腾腾地煮饭、熬菜。饭菜的香气，弥漫在小金镇的大街小巷。

人们就口口相传：陈二终于成了小金镇第一个警察。人们还发现，他的腰上别了一副锃亮的手铐。同样有见过世面的人说：那铁家伙，是专门铐人的。

陈二的腰板挺得越发直了，他看人的眼光都和以前不一样了。小金镇就那么大，抬头低头的都能遇见熟人，以前的陈二还有耐心，把脸上的皮肉堆起来，叫上一声嫂子、大娘、叔叔、伯伯什么的。现在，他的脸绷着，一副六亲不认、公事公办的样子。目光不再柔和，铁面无私。熟悉的人叫了陈二，都会怔一下，然后称呼一声：陈警察。陈二就在鼻子里哼一声。

淘金人知道，从此以后，进出自由的大金沟再也不属于他们了。现在成了日本人淘金的矿，虽然现在还是探金阶段，但迟早会有矿的。日本人的车队都准备好了，车辆上拉着器材和设备。所有人都相信，大金沟一定能探出金矿。陈家兄弟在这里能淘到狗头金，这里就一定会有金矿。

一日，陈二带着马翻译官、井边，还有另外两个没穿军装的日本人，来到了陈大的家门前。陈大疯了，小金镇的人都知道。

陈二带着人来到陈大家门前时，陈大正在院子里扫雪，离很远，就听到陈大在哼唱一支下流的二人转小调。这样的小调和陈大的身份极不相配。以前的陈大在人们眼里，是个多么正经的人呢。他不仅是家里的老大，还要拉扯两个弟弟，到了淘金的年龄，他又成了淘金的主事，平时说话办事，总是丁是丁卯是卯，受人尊敬。自从在双峰山下来，小桃被接回娘家，陈大被抓到镇公所，整个人就变成现在这个样子了,小金镇的人都为陈大惋惜。好端端的一个人,被一只狗头金给害了。要是没有狗头金,陈右岸就不会被土匪绑票,陈大也不会疯。土匪下山的那天晚上,觉轻的小金镇人,都听到了马蹄声、狗叫声搅和在一起。有胆大一些的人,推开门,在门缝里看到,一群黑衣人,簇拥着陈右岸向镇外走去。过了好久,小金镇才平静下来。

陈二立在院外看着陈大叫了一声:陈大,我看你是真傻了。

陈大见了来人就把手里的扫把扔在院子里,走到墙角处,蹲下身子。眼睛盯着眼前,嘴里嘀咕着什么。

陈二打开院门,走到陈大面前,用手抓住陈大的胸口,把陈大提拎起来:今天来的除了我和马翻译官,都是日本太君,你把狗头金交出来,算是和日本人合作。要是不交出来,就是杀头之罪。

陈大听了杀头的说法,身子就拼命地抖起来。嘴里喃喃地:我不知道,土匪撕票了,黄皮子走了,恶有恶报……

陈二一甩手,丢掉一泡狗屎似的甩开了陈大。陈大的身子堆缩着蹲在院子里。

马翻译官不知冲随行而来的日本人说了几句什么,领头的穿着便衣的一个日本人,就挥了一下手。陈二忙又在前面带路,他们张扬着向陈三的豆腐坊走去。

陈三和马菊红的豆腐坊,自从小金镇来了日本人的探金队,生意异常地火爆。豆腐刚做好,外面买豆腐的人就排成了长队,只用一袋烟的工夫,豆腐就卖完了。

陈二带着人出现在豆腐坊门前时,陈三和马菊红正在院子里挑豆子。冬日的暖阳下，豆子一片金黄，马菊红绿裤红袄也异常鲜亮。陈二这些人一出现，马菊红就闪身躲进了屋里。陈三立起身子，把身子堵在门前。

陈二推开院门，向前走了两步，他的目光瞄着陈三身后的门，鲜亮的马菊红刚从门里进去。陈二就有些心不在焉地说：老三，不是我想找你麻烦，日本太君找你有事。

马翻译官这时就上前一步，上上下下地把陈三打量了一番，伸出手捋了捋三七开的头发。终于说：陈三，狗头金就是你淘到的？

陈三没有说话，望着这个马翻译官。他在镇公所门前无数次见过此人，没打过交道，两人还是第一次说话。

他不说话，就那么望着马翻译官。几个日本人，在不远处望着眼前这一幕。

马翻译官说：日本太君的探金队开到小金镇来了，多大阵仗你也知道。你把狗头金交出来，日本人探金有用。你要和日本人合作，以后吃香喝辣的，好日子在后头呢。要是不合作，你过啥样的日子我不知道，日本太君知道。

陈三避开马翻译官的目光，盯着陈二说：狗头金交给爹了，爹让双峰山的人撕票了。我和陈大都不知道狗头金藏在哪里了。陈三在陈二面前只能说谎话，想尽快把这些人打发走。

陈二的目光从豆腐坊的门洞处抽回来，瞄了眼陈三道：老三，我在爹和陈大还有你的眼里，连泡狗屎都不是。狗头金藏在哪里，你知不知道我还不清楚？马翻译官把话说到这个分上了，你的事我是做不了主了。你看着办吧……说到这，他的目光又瞟到豆腐坊的门洞处。他看到马菊红的身影在屋里一闪,又不见了。

马翻译官说:太君说了,交不出狗头金,你只能和我们走一趟了。

说完冲井边说了句日本话。井边持着枪就冲进院里,把刺刀架在陈三脖子上。陈三倒退了两步,白着脸说:你们这是大白天抢人呢,连土匪都不如。

一个穿便衣的日本人,冲陈二号叫了一声。马翻译官说:还不把他绑上。

陈二想起了什么,哗啦一声从裤腰带上抽出手铐,上前不由分说把陈三铐了起来,然后连拉带拽地把陈三拖出了院子。陈三就喊:你们这是抢人,没王法了。

马菊红突然从豆腐坊内冲了出来,她披头散发,样子骇人地大叫着:你们不能把陈三带走。

马翻译官回转身子,冲扑上来的马菊红推搡了一把,马菊红就跌在院子里。马翻译官说:他不交出狗头金,就让他给太君带路去找金矿。

马菊红哭喊着:陈三,你不能走。

陈三在陈二和井边的推搡下,已走出院外,陈三回过头来冲马菊红喊:菊红,照看好家。

说完一步三回头,被推搡着远去,身后只留下马菊红嘶哑下来的哭声。

三天后,日本人的探金队出发了。几辆拉器材的车在前,后面是穿着统一制服的劳工,他们肩扛手提着开山的工具,浩荡地向冬天的大金沟开去。

陈三走在这批队伍里,他看到了送行人群里的马菊红。于是就扯着脖子喊:菊红,你要照顾好自己……

马菊红也喊:陈三,你早点回来,我等你……

闷　棍

　　日本探金队，在那年的冬天，浩荡地开进了大金沟。热闹的小金镇，恢复往日的平静。青壮年经不住诱惑，都参加了日本人的淘金队，小金镇这个冬天，比往年还要冷清。

　　陈三被日本人强行带走，空荡的豆腐坊就剩下马菊红一个人了，她早已习惯了有陈三的日子，他帮她泡黄豆、推磨、再把豆浆烧开……每个做豆腐的环节，她只是陈三的帮手。看着陈三在热气蒸腾的豆腐坊里忙碌，她的心是踏实的，也是幸福的。她和陈三结婚，差不多有一年的时间了，自从两人结婚，就没有分开过。她早就习惯有陈三的日子。陈三一走，她的日子就空了，又回到了从前，她一个人料理豆腐坊的日子。

　　小金镇的人空了，不比往年冬天那么热闹，每年这时候，淘金的人已经出山了，整个小金镇是热闹的，大街小巷里，经常看到行走的人。豆腐坊的生意也好做。因为小金镇的冷清，豆腐坊的量就减了下来，但程序是不能少的。还是天不亮就起床了，开始磨豆子，天光大亮，她才会把豆腐摊推出去。这时她就掏心挖肺地想起有陈三的日子。想起陈三，心里似乎被什么东西挖去了一角，空空荡荡的。

她又回到了以前，准时地把豆腐摊推到门前，热腾腾的豆腐遇到冷空气、蒸气结成浓重的雾气，把她罩住。人就有种飘飘升仙的感觉。稀稀落落买豆腐的人，有时会问起陈三，话一出口，就想起几天前，陈三被日本兵带走时的场景。

陈二这些日子，经常在豆腐摊前转悠，穿着一身黑色警察制服，不知何时，胸前又多了一个铁哨子。哨子上系了个绳，挂在脖子上。他走在阳光下，铁哨子会发出反光，一闪一亮的。

陈二就一亮一闪地走到马菊红的豆腐摊前，有时会有人买豆腐，买豆腐的人转身离开时，会用余光瞄眼陈二，就当没看见。马菊红也当没看见陈二，低下头一边整理剩余的豆腐，一边吆喝着：豆腐……马菊红的声音在陈二听来，还是那么清亮。余音袅袅地颤着，他的心也跟着痒痒的。

自从马菊红和陈三结婚后，她就很少再抛头露面了。有时陈二路过豆腐坊时，故意伸长脖子往院里瞟上几眼，大都是陈三在院子里忙碌，偶尔也会见到马菊红的身影，一闪又不见了。在陈二的眼里，马菊红比嫁给陈三前更加俊俏了，腰是腰腿是腿的。他虽然没事就往柳荫巷里跑，每次都找春花，可他心底里总是冒出马菊红的样子。他到现在也弄不明白，这个马菊红为什么要嫁给陈三。他经常幻想，站在豆腐坊院里忙碌的不是陈三，而是他自己。

去年这个时候，他从大金沟里出来，他最后对豆芽子下了死手，被陈大和陈三发现了。陈大把他捆在出山的树上，要不是陈三心软，跑回去给他解开捆绑在身上的绳索，他早就冻死了，他记着陈三这个情。其实他对豆芽子下完黑手后，还想过同样对陈大和陈三下手，那时候,他已经疯了,眼睛冒火,心里中了邪,他只想把狗头金占为己有。

后来他逃到了大金沟,经过一冬的折腾,他的心火泄了,冒着绿光的眼睛也渐渐地恢复成了常态。他仍没忘记那只狗头金,他带着日本人,在陈大院里院外翻寻过了,仍不见狗头金的影子。爹被双峰山的土匪绑了票,他隐约觉得狗头金该出现了,可结果,陈大上山,又回来了。他以此判断,陈大并没有把狗头金交给双峰山的人。凭直觉,狗头金还在某个地方藏着。

陈大家他带着日本人和马翻译官里里外外已经翻遍了,仍没见到狗头金的影子。依此推算,那只狗头金应该藏在陈三这里。他把陈三带走,交给了日本人,他原本以为,陈三胆小,很快就能招出狗头金的藏身地点,结果,陈三铁嘴钢牙,宁可让日本人把他带走去探金矿,也不交出狗头金的藏身地。

陈三被日本人带走进山的前一天,他来到了陈三的关押地,陈三就像没看到他似的,扭着脖子留给他一个背影。他从身后拿出一只烧鸡,烧鸡用麻纸包着,他摊开在陈三面前。又从裤兜里掏出一瓶酒蹲在地上,他自己也蹲下身,叫了一声:老三,二哥为你送行了。

陈三不说话,仍把后背留给他。

他仍说:这次和日本人进山,不知什么时候能出来。我打听了,日本人这次进山是找金矿的,找不到金矿,他们是不会出山的。

陈三在流泪,肩膀一耸一耸的。陈二望着陈三的背影,心里暗笑一下。撕下一只鸡腿,站起身,绕到陈三的正面,把鸡腿递给陈三道:三,二哥是为你送行来了。二哥记着你对我的好。陈三不接,默默地流泪。

陈二就叹口气道：三，我还是那句话，只要你把狗头金交出来，日本人一准放了你。哥保证，你还回家去做豆腐。

陈三抹了一下眼泪，目光冷冷地望着陈二。陈二就尬笑一下道：老三，为啥这样看我。我跟你说，那狗头金不是我要，是日本人找金矿用。日本人说了，狗头金上有金矿的信息。金矿找到了，日本人也许一高兴，就把狗头金还回来了。人家都有金矿了，还差这只狗头金不成，是吧？陈二尬笑起来。

陈三怕冷似的蹲下身子，低下头，脸上已经没有了眼泪。陈二以为说动了陈三，又再接再厉地说下去：三，我要是你，现在立马回家把狗头金拿出来，献给日本人。你想，那狗头金又不顶钱花，就是块石头，交给日本人，你就省心了，回家和马菊红过日子。

陈三又想起马菊红，自从他被陈二带离家门，每时每刻都在惦念着马菊红。听陈二这么说，他的眼窝子又涌出了一层泪水。

陈二叹口气又说：三，听我的，只要你答应交出狗头金，日本人那我去说情，立马放了你。

陈三突然呼地从地上站了起来，一脚踢飞摆在地上的烧鸡和酒瓶，咬着牙说：陈二，你害死了二嘎子和豆芽子，又是你把日本人招到了小金镇，别现在给我装好人，你一直想把那只狗头金独吞了，你的心坏了。

陈二的脸就黑了，他向门外走去，走到门口又停下来，扭过头说：陈三，我都是为你好。你不后悔就行。

陈三冲陈二的背影，啐了一口，咒了句：爹说了，你就是个畜生。

马翻译官和陈二说过：进山这些中国人，不论能否找到金矿，别想再活着出来了。

陈二又想起在大金镇时，自己差点没被日本人送到白杨林煤矿去挖煤的经历。想起陈三的命运，他吁了一口长气。陈大疯了，陈三这一去大金沟再也回不来。那只狗头金，只能是他的了。他把这个想法冲马翻译官说了。马翻译官告诉他，只要能找到那只狗头金，就带他离开小金镇，到大城市里吃香喝辣的去。

找到那只狗头金，成了陈二当务之急要办的事情。

这天，他又一次来到马菊红的豆腐摊前，见四下无人，他软软地叫了一声：弟妹呀，老三去找金矿了，你一个人是不是吃苦了。

马菊红头都不抬一下，冲着他"呸"了一口。

陈二望着马菊红唇红齿白的样子，心里笑了笑，叹口气道：马菊红，实话告诉你吧。陈三回不来了，你得为以后的生活做打算。

马菊红一双冷冷的目光终于落到他的脸上：陈三是被你抓走的，你是他亲哥，你为啥要这么待他？！

陈二就笑一笑道：想让日本人放了陈三也简单，只要你把狗头金交出来，我立马去找日本人去说情。

马菊红扭过头，又冲地上"呸"了一口。

陈二讨了个没趣，讪讪地向远处走去，他袖着手，挂在胸前的铁哨子，在阳光下一闪一亮的。

从那天之后，马菊红经常听到房前屋后有脚步声，她瑟瑟地缩在炕角，其间，大着胆子下地，摸了一根木棍放在身边。

窗外的脚步声，先是出现在前院，又来到后院，一遍遍地走。

最后又跳出院墙，消失在远处。

陈二不知道是多少次游走在小金镇夜晚的街上了，他是小金镇的警察，可以随时出现在任何地方。他现在养成了习惯，前半夜，他都会翻陈大和马菊红的墙，到两家人院子里查看一番，他一直坚信，那只狗头金，一定藏在其中一家院内的某个地方。他的习惯成了一种瘾，每天去转上一圈，就觉得离那只狗头金又近了一步。

这一天，他从马菊红院子里轻车熟路地跳出来，转到一条巷子里，再往前走，转过一个街口，就是柳荫巷了。他现在的习惯是，前半夜身子被冻透，下半夜，带着冷透的身子钻进春花的被窝里，让春花温暖的身子一点点把自己焐热。

这天，他刚走到巷子里，就听见后脑勺处一股风声，他还没来得及转头，脑子上就重重地挨了一击。他连哼一声都没来得及，就一头栽倒在地上。

陈二还是命大，被一户起夜的男人看到，拖到门里，掌了灯，才发现满脸是血的陈二。

转　折

陈二没头没脑地挨了一闷棍，被好心人救了。在镇公所躺了几天后，还是头重脚轻地下地了。

从此，他留下了头疼的毛病，三天两头地头就会扯心连肺地疼上一阵子，然后就躺在炕上昏睡不醒。这时，二嘎子和豆芽子就会出现在他的梦里。两个人谁也不说话，冷冷地站在他的面前，伸手去抓他的头，扯他的衣服。他吓得在梦里乱叫，胡言乱语，不知挣扎多久，终于在梦里醒来了。睁大眼睛，手捂着胸口仍气喘不止。

就在他清醒时，在他的幻觉中，两个人仍立在他的左右，和梦里出现时一样，抓他扯他，似乎要把他带到另外一个世界里去，他一边挣扎一边胡言乱语。人们经常看见，陈二走在街上，他张牙舞爪地和空气厮打着。有时又躺在雪地上，独自挣扎，撕扯着什么，嘴里一遍遍地喊：我不去，不去呀。

众人先是立住脚围观，看上一阵子都惧怕地退却了，陈二的样子太可怕了，像只鬼一样地狰狞恐怖。渐渐地，一条消息就在小金镇传开了。说陈家淘到了狗头金，动了大金沟的龙脉，龙王发怒，找上门来开始报复，才让陈大、陈二变成现在这个样子的。

陈二知道自己为啥如此这般,在日杂店买了几刀烧纸,在夜晚镇外的十字路口,把纸烧了,他嘴里念叨着的是二嘎子和豆芽子的名字。他跪在火堆旁,泪如雨下。纸火熄灭了,凉了。他仍不肯走,长时间地跪在那里。他口口声声地说:好兄弟,是我对不住你们,以后我天天给你们烧纸,过那面去,给你们当牛做马,你们就饶了我吧……

陈二跪在镇外的十字路口,嘴里念念有词。

陈二并没因此得到宁静,二嘎子和豆芽子仍出现在他的幻觉中,和他纠缠在一起。

陈二去大烟馆里赊烟抽,抽完大烟的陈二就换了一个人,容光焕发,飘然若仙地走在大街上。他看见什么都高兴,脸上的笑容就一路绽放着。此时,头不疼了,缠在他身边的两个小鬼也不见了。他就是顶天立地的人了。他又想起柳荫巷里的春花,他一直在柳荫巷里赊账,赊账簿都被他按满了红手印。每次来柳荫巷,都是一副大爷的派头,把穿着警察制服的衣扣解开,拍着肚皮,打着嗝,冲老鸨赵飞燕说:春花是我的,你可不能安排别人找她呀。起初赵飞燕总是笑脸相迎,小金镇的人都知道,陈家兄弟发财了,淘到了价值连城的狗头金。谁不喜欢有钱的客呢。一日又一日过去了,狗头金在小金镇变成了一个传说,并没有兑现。陈二不仅出入柳荫巷,还有各种酒馆,现在又多了个大烟馆。当然,陈二一律都是赊账的,他一遍遍拍着胸脯说:我家的狗头金,掰下一个犄角,够把小金镇买下了。久了,人们就麻木了,别说狗头金,就连犄角他们也没见到。

先是柳荫巷里的赵飞燕不再让他进门了,陈二刚吸完大烟,正

转 折 · 241

在兴头上，面对赵飞燕把身子横在柳荫巷门口，横拦竖挡地不让他进门，陈二就不高兴了，喝醉酒似的说：赵飞燕，怎么翻脸不认人，我可是陈二，小金镇的首富。又拍了一下身上的警察制服：我还是警察，不高兴是要抓人的。说完还从腰间摸出手铐，在手里挥舞着。

赵飞燕不为所动，冲里面喊了一声，两个看门男人就叉着腰站在了门口，虎视眈眈地望着陈二，陈二的气势就下来一半。但他还是赖着不走，冲里面喊：春花，我来了，他们不让我进去，你出来把我带进去。

里面自然没人应答，两个看护柳荫巷的壮汉，上前把他架出去，扔到十字路口。

陈二遭到了柳荫巷的拒绝，陆续着开始有酒馆也把他拒之门外了，他成了小金镇的瘟神，开店的只要一看见他的身影，忙把店门关上。清醒过来的陈二，整日躲在镇公所里唉声叹气。

有一天，马翻译官带着井边找到了他，他正蜷缩在炕上，爹一声娘一声地叫，烟瘾犯了，正猫咬狗啃般地折磨着他。

他看见马翻译官，脸是冷着的，他想起第一次见到马翻译官的样子。马翻译官说：你的戏演完了吗？他怔怔地望着马翻译官，不明白马翻译官说话的含义。

马翻译官说：陈二，你就是个骗子。骗了太君，也骗了我。你没有狗头金，什么也没有。

井边的刺刀就抵了过来，明晃晃的，井边也一脸的愤怒。他吓得把身子倚在炕角上，脸变色、声变音地说：太君、马翻译官，我没骗你们，我真的有狗头金。再给我几天，我一定把狗头金找出来。

马翻译官上前，把他身上的警察制服扯下来，又拽着他的脖领子把他拉下炕，一直拽到镇公所的门前。马翻译官冲他说：陈二，你要是再敢往镇公所踏进一步，我就打断你的腿。马翻译官的身后站着井边，井边正用轻视的目光望向他。

几日之后，有人在镇外打鱼的冰窟窿里发现了陈二。他已经被冻硬了，大半个身子被冻在冰下，上半身往外爬，奇怪的是，陈二是笑着的，很开心的样子。自此，陈二在小金镇消失了。

进山探矿的日本人，走出来一批，他们在小金镇休整，出来的人带出来一条惊人的消息：金矿的位置已经找到了，下一步，就要开矿了。他们要轮流到山里作业。不需要更多时日，就能开采出金子。

又有几辆挂着日本太阳旗的卡车，顺着冰面开进了小金镇，拉来更多开矿的器材。更多的人在小金镇进进出出，小金镇再次热闹了起来。

最热闹的还是柳荫巷，不论白天还是夜晚，都是一副盛况空前的样子。这些从山里出来开矿的人，在柳荫巷门前排起了长队。他们顶着寒风，缩着脖子，嗞嗞哈哈地，就是为了到柳荫巷里，找个乐子，解个渴。

赵飞燕有时不得不挂出歇业的牌子，不断地央求道：各位客官，理解一下，让我们家姑娘歇歇身子，明天再来吧。

排队的人，看着挂出歇业的牌子，骂骂咧咧，又心有不甘地走了。

小金镇物资也开始告急，一批又一批进山出山的人，吃穿用度猛增。大金镇许多商户看到了商机，人扛手提地来到了小金镇，把物资运到这里。

有一日，人们看到额尔古纳河面上，来了几只马拉雪爬犁。这些日子，经常有乘着各式各样交通工具的人，来到小金镇，人们并不稀奇。这几辆马爬犁和以往来人不同，马爬犁上拉来了一群女人，她们穿得高贵，花枝招展，从爬犁上下来，她们就叽叽喳喳，用轻蔑的目光打量着小金镇里的一切，一副见过大世面的模样。

两天后，一排房子门前，挂了一块牌子，上书"红房子"。人们这才知道，大金镇著名的红房子，在小金镇开分店了。那群花枝招展，见过大世面的女人，进驻于此，挂上牌子，又放了两挂鞭炮，轰轰烈烈地开张了。

马菊红的豆腐坊生意也出奇地好，她又回到了嫁给陈三前的日子，一个人打理着豆腐坊。卖完最后一块豆腐，便把门关了。回到房间里，又准备明天做豆腐所需要的一切。

这一日和往常并没有什么区别，她做好豆腐，把装着豆腐的盒子搬到门口。门前早就围了一群等待买豆腐的人，眼见着今天的豆腐很快就要卖完了，突然，一个熟悉又陌生的声音出现在她的耳边：这不是菊红吗，你到小金镇卖上豆腐了？

马菊红抬起头，就看到了大金镇红房子的老鸨陈花花。陈花花似乎还是当年大咧咧的样子，穿金戴银，珠光宝气地站在她的面前。马菊红做梦似的，她没想到在小金镇，自家门前，会见到陈花花。前几日，她就曾听人们议论，说是镇上开了一家"红房子"分店。她就想到过大金镇上的红房子，红房子是她人生的分水岭，但她当时并没有多想。

陈花花上上下下地把马菊红打量了道：哟，菊红呀，你比几年前更水灵了，瞧这腰是腰，腿是腿的。不知道你在这，早知道就找你串门来了，咋说，你也做过我们家的姑娘。

马菊红听了，心脏快速地跳着，她一时没想好怎么应对这个突然出现在她面前的陈花花。

陈花花又说：我收到你的赎身金了，就放在窗台上，我一想就是你。得，菊红呀，你也算是个有情有义的人。好多你熟悉的姐妹，都来小金镇了，有菊花、香梅，好几个你熟悉的姑娘呢。你从红房子走后，她们还一直念叨你。别愣着了，快给我来两块豆腐，姑娘们还等着吃饭呢……

马菊红不知怎么把豆腐装给陈花花的，又不知她又说了什么，直到她消失在自己的视线里，意识才又一次回到了她的身上。

没几日，一条惊人的消息在小金镇传开了：马菊红在大金镇的红房子里当过姑娘。从那天开始，马菊红的生意一下子就冷清了。许多老主顾，舍近求远到其他豆腐坊买豆腐了。街上剩下冷冷清清的她和冰冷的豆腐。

直到有一次，一个老光棍，腋下夹着只木碗，见了她，嬉笑着把碗拿出来，当马菊红把豆腐往他碗里装时，老光棍嬉笑着伸出手，一下子拉过马菊红的手，流着口水道：要不，今晚我来找你呀。

马菊红一巴掌打在老光棍的脸上，老光棍捂着脸，急赤白脸地道：装啥正经呀，你在红房子当过姑娘，千人骑万人压的，现在装正经，晚了……

马菊红脑子"嗡"的响了一声，她把装豆腐的盒子，一脚踢翻在地，捂着脸跑回到院子里。回过身子，把院门插上，又转身进门，把房门插上，一下子扑倒在炕上，所有的委屈和羞耻一下子涌上来，变成了压抑的呜咽之声。

从此，马菊红的豆腐坊停业了，小金镇的人再也见不到她卖豆腐的身影了。

院子里也冷冷清清的，夜晚也不见一丝灯火。

陈三归来

从那以后,小金镇的人经常可以看到陈大,扛一根木棍在马菊红豆腐坊门前转悠,不论是白天还是夜晚,陈大的身影频繁地出现在豆腐坊门前。人们就暗自议论,说陈大还没疯透,心里还惦记着陈三,暗自在保护着马菊红。

一天夜晚,陈大在豆腐坊门前发现了蓬头垢面、骨瘦如柴的陈三。陈三在陈大的眼里,只剩下半条命了。

陈大就叫了一声:三,是你么?

陈三就带着哭腔说:哥,我逃出来了。

陈大在暗夜里盯着陈三:你带着马菊红,到双峰山去找爹吧。

陈大一连说了两遍。

陈三哑着声音冲陈大:哥,我记下了。

陈大看着陈三喝醉酒似的朝院子里走去,他立在窗前,叫了几声,门"咿呀"一声开了。陈大才松口气,借着夜色向自己家的方向走去。

陈大和陈三分手一个时辰后,小金镇的人被一阵杂乱的声音惊醒了。陈大透过窗户纸看到了外面的火光。他趔趄着身子站到自家院子里,看到马菊红豆腐坊的方向,火光就是从那里传过来的。陈大吁了一口长气。

第二天一早,一个惊人的消息就传遍了小金镇:马菊红放火点了自己家的房子,人不知生死。

陈大又一次出现在人们的视线里,他还是以前的样子,半痴半呆,似懂非懂的表情。他走在街上,有人就问:马菊红被烧死了,你知道不?他像没听懂似的,冲问话的人咧着嘴笑,口水都流了出来。

人们看着陈大这个样子,又想到他把小桃送走后,小桃就再也没有回来,陈三进山挖矿,陈二死在冰窟窿里,都为陈家重重地叹息了一声。

尾　声

日本人在大金沟里发现了金矿，小金镇一时人满为患，开河时，各种小火轮来往穿梭，把从大金沟运出来的矿石，又运到大金镇，在那里装上火车，又运到更远的地方。冬天时，各种卡车飞驰在冰面上。小金镇的人听说，日本人正在往小金镇修条路，铁路一通，火车就会开进小金镇。

小金镇不仅迅速扩大起来，许多周围的人，见到了小金镇的商机，纷纷地投奔而来。一时间，小金镇在故人眼里，已经失去了原来的样子。

后来，人们又听说，双峰山一带闹起了抗联游击队，领头的就是当年的郑南山。运送金矿石的日本人车队或者轮船，经常遭到游击队的袭击，被炸沉在额尔古纳河底。日本人为了防止游击队的袭击，调集关东军封了双峰山，但仍有日本人的运输车队被炸的消息传到小金镇。

一群又一群日本兵被运到小金镇，保护大金沟的金矿，还有他们的运输线。

马翻译官和井边仍然在镇公所，陈二死后，小金镇成立了警察分署，招来了许多警察，他们穿着黑色的制服，腰里配着枪。他们的任务，不仅负责小金镇的治安，还负责向每家商户收税。马翻译官夹着一个账本，走在最前面，后面跟着三五个警察，井边走在最后面。衣服还是肥大，走起路来脚高脚低的，肩上的枪刺折射着太阳光线，一闪一闪的。

马翻译官是个狠人，遇到交不起税费的商户，一挥手就让警察贴上封条。马翻译官有句口头禅，遇到交不起税的商户他总会说：满洲国不养闲人。然后撇着嘴，迈着八字步，又向下一家商户奔去。

在小金镇，人人都惧怕马翻译官，人们暗地里相传，这个马翻译官上辈子一定是日本人托生的。比日本人还日本人。

两年前的事人们依稀还记得，他让人把陈大带到了镇公所，就在镇公所那棵树上，把陈大又一次吊了起来，双手捆在一起，吊在树上，让陈大交出狗头金。陈大刚开始还能骂出声音，后来就奄奄一息了。看热闹的人，走了一拨，又来了一茬，后来，小金镇的人实在看不下去了，纷纷地散了。

二嘎子爹、三胖子娘、豆芽子爹，围着奄奄一息的陈大。二嘎子爹就说：陈大，你是个好样的。三胖子娘哭了，边哭边说：陈大，我们都会记着你。豆芽子爹也带着哭腔说：陈大，到时你托个梦，能让我们找到狗头金。

陈大无语，眼角流下两行泪水。

陈大在一天夜里神秘地消失了，有人看见，夜半时分，镇公所门前来了一群野狗，其中一只野狗爬到树上，咬断了吊在陈大身上的绳子。后来野狗像人似的，拖着陈大向镇外跑去。

二嘎子爹、三胖子娘、豆芽子爹，第二天哭天抢地着依据镇上人的传说，到镇外去寻找陈大，别说陈大这个人，就连个影子也没找到。陈大莫名其妙地失踪了。后来又有人相传，救陈大的哪是什么野狗，是双峰山的人下山，救了陈大。有人真切地说，救人的队伍里，还看到陈三了，他腰别双枪，背上插着鬼头大刀。骑了一匹马，来无影去无踪地把陈大救走了。

关于陈大的失踪，在小金镇有多个版本，但结果没变，陈大一定是得救了。陈大的消失，和狗头金的传说一样，也一同消失在小金镇。

开金店的宋掌柜，失业了。他要搬离小金镇了，他离开小金镇前，还念念不忘那只狗头金，他逢人便说：那只狗头金是块奇石，是他这辈子看过的最完美的狗头金。

狗头金的传说和当事人一起，都消失了。

1945年8月15日，一条惊人的消息传遍了小金镇。日本天皇向世界宣布，日本无条件投降了。驻扎在镇上的日本人就乱了，有的日本兵拖着枪在街巷里乱跑，还有的抱头痛哭。通向大金沟的路静止下来，平时喧闹异常的大金沟定格似的安静下来。

小金镇的人起初和日本人一样，不敢相信这一切是真的，看着乱了套的日本人，他们关门闭户，舔破窗纸，把眼睛凑过去，望着外面乱了的世界。

两天后，双峰山上下来一队人马，他们列队整齐地开拔到小金镇，接收小金镇里驻扎的日本人。人们发现，这支队伍领头的就是陈大和陈三，他们骑在马上，手握双枪，威风凛凛地回到了小金镇。

在队伍里，人们还看见了马菊红，她背着一只印有红十字的医药箱。后来人们才知道，这支队伍叫东北民主联军。

当一排排一列列的日本人，被解下武器，押送到码头时，人们突然看见日本人队伍里，一个小个子日本兵，一头栽到水里。当两个反应过来的民主联军战士，跳进水里时，那个日本兵已经被水冲走了。有眼尖的人，确定那个日本兵就是井边。前一阵子，有人就看到他站在镇公所门前的树下，抱着枪在哭泣。这是小金镇的人，第一次见到日本兵在哭，都好奇地不远不近地围过去。马翻译官阴着脸出来，把人们轰散了。事后人们才知道，家住在日本长崎的井边，被美国人扔了一颗叫"小男孩"的炸弹把他的家乡给炸了。人们想起，在小金镇的街上，他打了三枪，猎人耿老八和两个儿子就死在了井边的枪下。如今井边投河了，也算是罪有应得，人们都觉得井边该死。这些为了开金矿的日本人也该死，他们抓走了许多正值青壮年的淘金人去山里开矿，这些人再也没走出大金沟。

没几日，大金沟和镇公所的日本人，就被民主联军押送着到大金镇去了。人们听说，在大金镇专门有一个接收日本人的战俘营。

其后的某一天，人们看到了久违的陈右岸，他的胡子和头发都白了，身子骨还算硬朗。他在陈大和陈三的搀扶下，来到了额尔古纳河的河边。他立住脚，指着额尔古纳河的右岸说：爹当年就是从那里游过来的，你们的爷爷奶奶，所有的亲人还留在那里……

陈大和陈三的目光穿透额尔古纳河，向右岸望过去。额尔古纳河静静地流着，拐了一个弯，顺着河道流向了黑龙江。